COLLECTION PARCOURS D'UNE ŒUVRE
Sous la direction de Michel Laurin

Le Mariage de Figaro

DE BEAUMARCHAIS

Texte intégral

ÉDITION PRÉSENTÉE, ANNOTÉE ET COMMENTÉE

PAR

GUY BOURBONNAIS
ENSEIGNANT AU CÉGEP MARIE-VICTORIN

GB
Beauchemin

LE MARIAGE DE FIGARO DE BEAUMARCHAIS
TEXTE INTÉGRAL
ÉDITION PRÉSENTÉE, ANNOTÉE ET COMMENTÉE PAR GUY BOURBONNAIS
COLLECTION «PARCOURS D'UNE ŒUVRE» SOUS LA DIRECTION
DE MICHEL LAURIN

© 2001   **GB** Groupe **Beauchemin**, éditeur ltée
3281, avenue Jean-Béraud
Laval (Québec) H7T 2L2
Téléphone : (514) 334-5912
            1 800 361-4504
Télécopieur : (450) 688-6269
http://www.beauchemin.qc.ca

 Le photocopillage entraîne une baisse des achats de livres,
à tel point que la possibilité pour les auteurs de créer des
œuvres nouvelles et de les faire éditer par des professionnels
est menacée.

Nous reconnaissons l'aide financière du gouvernement du Canada
par l'entremise du Programme d'Aide au Développement de l'Industrie
de l'Édition (PADIÉ) pour nos activités d'édition.

ISBN : 2-7616-1194-2

Dépôt légal : 2ᵉ trimestre 2001
Bibliothèque nationale du Québec   Imprimé au Canada
Bibliothèque nationale du Canada   1 2 3 4 5   05 04 03 02 01

Supervision éditoriale : PIERRE DESAUTELS
Production : MICHEL CARL PERRON
Révision linguistique : CLAIRE CAMPEAU
Charge de projet et correction : FRANCE ROBITAILLE
Conception graphique : MARTIN DUFOUR, A.R.C.
Conception et réalisation de la couverture : CHRISTINE DUFOUR
Mise en pages : TREVOR AUBERT JONES
Impression : QUEBECOR WORLD

Table des matières

Pierre-Augustin Caron de Beaumarchais par Nattier, 1755.

Figaro ou le mariage de la joie et de la revendication

L E NOM de Figaro a une résonance particulière en chacun de nous. Pour certains, il évoque clairement un valet comique, un air d'opéra ou l'époque prérévolutionnaire. Pour d'autres, il rappelle vaguement une comédie, un barbier ou le nom d'un quotidien. Quoi qu'il en soit, chacun l'associe assurément à la culture française et, plus précisément, à ce goût particulier des Français pour la joie de vivre, la chanson ou la politique.

Il y a en effet un peu de tout cela dans *Le Mariage de Figaro*, célèbre chef-d'œuvre théâtral de Beaumarchais. Cette pièce, écrite à la veille de la Révolution française, est tout à la fois un hymne à l'optimisme, une fête comique et un appel criant pour une plus grande justice sociale. Beaumarchais l'a voulue profonde, déroutante et touchante, de même que légère, bouffonne et insolente. C'est donc à une célébration de la vie dans tous ces aspects que l'on est convié en lisant cette pièce.

Cette invitation n'a pas toujours été comprise comme telle. En effet, la pièce a causé beaucoup de soucis à Beaumarchais. Il lui a fallu combattre, pendant plus de deux ans, la censure et l'interdiction royale avant de pouvoir l'offrir au peuple. Cependant, le combat et l'attente ont été profitables, car la foule lui a réservé un accueil triomphal.

Le véritable mérite du *Mariage de Figaro* n'est cependant pas d'avoir su rallier une nation qui se déchirera quelques années plus tard. Il réside plutôt dans l'accueil toujours chaleureux du public et des lecteurs au cours des siècles qui ont suivi sa création et sa publication. Grâce avant tout au *Mariage de Figaro*, Beaumarchais peut être considéré comme un des grands auteurs comiques de la scène française aux côtés de Molière et de Marivaux, en plus de fournir à Mozart le sujet d'un de ses plus célèbres opéras.

Une scène du premier acte du *Mariage de Figaro*.

LA FOLLE JOURNÉE,

O U

LE MARIAGE DE FIGARO,

Comédie en cinq Actes, en Prose,

Par M. de Beaumarchais.

Repréſentée pour la première fois par les Comédiens
Français ordinaires du Roi, le Mardi 27 Avril 1784.

En faveur du badinage,
Faites grace à la raiſon. *Vaud. de la Piece.*

AU PALAIS-ROYAL,

Chez Ruault, Libraire, près le Théâtre,
N° 216.

M. DCC. LXXXV.

ÉPÎTRE DÉDICATOIRE[1]

Aux personnes trompées sur ma pièce et qui n'ont pas voulu la voir.

Ô vous que je ne nommerai point ! Cœurs généreux, esprits justes, à qui l'on a donné des préventions contre un ouvrage réfléchi, beaucoup plus gai qu'il n'est frivole ; soit que vous l'acceptiez ou non, je vous en fais l'hommage, et c'est tromper l'envie dans une de ses mesures.

Si le hasard vous le fait lire, il la trompera dans une autre, en vous montrant quelle confiance est due à tant de rapports qu'on vous fait ! Un objet de pur agrément peut s'élever encore à l'honneur d'un plus grand mérite : c'est de vous rappeler cette vérité de tous les temps, qu'on connaît mal les hommes et les ouvrages quand on les juge sur la foi d'autrui ; que les personnes, surtout dont l'opinion est d'un grand poids, s'exposent à glacer sans le vouloir ce qu'il fallait peut-être encourager, lorsqu'elles négligent de prendre pour base de leurs jugements le seul conseil qui soit bien pur : celui de leurs propres lumières.

Ma résignation égale mon profond respect.

L'AUTEUR.

N.B. : Les quatre extraits qui font l'objet d'une analyse approfondie sont indiqués dans la pièce par des filets noirs tracés dans la marge.

1 Cette épître était adressée au Roi pour qu'il mette la pièce sous sa protection. Suivant le conseil du baron de Bréteuil, Beaumarchais ne la lui présenta pas.

LES PERSONNAGES

LE COMTE ALMAVIVA, *grand corrégidor*[1] *d'Andalousie.*

LA COMTESSE, *sa femme.*

FIGARO, *valet de chambre du Comte et concierge*[2] *du château.*

SUZANNE, *première camariste*[3] *de la Comtesse et fiancée de Figaro.*

MARCELINE, *femme de charge*[4].

ANTONIO, *jardinier du château, oncle de Suzanne et père de Fanchette.*

FANCHETTE, *fille d'Antonio.*

CHÉRUBIN, *premier page du Comte.*

BARTHOLO, *médecin de Séville.*

BAZILE, *maître de clavecin de la Comtesse.*

DON GUSMAN BRID'OISON[5], *lieutenant du siège*[6].

DOUBLE-MAIN, *greffier, secrétaire de don Gusman.*

UN HUISSIER AUDIENCIER[7].

GRIPE-SOLEIL, *jeune patoureau*[8].

UNE JEUNE BERGÈRE.

PÉDRILLE, *piqueur*[9] *du Comte.*

Personnages muets :

TROUPE DE VALETS.

TROUPE DE PAYSANNES.

TROUPE DE PAYSANS.

La scène est au château d'Aguas-Frescas, à trois lieues[10] de Séville.

N.B. : On retrouve en annexe la section Caractères et habillements de la pièce.

1 *corrégidor* : premier responsable de la justice dans les villes espagnoles.
2 *concierge* : celui qui est responsable de la garde du château.
3 *camariste* : femme de chambre. Se dit plus souvent «caмériste».
4 *femme de charge* : celle qui voit au bon fonctionnement de la maison.
5 *Brid'oison* : jeu de mots avec l'expression «oiseau bridé» qui désigne par extension
   une personne peu intelligente.
6 *lieutenant du siège* : celui qui possède une charge au sein du système judiciaire.
7 *huissier audiencier* : celui qui introduit le jury dans la salle d'audience.
8 *patoureau* : petit berger.
9 *piqueur* : celui qui est chargé de régler la course des chiens lors de la chasse.
10 *trois lieues* : 13,5 km.

ACTE I

Le théâtre représente une chambre à demi démeublée ;
un grand fauteuil de malade est au milieu. Figaro, avec une
toise[1], mesure le plancher. Suzanne attache à sa tête, devant
une glace, le petit bouquet de fleurs d'orange[2],
appelé chapeau de la mariée.

SCÈNE 1 : FIGARO, SUZANNE

FIGARO : Dix-neuf pieds sur vingt-six.

SUZANNE : Tiens, Figaro, voilà mon petit chapeau ; le trouves-tu mieux ainsi ?

FIGARO *lui prend les mains* : Sans comparaison, ma char-
5   mante. Oh ! que ce joli bouquet virginal, élevé sur la tête
d'une belle fille, est doux, le matin des noces, à l'œil
amoureux d'un époux !…

SUZANNE *se retire* : Que mesures-tu donc là, mon fils[3] ?

FIGARO : Je regarde, ma petite Suzanne, si ce beau lit que
10   Monseigneur nous donne aura bonne grâce ici.

SUZANNE : Dans cette chambre ?

FIGARO : Il nous la cède.

SUZANNE : Et moi, je n'en veux point.

FIGARO : Pourquoi ?

15   SUZANNE : Je n'en veux point.

---

1 *toise* : ancienne unité de mesure équivalant à 1,949 mètre ou six pieds.

2 *d'orange* : d'oranger.

3 *mon fils* : terme affectueux.

FIGARO : Mais encore ?

SUZANNE : Elle me déplaît.

FIGARO : On dit une raison.

SUZANNE : Si je n'en veux pas dire ?

20 **FIGARO** : Oh ! quand elles sont sûres de nous !

SUZANNE : Prouver que j'ai raison serait accorder que je puis avoir tort. Es-tu mon serviteur[1], ou non ?

FIGARO : Tu prends de l'humeur contre la chambre du château la plus commode, et qui tient le milieu des deux
25 appartements. La nuit, si madame est incommodée, elle sonnera de son côté ; zeste[2], en deux pas tu es chez elle. Monseigneur veut-il quelque chose ? il n'a qu'à tinter du sien ; crac, en trois sauts me voilà rendu.

SUZANNE : Fort bien ! Mais quand il aura *tinté* le matin,
30 pour te donner quelque bonne et longue commission, zeste[2], en deux pas, il est à ma porte, et crac, en trois sauts…

FIGARO : Qu'entendez-vous par ces paroles ?

SUZANNE : Il faudrait m'écouter tranquillement.

FIGARO : Eh, qu'est-ce qu'il y a ? bon Dieu !

35 **SUZANNE** : Il y a, mon ami, que, las de courtiser les beautés des environs, monsieur le comte Almaviva veut rentrer au château, mais non pas chez sa femme ; c'est sur la tienne, entends-tu, qu'il a jeté ses vues, auxquelles il espéra que ce logement ne nuira pas. Et c'est ce que le loyal Bazile,
40 honnête agent de ses plaisirs, et mon noble maître à chanter, me répète chaque jour, en me donnant leçon.

---

1 *serviteur* : dans ce contexte, le mot est ironique et désigne celui avec qui l'on n'est pas d'accord.
2 *zeste* : interjection qui exprime l'idée de vitesse ou de promptitude.

FIGARO : Bazile ! ô mon mignon, si jamais volée de bois vert, appliquée sur une échine, a dûment redressé la moelle épinière à quelqu'un…

45 **SUZANNE** : Tu croyais, bon garçon, que cette dot[1] qu'on me donne était pour les beaux yeux de ton mérite ?

FIGARO : J'avais assez fait pour l'espérer.

SUZANNE : Que les gens d'esprit sont bêtes[2] !

FIGARO : On le dit.

50 **SUZANNE** : Mais c'est qu'on ne veut pas le croire.

FIGARO : On a tort.

SUZANNE : Apprends qu'il la destine à obtenir de moi secrètement certain quart d'heure, seul à seule, qu'un ancien droit du seigneur[3]… Tu sais s'il était triste !

55 **FIGARO** : Je le sais tellement, que si monsieur le Comte, en se mariant, n'eût pas aboli ce droit honteux, jamais je ne t'eusse épousée dans ses domaines.

SUZANNE : Eh bien, s'il l'a détruit, il s'en repent ; et c'est de ta fiancée qu'il veut le racheter[4] en secret aujourd'hui.

60 **FIGARO**, *se frottant la tête* : Ma tête s'amollit de surprise, et mon front fertilisé[5]…

SUZANNE : Ne le frotte donc pas !

---

1 *dot* : ce qui est offert à l'un ou l'autre des futurs époux.
2 Cette phrase se trouve dans la lettre XXXVIII des *Liaisons dangereuses* de Choderlos de Laclos.
3 *un ancien droit du seigneur* : il s'agit du droit de cuissage dont disposait le seigneur. Ce droit prévoyait qu'il avait la possibilité de passer la première nuit des noces dans le lit de toute femme née sur son domaine.
4 *racheter* : il veut le racheter par la dot promise.
5 *fertilisé* : Figaro fait allusion aux cornes qui poussent sur la tête du cocu. Il les sent pousser sur son front «fertile».

Figaro : Quel danger ?

Suzanne, *riant* : S'il y venait un petit bouton, des gens
65   superstitieux…

Figaro : Tu ris, friponne ! Ah ! s'il y avait moyen d'attraper
ce grand trompeur, de le faire donner dans un bon piège,
et d'empocher son or !

Suzanne : De l'intrigue et de l'argent, te voilà dans ta sphère.

70   **Figaro** : Ce n'est pas la honte qui me retient.

Suzanne : La crainte ?

Figaro : Ce n'est rien d'entreprendre une chose dangereuse,
mais d'échapper au péril en la menant à bien : car d'entrer
chez quelqu'un la nuit, de lui souffler sa femme, et d'y
75   recevoir cent coups de fouet pour la peine, il n'est rien
plus aisé ; mille sots coquins l'ont fait. Mais… *(On sonne de
l'intérieur.)*

Suzanne : Voilà Madame éveillée ; elle m'a bien recom-
mandé d'être la première à lui parler le matin de mes noces.

80   **Figaro** : Y a-t-il encore quelque chose là-dessous ?

Suzanne : Le berger dit que cela porte bonheur aux épouses
délaissées. Adieu, mon petit Fi, Fi, Figaro ; rêve[1] à notre
affaire.

Figaro : Pour m'ouvrir l'esprit, donne un petit baiser.

85   **Suzanne** : À mon amant[2] aujourd'hui ? Je t'en souhaite ! Et
qu'en dirait demain mon mari ? *(Figaro l'embrasse.)*

Suzanne : Eh bien ! Eh bien !

Figaro : C'est que tu n'as pas d'idée de mon amour.

---

1 *rêve* : songe.
2 *amant* : ce terme indique que le mariage n'a pas été consommé.

FIGARO (Marc Béland) *à Suzanne* (Anne Dorval) : Tu ris, friponne ! Ah ! s'il y avait moyen d'attraper ce grand trompeur, de le faire donner dans un bon piège, et d'empocher son or !

ACTE I, SCÈNE 2, lignes 66 à 68.

THÉÂTRE DU RIDEAU VERT, 1998.
Mise en scène de Guillermo de Andrea.

Suzanne, *se défripant* : Quand cesserez-vous, importun, de
90 m'en parler du matin au soir ?

Figaro, *mystérieusement* : Quand je pourrai te le prouver
du soir jusqu'au matin. *(On sonne une seconde fois.)*

Suzanne, *de loin, les doigts unis sur sa bouche* : Voilà votre
baiser, monsieur ; je n'ai plus rien à vous.

95 Figaro *court après elle* : Oh ! mais ce n'est pas ainsi que vous
l'avez reçu.

SCÈNE 2 : Figaro, *seul.*

Figaro : La charmante fille ! toujours riante, verdissante[1],
pleine de gaieté, d'esprit, d'amour et de délices ! mais sage !
(Il marche vivement en se frottant les mains.) Ah ! Monsei-
100 gneur ! mon cher Monseigneur ! vous voulez m'en donner…
à garder[2] ! Je cherchais aussi pourquoi m'ayant nommé
concierge, il m'emmène à son ambassade, et m'établit
courrier de dépêches. J'entends, monsieur le Comte ; trois
promotions à la fois : vous, compagnon ministre ; moi,
105 casse-cou[3] politique, et Suzon, dame du lieu, l'ambassadrice
de poche, et puis, fouette courrier ! Pendant que je galope-
rais d'un côté, vous feriez faire de l'autre à ma belle un joli
chemin ! Me crottant, m'échinant pour la gloire de votre
famille ; vous, daignant concourir, à l'accroissement de la
110 mienne ! Quelle douce réciprocité ! Mais, Monseigneur, il y
a de l'abus. Faire à Londres, en même temps, les affaires de
votre maître et celles de votre valet ! représenter à la fois le
Roi et moi dans une Cour étrangère, c'est trop de moitié,

---

1 *verdissante* : qui manifeste une jeunesse évidente.
2 *en donner… à garder* : faire croire, rendre dupe.
3 *casse-cou* : personnage de peu d'importance à qui l'on confie des tâches délicates.

c'est trop. — Pour toi, Bazile ! fripon, mon cadet[1] ! je veux
115 t'apprendre à clocher devant les boiteux[2] ; je veux... Non,
dissimulons avec eux, pour les enferrer[3] l'un par l'autre.
Attention sur la journée, monsieur Figaro ! D'abord avancer
l'heure de votre petite fête, pour épouser plus sûrement ; écarter une Marceline qui de vous est friande en
120 diable ; empocher l'or et les présents ; donner le change aux
petites passions de monsieur le Comte ; étriller rondement
monsieur du Bazile, et...

SCÈNE 3 : Marceline, Bartholo, Figaro

Figaro *s'interrompt* : Héééé, voilà le gros docteur : la fête
sera complète. Eh ! bonjour, cher docteur de mon cœur !
125 Est-ce ma noce avec Suzon qui vous attire au château ?

Bartholo, *avec dédain* : Ah ! mon cher monsieur, point
du tout !

Figaro : Cela serait bien généreux !

Bartholo : Certainement, et par trop sot.

130 **Figaro** : Moi qui eus le malheur de troubler la vôtre !

Bartholo : Avez-vous autre chose à nous dire ?

Figaro : On n'aura pas pris soin de votre mule[4] !

Bartholo, *en colère* : Bavard enragé ! laissez-nous !

Figaro : Vous vous fâchez, docteur ? Les gens de votre état
135 sont bien durs ! Pas plus de pitié des pauvres animaux... en

---

1 *cadet* : terme employé ironiquement, puisque Bazile est plus âgé que Figaro.
2 *clocher devant les boiteux* : se mesurer à plus fort que soi.
3 *enferrer* : embrouiller.
4 Les deux dernières répliques de Figaro renvoient au *Barbier de Séville*.

vérité… que si c'étaient des hommes ! Adieu, Marceline :
avez-vous toujours envie de plaider contre moi ?

Pour n'aimer pas, faut-il qu'on se haïsse[1] ?

Je m'en rapporte au docteur.

140   **BARTHOLO** : Qu'est-ce que c'est ?

FIGARO : Elle vous le contera de reste[2]. *(Il sort.)*

SCÈNE 4 : MARCELINE, BARTHOLO

BARTHOLO *le regarde aller* : Ce drôle est toujours le même !
Et à moins qu'on ne l'écorche vif, je prédis qu'il mourra
dans la peau du plus fier insolent…

145   **MARCELINE** *le retourne* : Enfin, vous voilà donc, éternel
docteur ! toujours si grave et compassé qu'on pourrait
mourir en attendant vos secours, comme on s'est marié
jadis, malgré vos précautions[3].

BARTHOLO : Toujours amère et provocante ! Eh bien, qui
150   rend donc ma présence au château si nécessaire ? Monsieur
le Comte a-t-il eu quelque accident ?

MARCELINE : Non, docteur.

BARTHOLO : La Rosine, sa trompeuse Comtesse, est-elle
incommodée, Dieu merci ?

155   **MARCELINE** : Elle languit.

BARTHOLO : Et de quoi ?

MARCELINE : Son mari la néglige.

---

1 Ce vers est une citation tirée de l'ACTE III, SCÈNE 6 de *Nanine*, pièce de Voltaire
   (1749).
2 *de reste* : plus qu'il n'est nécessaire.
3 *précautions* : allusion au sous-titre du *Barbier de Séville*, *La Précaution inutile*.

© André Panneton.

FIGARO (Guy Nadon): [...] Attention sur la journée, monsieur Figaro! D'abord avancer l'heure de votre petite fête, pour épouser plus sûrement; écarter une Marceline qui de vous est friande en diable; empocher l'or et les présents; donner le change aux petites passions de monsieur le Comte; étriller rondement monsieur du Bazile, et...

ACTE I, SCÈNE 2, lignes 117 à 122.

THÉÂTRE DENISE-PELLETIER, 1988.
Mise en scène de Jean-Luc Bastien.

BARTHOLO, *avec joie* : Ah ! le digne époux qui me venge !

MARCELINE : On ne sait comment définir le Comte ; il est
160   jaloux et libertin[1].

BARTHOLO : Libertin par ennui, jaloux par vanité ; cela va
sans dire.

MARCELINE : Aujourd'hui, par exemple, il marie notre
Suzanne à son Figaro, qu'il comble en faveur de cette
165   union…

BARTHOLO : Que Son Excellence a rendue nécessaire[2] !

MARCELINE : Pas tout à fait ; mais dont Son Excellence
voudrait égayer en secret l'événement avec l'épousée…

BARTHOLO : De monsieur Figaro ? C'est un marché qu'on
170   peut conclure avec lui.

MARCELINE : Bazile assure que non.

BARTHOLO : Cet autre maraud loge ici ? C'est une caverne[3] !
Eh ! qu'y fait-il ?

MARCELINE : Tout le mal dont il est capable. Mais le pis que
175   j'y trouve est cette ennuyeuse passion qu'il a pour moi
depuis si longtemps.

BARTHOLO : Je me serais débarrassé vingt fois de sa poursuite.

MARCELINE : De quelle manière ?

BARTHOLO : En l'épousant.

180   **MARCELINE** : Railleur fade et cruel, que ne vous débarrassez-
vous de la mienne à ce prix ? Ne le devez-vous pas ? Où est

---

1   *libertin* : esprit libre. Cependant, le terme désigne ici, comme c'est souvent le cas
     au XVIIIe siècle, un homme débauché.

2   Bartholo croit que Suzanne épouse Figaro pour cacher sa relation avec le Comte.

3   *caverne* : repère de malfaiteurs.

le souvenir de vos engagements ? Qu'est devenu celui de
notre petit Emmanuel, ce fruit d'un amour oublié, qui
devait nous conduire à des noces ?

185 **BARTHOLO**, *ôtant son chapeau* : Est-ce pour écouter ces
sornettes que vous m'avez fait venir de Séville ? Et cet accès
d'hymen[1] qui vous reprend si vif…

MARCELINE : Eh bien ! n'en parlons plus. Mais, si rien n'a pu
vous porter à la justice de m'épouser, aidez-moi donc du
190 moins à en épouser un autre.

BARTHOLO : Ah ! volontiers : parlons. Mais quel mortel
abandonné du ciel et des femmes ?…

MARCELINE : Eh ! qui pourrait-ce être, docteur, sinon le
beau, le gai, l'aimable Figaro ?

195 **BARTHOLO** : Ce fripon-là ?

MARCELINE : Jamais fâché, toujours en belle humeur ;
donnant le présent à la joie, et s'inquiétant de l'avenir tout
aussi peu que du passé ; sémillant, généreux ! généreux…

BARTHOLO : Comme un voleur.

200 **MARCELINE** : Comme un seigneur. Charmant enfin : mais
c'est le plus grand monstre !

BARTHOLO : Et sa Suzanne ?

MARCELINE : Elle ne l'aurait pas, la rusée, si vous vouliez
m'aider, mon petit docteur, à faire valoir un engagement
205 que j'ai de lui.

BARTHOLO : Le jour de son mariage ?

---

1 *accès d'hymen* : Bartholo, qui est médecin, veut insinuer que le mariage (hymen)
est comparable à une maladie ou à une folie, comme on dirait «accès de fièvre» ou
«accès de fureur».

Marceline : On en rompt de plus avancés : et, si je ne craignais d'éventer un petit secret des femmes !...

Bartholo : En ont-elles pour le médecin du corps ?

210 **Marceline** : Ah ! vous savez que je n'en ai pas pour vous. Mon sexe est ardent, mais timide : un certain charme a beau nous attirer vers le plaisir, la femme la plus aventurée[1] sent en elle une voix qui lui dit : Sois belle, si tu peux, sage si tu veux ; mais sois considérée, il le faut. Or, puisqu'il faut être 215 au moins considérée, que toute femme en sent l'importance, effrayons d'abord la Suzanne sur la divulgation des offres qu'on lui fait.

Bartholo : Où cela mènera-t-il ?

Marceline : Que, la honte la prenant au collet, elle conti- 220 nuera de refuser le Comte, lequel, pour se venger, appuiera l'opposition que j'ai faite à son mariage[2] : alors le mien devient certain.

Bartholo : Elle a raison. Parbleu ! c'est un bon tour que de faire épouser ma vieille gouvernante au coquin qui fit 225 enlever ma jeune maîtresse.

Marceline, *vite* : Et qui croit ajouter à ses plaisirs en trompant mes espérances.

Bartholo, *vite* : Et qui m'a volé dans le temps cent écus que j'ai sur le cœur[3].

230 **Marceline** : Ah ! quelle volupté !...

Bartholo : De punir un scélérat...

Marceline : De l'épouser, docteur, de l'épouser !

---

1 *aventurée* : qui a des aventures.
2 Le Comte, en tant que corrégidor, reçoit l'opposition de Marceline.
3 Allusion au *Barbier de Séville*.

SCÈNE 5 : Marceline, Bartholo, Suzanne

Suzanne, *un bonnet de femme de chambre avec un large ruban dans la main, une robe de femme sur le bras* :
235 L'épouser, l'épouser ! Qui donc ? Mon Figaro ?

Marceline, *aigrement* : Pourquoi non ? Vous l'épousez bien !

Bartholo, *riant* : Le bon argument de femme en colère ! Nous parlions, belle Suzon, du bonheur qu'il aura de vous posséder.

240 **Marceline** : Sans compter Monseigneur, dont on ne parle pas.

Suzanne, *une révérence* : Votre servante, madame ; il y a toujours quelque chose d'amer dans vos propos.

Marceline, *une révérence* : Bien la vôtre, madame ; où donc
245 est l'amertume ? N'est-il pas juste qu'un libéral[1] seigneur partage un peu la joie qu'il procure à ses gens ?

Suzanne : Qu'il procure ?

Marceline : Oui, madame.

Suzanne : Heureusement, la jalousie de madame est aussi
250 connue que ses droits sur Figaro sont légers.

Marceline : On eût pu les rendre plus forts en les cimentant à la façon de madame[2].

Suzanne : Oh, cette façon, madame, est celle des dames savantes[3].

255 **Marceline** : Et l'enfant ne l'est pas du tout ! Innocente comme un vieux juge !

---

1 *libéral* : homme généreux.
2 Marceline suppose que Suzanne s'est donnée à Figaro avant le mariage.
3 *savantes* : qui en savent plus qu'elles ne devraient.

BARTHOLO, *attirant Marceline* : Adieu, jolie fiancée de notre Figaro.

260 **MARCELINE**, *une révérence* : L'accordée[1] secrète de Monseigneur.

SUZANNE, *une révérence* : Qui vous estime beaucoup, madame.

MARCELINE, *une révérence* : Me fera-t-elle aussi l'honneur de me chérir un peu, madame ?

265 **SUZANNE**, *une révérence* : À cet égard, madame n'a rien à désirer.

MARCELINE, *une révérence* : C'est une si jolie personne que madame !

SUZANNE, *une révérence* : Eh mais ! assez pour désoler
270 madame.

MARCELINE, *une révérence* : Surtout bien respectable !

SUZANNE, *une révérence* : C'est aux duègnes[2] à l'être.

MARCELINE, *outrée* : Aux duègnes ! aux duègnes !

BARTHOLO, *l'arrêtant* : Marceline !

275 **MARCELINE** : Allons, docteur, car je n'y tiendrais pas. Bonjour, madame. *(Une révérence.)*

SCÈNE 6 : SUZANNE, *seule.*

SUZANNE : Allez, madame ! allez, pédante ! je crains aussi peu vos efforts que je méprise vos outrages. — Voyez cette

---

1 *accordée* : fiancée.
2 *duègnes* : femmes âgées chargées de veiller sur la vertu des filles.

vieille sibylle[1] ! parce qu'elle a fait quelques études et tour-
280 menté la jeunesse de madame[2], elle veut tout dominer au
château ! (*Elle jette la robe qu'elle tient sur une chaise.*) Je ne
sais plus ce que je venais prendre.

SCÈNE 7 : Suzanne, Chérubin

Chérubin, *accourant* : Ah ! Suzon, depuis deux heures
j'épie le moment de te trouver seule. Hélas ! tu te maries, et
285 moi je vais partir.

Suzanne : Comment mon mariage éloigne-t-il du château
le premier page de Monseigneur ?

Chérubin, *piteusement* : Suzanne, il me renvoie. dismiss

Suzanne *le contrefait* : Chérubin, quelle sottise[3] !

290 **Chérubin** : Il m'a trouvé hier au soir chez ta cousine
Fanchette, à qui je faisais répéter son petit rôle d'innocente,
pour la fête de ce soir : il s'est mis dans une fureur en
me voyant ! — *Sortez*, m'a-t-il dit, *petit…* Je n'ose pas
prononcer devant une femme le gros mot qu'il a dit : *sortez,*
295 *et demain vous ne coucherez pas au château.* Si madame, si
ma belle marraine ne parvient pas à l'apaiser, c'est fait,
Suzon, je suis à jamais privé du bonheur de te voir.

Suzanne : De me voir ! moi ? c'est mon tour ! Ce n'est donc
plus pour ma maîtresse que vous soupirez en secret ?

300 **Chérubin** : Ah ! Suzon, qu'elle est noble et belle ! mais
qu'elle est imposante[4] !

---

1 *sibylle* : dans ce contexte, femme méchante.
2 Allusion au *Barbier de Séville*.
3 *quelle sottise* : quelle sottise avez-vous commise ?
4 *imposante* : qui impose le respect.

Suzanne : C'est-à-dire que je ne le suis pas, et qu'on peut oser avec moi.

305 Chérubin : Tu sais trop bien, méchante, que je n'ose pas oser. Mais que tu es heureuse ! à tous moments la voir, lui parler, l'habiller le matin et la déshabiller le soir, épingle à épingle !... Ah ! Suzon ! je donnerais... Qu'est-ce que tu tiens donc là ?

310 Suzanne, *raillant* : Hélas ! l'heureux bonnet et le fortuné ruban qui renferment la nuit les cheveux de cette belle marraine...

Chérubin, *vivement* : Son ruban de nuit ! donne-le-moi, mon cœur.

Suzanne, *le retirant* : Eh ! que non pas ! — *Son cœur !*
315 Comme il est familier donc ! Si ce n'était pas un morveux sans conséquence... *(Chérubin arrache le ruban.)* Ah ! le ruban !

Chérubin *tourne autour du grand fauteuil* : Tu diras qu'il est égaré, gâté[1], qu'il est perdu. Tu diras tout ce que tu
320 voudras.

Suzanne *tourne après lui* : Oh ! dans trois ou quatre ans, je prédis que vous serez le plus grand petit vaurien !... Rendez-vous le ruban ? *(Elle veut le reprendre.)*

Chérubin *tire une romance de sa poche* : Laisse, ah ! laisse-
325 le-moi, Suzon ; je te donnerai ma romance ; et pendant que le souvenir de ta belle maîtresse attristera tous mes moments, le tien y versera le seul rayon de joie qui puisse encore amuser mon cœur.

Suzanne *arrache la romance* : Amuser votre cœur, petit
330 scélérat ! vous croyez parler à votre Fanchette. On vous

---

1 *gâté* : abîmé.

Suzanne (Ghislaine Paradis), *raillant* : Hélas ! l'heureux bonnet et le fortuné ruban qui renferment la nuit les cheveux de cette belle marraine…

Chérubin (Hubert Gagnon), *vivement* : Son ruban de nuit ! donne-le-moi, mon cœur.

Acte i, scène 7, lignes 309 à 313.

Théâtre du Nouveau Monde, 1972.
Mise en scène de Jean-Louis Barrault.

surprend chez elle, et vous soupirez pour madame ; et vous m'en contez à moi, par-dessus le marché !

CHÉRUBIN, *exalté* : Cela est vrai, d'honneur ! Je ne sais plus ce que je suis ; mais depuis quelque temps je sens ma
335 poitrine agitée ; mon cœur palpite au seul aspect d'une femme ; les mots *amour* et *volupté* le font tressaillir et le troublent. Enfin le besoin de dire à quelqu'un *Je vous aime*, est devenu pour moi si pressant, que je le dis tout seul, en courant dans le parc, à ta maîtresse, à toi, aux arbres, aux
340 nuages, au vent qui les emporte avec mes paroles perdues. — Hier je rencontrai Marceline…

SUZANNE, *riant* : Ah ! ah ! ah ! ah !

CHÉRUBIN : Pourquoi non ? elle est femme, elle est fille ! Une fille ! une femme ! ah ! que ces noms sont doux ! qu'ils
345 sont intéressants[1] !

SUZANNE : Il devient fou !

CHÉRUBIN : Fanchette est douce ; elle m'écoute au moins : tu ne l'es pas, toi !

SUZANNE : C'est bien dommage ; écoutez donc monsieur !
350 *(Elle veut arracher le ruban.)*

CHÉRUBIN *tourne en fuyant* : Ah ! ouiche ! on ne l'aura, vois-tu, qu'avec ma vie. Mais si tu n'es pas contente du prix, j'y joindrai mille baisers. *(Il lui donne chasse à son tour.)*

SUZANNE *tourne en fuyant* : Mille soufflets, si vous
355 approchez. Je vais m'en plaindre à ma maîtresse ; et loin de supplier pour vous, je dirai moi-même à Monseigneur : C'est bien fait, Monseigneur ; chassez-nous ce petit voleur ; renvoyez à ses parents un petit mauvais sujet qui se donne

---

1 *sont intéressants* : éveillent le désir.

les airs d'aimer madame, et qui veut toujours m'embrasser
360 par contrecoup.

Chérubin *voit le Comte entrer; il se jette derrière le fauteuil avec effroi* : Je suis perdu !

Suzanne : Quelle frayeur ?...

SCÈNE 8 : Suzanne, Le Comte, Chérubin, *caché.*

Suzanne *aperçoit le Comte* : Ah !... *(Elle s'approche du fau-*
365 *teuil pour masquer Chérubin.)*

Le Comte *s'avance* : Tu es émue, Suzon ! tu parlais seule, et ton petit cœur paraît dans une agitation… bien pardonnable, au reste, un jour comme celui-ci.

Suzanne, *troublée* : Monseigneur, que me voulez-vous ? Si
370 l'on vous trouvait avec moi…

Le Comte : Je serais désolé qu'on m'y surprît; mais tu sais tout l'intérêt que je prends à toi. Bazile ne t'a pas laissé ignorer mon amour. Je n'ai rien qu'un instant pour t'expliquer mes vues; écoute. *(Il s'assied dans le fauteuil.)*

375 **Suzanne**, *vivement* : Je n'écoute rien.

Le Comte *lui prend la main* : Un seul mot. Tu sais que le Roi m'a nommé son ambassadeur à Londres. J'emmène avec moi Figaro; je lui donne un excellent poste; et, comme le devoir d'une femme est de suivre son mari…

380 **Suzanne** : Ah ! si j'osais parler !

Le Comte *la rapproche de lui* : Parle, parle, ma chère; use aujourd'hui d'un droit que tu prends sur moi pour la vie.

Suzanne, *effrayée* : Je n'en veux point, Monseigneur, je n'en veux point. Quittez-moi, je vous prie.

385   **LE COMTE** : Mais dis auparavant.

SUZANNE, *en colère* : Je ne sais plus ce que je disais.

LE COMTE : Sur le devoir des femmes.

SUZANNE : Eh bien ! lorsque Monseigneur enleva la sienne de chez le docteur, et qu'il l'épousa par amour ; lorsqu'il
390   abolit pour elle un certain affreux droit du seigneur…

LE COMTE, *gaiement* : Qui faisait bien de la peine aux filles ! Ah ! Suzette ! ce droit charmant ! Si tu venais en jaser sur la brune[1] au jardin, je mettrais un tel prix à cette légère faveur…

395   **BAZILE** *parle en dehors* : Il n'est pas chez lui, Monseigneur.

LE COMTE *se lève* : Quelle est cette voix ?

SUZANNE : Que je suis malheureuse !

LE COMTE : Sors, pour qu'on n'entre pas.

SUZANNE, *troublée* : Que je vous laisse ici ?

400   **BAZILE** *crie en dehors* : Monseigneur était chez madame, il en est sorti ; je vais voir.

LE COMTE : Et pas un lieu pour se cacher ! Ah ! derrière ce fauteuil… assez mal ; mais renvoie-le bien vite. *(Suzanne lui barre le chemin ; il la pousse doucement, elle recule, et se*
405   *met ainsi entre lui et le petit page ; mais, pendant que le Comte s'abaisse et prend sa place, Chérubin tourne et se jette effrayé sur le fauteuil à genoux et s'y blottit. Suzanne prend la robe qu'elle apportait, en couvre le page, et se met devant le fauteuil.)*

---

1 *sur la brune* : au coucher du soleil (à la brunante).

© André Le Coz.

SUZANNE (Ghislaine Paradis) : Ah ! si j'osais parler !

LE COMTE (Jean-Louis Roux) *la rapproche de lui* : Parle, parle, ma chère ; use aujourd'hui d'un droit que tu prends sur moi pour la vie.

ACTE I, SCÈNE 8, lignes 380 à 382.

THÉÂTRE DU NOUVEAU MONDE, 1972.
Mise en scène de Jean-Louis Barrault.

SCÈNE 9 : Le Comte et Chérubin *cachés*,
Suzanne, Bazile

410　Bazile : N'auriez-vous pas vu Monseigneur, mademoiselle ?

Suzanne, *brusquement* : Eh ? pourquoi l'aurais-je vu ? Laissez-moi.

Bazile *s'approche* : Si vous étiez plus raisonnable, il n'y aurait rien d'étonnant à ma question. C'est Figaro qui le cherche.

415　Suzanne : Il cherche donc l'homme qui lui veut le plus de mal après vous ?

Le Comte, *à part* : Voyons un peu comme il me sert.

Bazile : Désirer du bien à une femme, est-ce vouloir du mal à son mari ?

420　Suzanne : Non, dans vos affreux principes, agent de corruption !

Bazile : Que vous demande-t-on ici que vous n'alliez prodiguer à un autre ? Grâce à la douce cérémonie, ce qu'on vous défendait hier, on vous le prescrira demain.

425　Suzanne : Indigne !

Bazile : De toutes les choses sérieuses le mariage étant la plus bouffonne, j'avais pensé…

Suzanne, *outrée* : Des horreurs ! Qui vous permet d'entrer ici ?

430　Bazile : Là, là, mauvaise ! Dieu vous apaise ! Il n'en sera que ce que vous voulez : mais ne croyez pas non plus que je regarde monsieur Figaro comme l'obstacle qui nuit à Monseigneur ; et sans le petit page…

Suzanne, *timidement* : Don Chérubin ?

435 **Bazile** *la contrefait* : *Cherubino di amore*, qui tourne autour de vous sans cesse, et qui ce matin encore rôdait ici pour y entrer, quand je vous ai quittée. Dites que cela n'est pas vrai ?

Suzanne : Quelle imposture ! Allez-vous-en, méchant homme !

440 **Bazile** : On est un méchant homme, parce qu'on y voit clair. N'est-ce pas pour vous aussi, cette romance dont il fait mystère ?

Suzanne, *en colère* : Ah ! oui, pour moi !…

Bazile : À moins qu'il ne l'ait composée pour madame ! En 445 effet, quand il sert à table, on dit qu'il la regarde avec des yeux !… Mais, peste, qu'il ne s'y joue pas ! Monseigneur est *brutal* sur l'article[1].

Suzanne, *outrée* : Et vous bien scélérat, d'aller semant de pareils bruits pour perdre un malheureux enfant tombé 450 dans la disgrâce de son maître.

Bazile : L'ai-je inventé ? Je le dis, parce que tout le monde en parle.

Le Comte *se lève* : Comment, tout le monde en parle !

Suzanne : Ah ciel !

455 **Bazile** : Ah ! ah !

Le Comte : Courez, Bazile, et qu'on le chasse.

Bazile : Ah ! que je suis fâché d'être entré !

Suzanne, *troublée* : Mon Dieu ! Mon Dieu !

Le Comte, *à Bazile* : Elle est saisie. Asseyons-la dans ce 460 fauteuil.

---

1 *sur l'article* : à ce sujet.

Suzanne *le repousse vivement* : Je ne veux pas m'asseoir. Entrer ainsi librement, c'est indigne !

Le Comte : Nous sommes deux avec toi, ma chère. Il n'y a plus le moindre danger !

465 **Bazile** : Moi je suis désolé de m'être égayé sur le page, puisque vous l'entendiez. Je n'en usais ainsi que pour pénétrer ses sentiments ; car au fond…

Le Comte : Cinquante pistoles, un cheval, et qu'on le renvoie à ses parents.

470 **Bazile** : Monseigneur, pour un badinage ? *bantering*

Le Comte : Un petit libertin§ que j'ai surpris encore hier avec la fille du jardinier.

Bazile : Avec Fanchette ?

Le Comte : Et dans sa chambre.

475 **Suzanne**, *outrée* : Où Monseigneur avait sans doute affaire aussi !

Le Comte, *gaiement* : J'en aime assez la remarque.

Bazile : Elle est d'un bon augure.

Le Comte, *gaiement* : Mais non ; j'allais chercher ton oncle
480 Antonio, mon ivrogne de jardinier, pour lui donner des ordres. Je frappe, on est longtemps à m'ouvrir ; ta cousine a l'air empêtré ; je prends un soupçon, je lui parle, et tout en causant j'examine. Il y avait derrière la porte une espèce de rideau, de portemanteau, de je ne sais pas quoi, qui couvrait
485 des hardes^1 ; sans faire semblant de rien, je vais doucement, doucement lever ce rideau *(pour imiter le geste, il lève la robe du fauteuil)*, et je vois… *(Il aperçoit le page.)* Ah ! …

N.B. : Les mots suivis du symbole § sont définis dans le glossaire, à la page 284.
1 *hardes* : vêtements destinés à un usage ordinaire.

BAZILE : Ah ! ah !

LE COMTE : Ce tour-ci vaut l'autre.

490 **BAZILE** : Encore mieux.

LE COMTE, *à Suzanne* : À merveille, mademoiselle ! à peine fiancée, vous faites de ces apprêts[1] ? C'était pour recevoir mon page que vous désiriez être seule ? Et vous, monsieur, qui ne changez point de conduite, il vous manquait de vous
495 adresser, sans respect pour votre marraine, à sa première camariste[§], à la femme de votre ami ! Mais je ne souffrirai pas que Figaro, qu'un homme que j'estime et que j'aime, soit victime d'une pareille tromperie. Était-il avec vous, Bazile ?

SUZANNE, *outrée* : Il n'y a ni tromperie ni victime ; il était là
500 lorsque vous me parliez.

LE COMTE, *emporté* : Puisses-tu mentir en le disant ! Son plus cruel ennemi n'oserait lui souhaiter ce malheur.

SUZANNE : Il me priait d'engager madame à vous demander sa grâce. Votre arrivée l'a si fort troublé, qu'il s'est masqué
505 de ce fauteuil.

LE COMTE, *en colère* : Ruse d'enfer ! Je m'y suis assis en entrant.

CHÉRUBIN : Hélas ! Monseigneur, j'étais tremblant derrière.

LE COMTE : Autre fourberie ! Je viens de m'y placer moi-même.

510 **CHÉRUBIN** : Pardon ; mais c'est alors que je me suis <u>blotti</u> dedans.

LE COMTE, *plus outré* : C'est donc une couleuvre que ce petit… serpent-là ! Il nous écoutait !

---

1 *apprêts* : préparatifs (pour tromper Figaro).

Chérubin : Au contraire, Monseigneur, j'ai fait ce que j'ai
515　pu pour ne rien entendre.

Le Comte : Ô perfidie ! *(À Suzanne.)* Tu n'épouseras pas
Figaro.

Bazile : Contenez-vous, on vient.

Le Comte, *tirant Chérubin du fauteuil et le mettant sur ses*
520　*pieds* : Il resterait là devant toute la terre !

SCÈNE 10 : Chérubin, Suzanne, Figaro,
La Comtesse, Le Comte, Fanchette, Bazile
Beaucoup de valets, paysannes, paysans vêtus de blanc.

Figaro, *tenant une toque de femme, garnie de plumes*
blanches et de rubans blancs, parle à la Comtesse : Il n'y a que
vous, madame, qui puissiez nous obtenir cette faveur.

La Comtesse : Vous le voyez, monsieur le Comte, ils me
525　supposent un crédit[1] que je n'ai point, mais comme leur
demande n'est pas déraisonnable…

Le Comte, *embarrassé* : Il faudrait qu'elle le fût beaucoup…

Figaro, *bas à Suzanne* : Soutiens bien mes efforts.

Suzanne, *bas à Figaro* : Qui ne mèneront à rien.

530　**Figaro**, *bas* : Va toujours.

Le Comte, *à Figaro* : Que voulez-vous ?

Figaro : Monseigneur, vos vassaux[2] touchés de l'abolition
d'un certain droit fâcheux que votre amour pour madame…

1　*crédit* : influence effective.
2　*vassaux* : ceux qui dépendent du seigneur.

Le Comte : Eh bien, ce droit n'existe plus. Que veux-tu dire ?...

Figaro, *malignement* : Qu'il est bien temps que la vertu d'un si bon maître éclate ; elle m'est d'un tel avantage aujourd'hui que je désire être le premier à la célébrer à mes noces.

Le Comte, *plus embarrassé* : Tu te moques, ami ! L'abolition d'un droit honteux n'est que l'acquit d'une dette envers l'honnêteté. Un Espagnol peut vouloir conquérir la beauté par des soins[1] ; mais en exiger le premier, le plus doux emploi, comme une servile redevance, ah ! c'est la tyrannie d'un Vandale[2], et non le droit avoué d'un noble Castillan.

Figaro, *tenant Suzanne par la main* : Permettez donc que cette jeune créature, de qui votre sagesse a préservé l'honneur, reçoive de votre main, publiquement, la toque virginale, ornée de plumes et de rubans blancs, symbole de la pureté de vos intentions : adoptez-en la cérémonie pour tous les mariages, et qu'un quatrain chanté en chœur rappelle à jamais le souvenir...

Le Comte, *embarrassé* : Si je ne savais pas qu'amoureux, poète et musicien sont trois titres d'indulgence pour toutes les folies...

Figaro : Joignez-vous à moi, mes amis !

Tous ensemble : Monseigneur ! Monseigneur !

Suzanne, *au Comte* : Pourquoi fuir un éloge que vous méritez si bien ?

Le Comte, *à part* : La perfide !

Figaro : Regardez-la donc, Monseigneur. Jamais plus jolie fiancée ne montrera mieux la grandeur de votre sacrifice.

---

1 *soins* : attentions galantes.
2 *Vandale* : les Vandales forment un peuple reconnu pour son caractère brutal.

SUZANNE : Laisse là ma figure, et ne vantons que sa vertu.

LE COMTE, *à part* : C'est un jeu que tout ceci.

LA COMTESSE : Je me joins à eux, monsieur le Comte ; et cette
565 cérémonie me sera toujours chère, puisqu'elle doit son motif
à l'amour charmant que vous aviez pour moi.

LE COMTE : Que j'ai toujours, madame ; et c'est à ce titre
que je me rends.

TOUS ENSEMBLE : Vivat !

570 LE COMTE, *à part* : Je suis pris. *(Haut.)* Pour que la cérémonie eût un peu plus d'éclat, je voudrais seulement qu'on
la remît à tantôt. *(À part.)* Faisons vite chercher Marceline.

FIGARO, *à Chérubin* : Eh bien, espiègle, vous n'applaudissez
pas ?

575 SUZANNE : Il est au désespoir ; Monseigneur le renvoie.

LA COMTESSE : Ah ! monsieur, je demande sa grâce.

LE COMTE : Il ne la mérite point.

LA COMTESSE : Hélas ! il est si jeune !

LE COMTE : Pas tant que vous le croyez.

580 CHÉRUBIN, *tremblant* : Pardonner généreusement n'est pas
le droit du seigneur auquel vous avez renoncé en épousant
madame.

LA COMTESSE : Il n'a renoncé qu'à celui qui vous affligeait
tous.

585 SUZANNE : Si Monseigneur avait cédé le droit de pardonner,
ce serait sûrement le premier qu'il voudrait racheter en secret.

LE COMTE, *embarrassé* : Sans doute.

LA COMTESSE : Eh ! pourquoi le racheter ?

Chérubin, *au Comte* : Je fus léger dans ma conduite, il est
590 vrai, Monseigneur ; mais jamais la moindre indiscrétion
dans mes paroles…

Le Comte, *embarrassé* : Eh bien, c'est assez…

Figaro : Qu'entend-il ?

Le Comte, *vivement* : C'est assez, c'est assez. Tout le monde
595 exige son pardon, je l'accorde ; et j'irai plus loin : je lui
donne une compagnie dans ma légion[1].

Tous ensemble : Vivat !

Le Comte : Mais c'est à condition qu'il partira sur-le-champ
pour joindre en Catalogne[2].

600 **Figaro** : Ah ! Monseigneur, demain.

Le Comte *insiste* : Je le veux.

Chérubin : J'obéis.

Le Comte : Saluez votre marraine, et demandez sa protection. *(Chérubin met un genou en terre devant la Comtesse, et
605 ne peut parler.)*

La Comtesse, *émue* : Puisqu'on ne peut vous garder seulement aujourd'hui, partez, jeune homme. Un nouvel état
vous appelle ; allez le remplir dignement. Honorez votre
bienfaiteur. Souvenez-vous de cette maison, où votre
610 jeunesse a trouvé tant d'indulgence. Soyez soumis, honnête
et brave ; nous prendrons part à vos succès. *(Chérubin se
relève et retourne à sa place.)*

Le Comte : Vous êtes bien émue, madame !

---

1 Ce qui fait de Chérubin un capitaine.
2 *joindre en Catalogne* : les rejoindre en Catalogne.

LA COMTESSE : Je ne m'en défends pas. Qui sait le sort d'un
615 enfant jeté dans une carrière aussi dangereuse ? Il est allié de
mes parents ; et de plus, il est mon filleul. *godchild*

LE COMTE, *à part* : Je vois que Bazile avait raison. *(Haut.)*
Jeune homme, embrassez Suzanne… pour la dernière fois.

FIGARO : Pourquoi cela, Monseigneur ? Il viendra passer ses
620 hivers. Baise-moi donc aussi, capitaine ! *(Il l'embrasse.)*
Adieu, mon petit Chérubin. Tu vas mener un train de vie
bien différent, mon enfant : dame ! tu ne rôderas plus tout
le jour au quartier des femmes, plus d'échaudés[1], de goûters
à la crème ; plus de main-chaude[2] ou de colin-maillard[3]. De
625 bons soldats, morbleu ! basanés, mal vêtus ; un grand fusil
bien lourd : tourne à droite, tourne à gauche, en avant,
marche à la gloire ; et ne va pas broncher en chemin, à moins
qu'un bon coup de feu…

SUZANNE : Fi donc, l'horreur !

630 LA COMTESSE : Quel pronostic !

LE COMTE : Où est donc Marceline ? Il est bien singulier
qu'elle ne soit pas des vôtres !

FANCHETTE : Monseigneur, elle a pris le chemin du bourg,
par le petit sentier de la ferme.

635 LE COMTE : Et elle en reviendra ?…

BAZILE : Quand il plaira à Dieu.

FIGARO : S'il lui plaisait qu'il ne lui plût jamais…

FANCHETTE : Monsieur le docteur lui donnait le bras.

---

1 *échaudés* : gâteaux faits avec de la pâte échaudée.
2 *main-chaude* : jeu où les participants tentent de deviner qui a frappé leur main
placée derrière leur dos.
3 *collin-maillard* : jeu où les participants ont les yeux bandés et tentent d'attraper à
tâtons les autres participants.

Le Comte, *vivement* : Le docteur est ici ?

640   **Bazile** : Elle s'en est d'abord[1] emparée…

Le Comte, *à part* : Il ne pouvait venir plus à propos.

Fanchette : Elle avait l'air bien échauffée ; elle parlait tout haut en marchant, puis elle s'arrêtait, et faisait comme ça de grands bras[2]… et monsieur le docteur lui faisait comme ça
645   de la main, en l'apaisant : elle paraissait si courroucée ! elle nommait mon cousin Figaro.

Le Comte *lui prend le menton* : Cousin… futur.

Fanchette, *montrant Chérubin* : Monseigneur, nous avez-vous pardonné d'hier ?…

650   **Le Comte** *interrompt* : Bonjour, bonjour, petite.

Figaro : C'est son chien d'amour qui la berce : elle aurait troublé notre fête.

Le Comte, *à part* : Elle la troublera, je t'en réponds. *(Haut.)* Allons, madame, entrons. Bazile, vous passerez chez moi.

655   **Suzanne**, *à Figaro* : Tu me rejoindras, mon fils ?

Figaro, *bas à Suzanne* : Est-il bien enfilé[3] ?

Suzanne, *bas* : Charmant garçon ! *(Ils sortent tous.)*

---

1 *d'abord* : aussitôt arrivée.
2 *de grands bras* : de grands mouvements de bras.
3 *enfilé* : trompé.

SCÈNE 11 : Chérubin, Figaro, Bazile

(Pendant qu'on sort, Figaro les arrête tous deux et les ramène.)

Figaro : Ah ça, vous autres ! la cérémonie adoptée, ma fête
660 de ce soir en est la suite ; il faut bravement nous recorder[1] :
ne faisons point comme ces acteurs qui ne jouent jamais si
mal que le jour où la critique est le plus éveillée. Nous
n'avons point de lendemain qui nous excuse, nous. Sachons
bien nos rôles aujourd'hui.

665 **Bazile**, *malignement* : Le mien est plus difficile que tu ne crois.

Figaro, *faisant, sans qu'il le voie, le geste de le rosser* : Tu es
loin de savoir tout le succès qu'il te vaudra.

Chérubin : Mon ami, tu oublies que je pars.

Figaro : Et toi, tu voudrais bien rester !

670 **Chérubin** : Ah ! si je le voudrais !

Figaro : Il faut ruser. Point de murmure à ton départ. Le
manteau de voyage à l'épaule ; arrange ouvertement ta
trousse, et qu'on voie ton cheval à la grille ; un temps de
galop jusqu'à la ferme ; reviens à pied par les derrières.
675 Monseigneur te croira parti ; tiens-toi seulement hors de sa
vue ; je me charge de l'apaiser après la fête.

Chérubin : Mais Fanchette qui ne sait pas son rôle !

Bazile : Que diable lui apprenez-vous donc, depuis huit
jours que vous ne la quittez pas ?

680 **Figaro** : Tu n'as rien à faire aujourd'hui : donne-lui, par
grâce, une leçon.

---

1 *recorder* : apprendre nos rôles.

Bazile : Prenez garde, jeune homme, prenez garde ! Le père n'est pas satisfait ; la fille a été souffletée ; elle n'étudie pas avec vous : Chérubin ! Chérubin ! vous lui causerez des
685   chagrins ! *Tant va la cruche à l'eau !…*

Figaro : Ah ! voilà notre imbécile avec ses vieux proverbes ! Eh ! bien, pédant, que dit la sagesse des nations ? *Tant va la cruche à l'eau, qu'à la fin…*

Bazile : Elle s'emplit.

690   **Figaro**, *en s'en allant* : Pas si bête, pourtant, pas si bête !

ACTE II

*Le théâtre représente une chambre à coucher superbe, un grand lit
en alcôve, une estrade au-devant. La porte pour entrer s'ouvre
et se ferme à la troisième coulisse à droite ; celle d'un cabinet, à la
première coulisse à gauche. Une porte dans le fond va chez les
femmes[1]. Une fenêtre s'ouvre de l'autre côté.*

SCÈNE 1 : Suzanne, La Comtesse
entrent par la porte à droite.

La Comtesse *se jette dans une bergère[2]* : Ferme la porte,
Suzanne, et conte-moi tout dans le plus grand détail.

Suzanne : Je n'ai rien caché à madame.

La Comtesse : Quoi ! Suzon, il voulait te séduire ?

695 Suzanne : Oh ! que non ! Monseigneur n'y met pas tant de
façon avec sa servante : il voulait m'acheter.

La Comtesse : Et le petit page était présent ?

Suzanne : C'est-à-dire caché derrière le grand fauteuil. Il
venait me prier de vous demander sa grâce.

700 La Comtesse : Eh, pourquoi ne pas s'adresser à moi-même ?
est-ce que je l'aurais refusé, Suzon ?

Suzanne : C'est ce que j'ai dit : mais ses regrets de partir, et
surtout de quitter madame ! *Ah ! Suzon, qu'elle est noble et
belle ! mais qu'elle est imposante[§] !*

705 La Comtesse : Est-ce que j'ai cet air-là, Suzon ? Moi qui l'ai
toujours protégé.

---

1 *les femmes* : les femmes de chambres.
2 *bergère* : grand fauteuil à la fois large et profond.

Suzanne : Puis il a vu votre ruban de nuit que je tenais : il s'est jeté dessus…

La Comtesse, *souriant* : Mon ruban ?… Quelle enfance[1] !

710 **Suzanne** : J'ai voulu le lui ôter ; madame, c'était un lion ; ses yeux brillaient… Tu ne l'auras qu'avec ma vie, disait-il en formant sa petite voix douce et grêle.

La Comtesse, *rêvant* : Eh bien, Suzon ?

Suzanne : Eh bien, madame, est-ce qu'on peut faire finir ce
715 petit démon-là ? Ma marraine par-ci ; je voudrais bien par l'autre ; et parce qu'il n'oserait seulement baiser la robe de madame, il voudrait toujours m'embrasser, moi.

La Comtesse, *rêvant* : Laissons… laissons ces folies… Enfin, ma pauvre Suzanne, mon époux a fini par te dire ?…

720 **Suzanne** : Que si je ne voulais pas l'entendre, il allait protéger Marceline.

La Comtesse *se lève et se promène en se servant fortement de l'éventail* : Il ne m'aime plus du tout.

Suzanne : Pourquoi tant de jalousie ?

725 **La Comtesse** : Comme tous les maris, ma chère ! uniquement par orgueil. Ah ! je l'ai trop aimé ! je l'ai lassé de mes tendresses et fatigué de mon amour ; voilà mon seul tort avec lui : mais je n'entends pas que cet honnête aveu te nuise, et tu épouseras Figaro. Lui seul peut nous y aider :
730 viendra-t-il ?

Suzanne : Dès qu'il verra partir la chasse.

La Comtesse, *se servant de l'éventail* : Ouvre un peu la croisée[2] sur le jardin. Il fait une chaleur ici !…

---

1 *Quelle enfance* : quel enfantillage.
2 *croisée* : châssis vitré d'une fenêtre.

Suzanne : C'est que madame parle et marche avec action.
735 (*Elle va ouvrir la croisée*§ *du fond.*)

La Comtesse, *rêvant longtemps* : Sans cette constance à me fuir… Les hommes sont bien coupables !

Suzanne *crie de la fenêtre* : Ah ! voilà Monseigneur qui traverse à cheval le grand potager, suivi de Pédrille, avec deux,
740 trois, quatre lévriers.

La Comtesse : Nous avons du temps devant nous. (*Elle s'assied.*) On frappe, Suzon ?

Suzanne *court ouvrir en chantant* : Ah ! C'est mon Figaro ! ah ! c'est mon Figaro !

SCÈNE 2 : Figaro, Suzanne, La Comtesse, *assise.*

745 **Suzanne** : Mon cher ami, viens donc ! Madame est dans une impatience !…

Figaro : Et toi, ma petite Suzanne ? — Madame n'en doit prendre aucune. Au fait, de quoi s'agit-il ? d'une misère. Monsieur le Comte trouve notre jeune femme aimable, il
750 voudrait en faire sa maîtresse ; et c'est bien naturel.

Suzanne : Naturel ?

Figaro : Puis il m'a nommé courrier de dépêches, et Suzon conseiller d'ambassade. Il n'y a pas là d'étourderie.

Suzanne : Tu finiras ?

755 **Figaro** : Et parce que Suzanne, ma fiancée, n'accepte pas le diplôme, il va favoriser les vues de Marceline. Quoi de plus simple encore ? Se venger de ceux qui nuisent à nos projets en renversant les leurs, c'est ce que chacun fait, ce que nous allons faire nous-mêmes. Eh bien, voilà tout pourtant.

FIGARO (Marc Beland) *à Suzanne* (Anne Dorval) *et La Comtesse* (Sophie Lorain) : […] Se venger de ceux qui nuisent à nos projets en renversant les leurs, c'est ce que chacun fait, ce que nous allons faire nous-mêmes. Eh bien, voilà tout pourtant.

ACTE II, SCÈNE 2, lignes 757 à 759.

THÉÂTRE DU RIDEAU VERT, 1998.
Mise en scène de Guillermo de Andrea.

760 **LA COMTESSE** : Pouvez-vous, Figaro, traiter si légèrement un dessein[1] qui nous coûte à tous le bonheur ?

FIGARO : Qui dit cela, madame ?

SUZANNE : Au lieu de t'affliger de nos chagrins…

FIGARO : N'est-ce pas assez que je m'en occupe ? Or, pour
765 agir aussi méthodiquement que lui, tempérons d'abord son ardeur de nos possessions, en l'inquiétant sur les siennes.

LA COMTESSE : C'est bien dit ; mais comment ?

FIGARO : C'est déjà fait, madame ; un faux avis donné sur vous…

770 **LA COMTESSE** : Sur moi ! La tête vous tourne !

FIGARO : Oh ! c'est à lui qu'elle doit tourner.

LA COMTESSE : Un homme aussi jaloux !…

FIGARO : Tant mieux ; pour tirer parti des gens de ce caractère, il ne faut qu'un peu leur fouetter le sang ; c'est ce que
775 les femmes entendent si bien ! Puis les tient-on fâchés tout rouge, avec un brin d'intrigue on les mène où l'on veut, par le nez, dans le Guadalquivir[2]. Je vous ai fait rendre à Bazile un billet inconnu[3], lequel avertit Monseigneur qu'un galant doit chercher à vous voir aujourd'hui pendant le bal.

780 **LA COMTESSE** : Et vous vous jouez ainsi de la vérité sur le compte d'une femme d'honneur !…

FIGARO : Il y en a peu, madame, avec qui je l'eusse osé, crainte de rencontrer juste[4].

LA COMTESSE : Il faudra que je l'en remercie !

---

1 *dessein* : but poursuivi.

2 *Guadalquivir* : fleuve espagnol de l'Andalousie qui coule à Séville.

3 *inconnu* : qu'on désire cacher.

4 *de rencontrer juste* : d'avoir raison.

785 **FIGARO** : Mais, dites-moi s'il n'est pas charmant de lui avoir taillé ses morceaux de la journée[1], de façon qu'il passe à rôder, à jurer après sa dame, le temps qu'il destinait à se complaire avec la nôtre ? Il est déjà tout dérouté : galopera-t-il celle-ci[2] ? surveillera-t-il celle-là ? Dans son trouble

790 d'esprit, tenez, tenez, le voilà qui court la plaine, et force un lièvre qui n'en peut mais[3]. L'heure du mariage arrive en poste, il n'aura pas pris de parti contre, et jamais il n'osera s'y opposer devant madame.

SUZANNE : Non ; mais Marceline, le bel esprit, osera le faire,
795 elle.

FIGARO : Brrrr ! Cela m'inquiète bien, ma foi ! Tu feras dire à Monseigneur que tu te rendras sur la brune[§] au jardin.

SUZANNE : Tu comptes sur celui-là[4] ?

FIGARO : Oh dame ! écoutez donc, les gens qui ne veulent
800 rien faire de rien n'avancent rien et ne sont bons à rien. Voilà mon mot.

SUZANNE : Il est joli !

LA COMTESSE : Comme son idée. Vous consentiriez qu'elle s'y rendît ?

805 **FIGARO** : Point du tout. Je fais endosser un habit de Suzanne à quelqu'un : surpris par nous au rendez-vous, le Comte pourra-t-il s'en dédire ?

SUZANNE : À qui mes habits ?

FIGARO : Chérubin.

---

1 *avoir taillé ses morceaux de la journée* : avoir décidé de son emploi du temps pour la journée.
2 *galopera-t-il celle-ci ?* : la poursuivra-t-il au galop ?
3 *qui n'en peut mais* : qui n'y peut rien.
4 *sur celui-là* : sur ce stratagème. Le mot ici renvoie à l'ensemble de la phrase.

810   **La Comtesse** : Il est parti.

Figaro : Non pas pour moi. Veut-on me laisser faire ?

Suzanne : On peut s'en fier à lui pour mener une intrigue.

Figaro : Deux, trois, quatre à la fois ; bien embrouillées, qui se croisent. J'étais né pour être courtisan.

815   **Suzanne** : On dit que c'est un métier si difficile !

Figaro : Recevoir, prendre et demander, voilà le secret en trois mots.

La Comtesse : Il a tant d'assurance qu'il finit par m'en inspirer.

820   **Figaro** : C'est mon dessein§.

Suzanne : Tu disais donc ?

Figaro : Que pendant l'absence de Monseigneur je vais vous envoyer le Chérubin ; coiffez-le, habillez-le ; je le renferme et l'endoctrine[1] ; et puis dansez, Monseigneur. *(Il sort.)*

SCÈNE 3 : Suzanne, La Comtesse, *assise.*

825   **La Comtesse**, *tenant sa boîte à mouches*[2] : Mon Dieu, Suzon, comme je suis faite[3] !… Ce jeune homme qui va venir !…

Suzanne : Madame ne veut donc pas qu'il en réchappe ?

La Comtesse *rêve devant sa petite glace* : Moi ?… Tu verras comme je vais le gronder.

---

1   *l'endoctrine* : lui fait la leçon pour qu'il apprenne son rôle.
2   *mouches* : petits morceaux de taffetas noir que les femmes portent sur une joue ou sur le décolleté afin de mettre en valeur la blancheur de la peau.
3   *faite* : mal arrangée.

830   **Suzanne** : Faisons-lui chanter sa romance. *(Elle la met sur la Comtesse.)*

La Comtesse : Mais c'est qu'en vérité mes cheveux sont dans un désordre…

Suzanne, *riant* : Je n'ai qu'à reprendre ces deux boucles,
835   madame le grondera bien mieux.

La Comtesse, *revenant à elle* : Qu'est-ce que vous dites donc, mademoiselle ?

SCÈNE 4 : **Chérubin**, *l'air honteux*, **Suzanne**, **La Comtesse**, *assise.*

Suzanne : Entrez, monsieur l'officier ; on est visible.

Chérubin *avance en tremblant* : Ah ! que ce nom m'afflige,
840   madame ! il m'apprend qu'il faut quitter les lieux… une marraine si… bonne !…

Suzanne : Et si belle !

Chérubin, *avec un soupir* : Ah ! oui.

Suzanne *le contrefait* : *Ah ! oui.* Le bon jeune homme ! avec
845   ses longues paupières hypocrites. Allons, bel oiseau bleu, chantez la romance à madame.

La Comtesse *la déplie* : De qui… dit-on qu'elle est ?

Suzanne : Voyez la rougeur du coupable : en a-t-il un pied[1] sur les joues ?

850   **Chérubin** : Est-ce qu'il est défendu… de chérir ?…

Suzanne *lui met le poing sous le nez* : Je dirai tout, vaurien !

---

1   *un pied* : une couche de fard d'un pied d'épaisseur.

La Comtesse : Là… chante-t-il ?

Chérubin : Oh ! madame, je suis si tremblant !…

Suzanne, *en riant* : Et gnian, gnian, gnian, gnian, gnian,
855   gnian, gnian ; dès que[1] madame le veut, modeste auteur ! Je
vais l'accompagner.

La Comtesse : Prends ma guitare. *(La Comtesse assise tient
le papier pour suivre. Suzanne est derrière son fauteuil, et
prélude[2], en regardant la musique par-dessus sa maîtresse. Le*
860   *petit page est devant elle, les yeux baissés. Ce tableau est juste
la belle estampe, d'après Vanloo, appelée* La Conversation
espagnole.*)*

ROMANCE

Air : *Marlbroug s'en va-t-en guerre.*

865   Premier Couplet

Mon coursier hors d'haleine,
(Que mon cœur, mon cœur a de peine !)
J'errais de plaine en plaine,
Au gré du destrier.

870   Deuxième Couplet

Au gré du destrier,
Sans varlet, n'écuyer[3] ;
Là près d'une fontaine,
(Que mon cœur, mon cœur a de peine !)
875   Songeant à ma marraine.
Sentais mes pleurs couler.

---

1   *dès que* : dès lors que, étant donné que.

2   *prélude* : joue de son instrument pour se mettre dans le ton.

3   *Sans varlet, n'écuyer* : sans valet, ni écuyer..

© Pierre Desjardins.

Chérubin (Maxime Gaudette) **chantant la romance**
à la Comtesse (Sophie Lorain).

<small>Acte ii, scène 4.</small>

<small>Théâtre du Rideau Vert, 1998.
Mise en scène de Guillermo de Andrea.</small>

TROISIÈME COUPLET

Sentais mes pleurs couler,
Prêt à me désoler,
880 Je gravais sur un frêne,
(Que mon cœur, mon cœur a de peine !)
Sa lettre[1] sans la mienne ;
Le roi vint à passer.

QUATRIÈME COUPLET

885 Le roi vint à passer,
Ses barons, son clergier[2].
Beau page, dit la reine,
(Que mon cœur, mon cœur a de peine !)
Qui vous met à la gêne[3] ?
890 Qui vous fait tant plorer[4] ?

CINQUIÈME COUPLET

Qui vous fait tant plorer ?
Nous faut le déclarer.
Madame et souveraine,
895 (Que mon cœur, mon cœur a de peine !)
J'avais une marraine,
Que toujours adorai.

SIXIÈME COUPLET

Que toujours adorai ;
900 Je sens que j'en mourrai.
Beau page, dit la reine,
(Que mon cœur, mon cœur a de peine !)
N'est-il qu'une marraine ?
Je vous en servirai.

---

1 *sa lettre* : ses initiales.
2 *clergier* : clergé.
3 *met à la gêne* : fait souffrir.
4 *plorer* : pleurer.

905   SEPTIÈME COUPLET

Je vous en servirai ;
Mon page vous ferai ;
Puis à ma jeune Hélène,
(Que mon cœur, mon cœur a de peine !)
910 Fille d'un capitaine,
Un jour vous marierai.

                HUITIÈME COUPLET

Un jour vous marierai,
Nenni, n'en faut parler !
915 Je veux, traînant ma chaîne,
(Que mon cœur, mon cœur a de peine !)
Mourir de cette peine
Mais non m'en consoler.

LA COMTESSE : Il y a de la naïveté… du sentiment même.

920 SUZANNE *va poser la guitare sur un fauteuil* : Oh ! pour du sentiment, c'est un jeune homme qui… Ah çà, monsieur l'officier, vous a-t-on dit que pour égayer la soirée nous voulons savoir d'avance si un de mes habits vous ira passablement ?

925 LA COMTESSE : J'ai peur que non.

SUZANNE *se mesure avec lui* : Il est de ma grandeur. Ôtons d'abord le manteau. *(Elle le détache.)*

LA COMTESSE : Et si quelqu'un entrait ?

SUZANNE : Est-ce que nous faisons du mal donc ? Je vais fer-
930 mer la porte *(elle court)* ; mais c'est la coiffure que je veux voir.

LA COMTESSE : Sur ma toilette[1], une baigneuse[2] à moi.
*(Suzanne entre dans le cabinet dont la porte est au bord du
théâtre.)*

SCÈNE 5 : CHÉRUBIN, LA COMTESSE, *assise.*

935   LA COMTESSE : Jusqu'à l'instant du bal le Comte ignorera
que vous soyez au château. Nous lui dirons après que le
temps d'expédier[3] votre brevet nous a fait naître l'idée…
CHÉRUBIN *le lui montre* : Hélas ! madame, le voici ! Bazile
me l'a remis de sa part.

940   LA COMTESSE : Déjà ? L'on a craint d'y perdre une minute.
(Elle lit.) Ils se sont tant pressés, qu'ils ont oublié d'y mettre
son cachet. *(Elle le lui rend.)*

SCÈNE 6 : CHÉRUBIN, LA COMTESSE, SUZANNE

SUZANNE *entre avec un grand bonnet* : Le cachet, à quoi ?

LA COMTESSE : À son brevet.

945   SUZANNE : Déjà ?

LA COMTESSE : C'est ce que je disais. Est-ce là ma baigneuse ?

SUZANNE *s'assied près de la Comtesse* : Et la plus belle de
toutes. *(Elle chante avec des épingles dans sa bouche.)*
    Tournez-vous donc envers ici,
950   Jean de Lyra, mon bel ami.

---

1   *toilette* : meuble sur lequel sont rangés les instruments nécessaires à la propreté et
    à la parure.
2   *baigneuse* : bonnet plissé.
3   *expédier* : rendre un document conforme à l'envoi par des signatures et des cachets.

(Chérubin se met à genoux. Elle le coiffe.)

Madame, il est charmant !

La Comtesse : Arrange son collet d'un air un peu plus féminin.

955 **Suzanne** *l'arrange* : Là… Mais voyez donc ce morveux, comme il est joli en fille ! j'en suis jalouse, moi ! *(Elle lui prend le menton.)* Voulez-vous bien n'être pas joli comme ça ?

La Comtesse : Qu'elle est folle ! il faut relever la manche, afin que l'amadis[1] prenne mieux[2]… *(Elle le retrousse.)* Qu'est-
960 ce qu'il a donc au bras ? Un ruban !

Suzanne : Et un ruban à vous. Je suis bien aise que madame l'ait vu. Je lui avais dit que je le dirais, déjà ! Oh ! si Monseigneur n'était pas venu, j'aurais bien repris le ruban ; car je suis presque aussi forte que lui.

965 **La Comtesse** : Il y a du sang ! *(Elle détache le ruban.)*

Chérubin, *honteux* : Ce matin, comptant partir, j'arrangeais la gourmette[3] de mon cheval ; il a donné de la tête, et la bossette[4] m'a effleuré le bras.

La Comtesse : On n'a jamais mis un ruban…

970 **Suzanne** : Et surtout un ruban volé. — Voyons donc ce que la bossette… la courbette[5]… la cornette[6] du cheval… Je n'entends rien à tous ces noms-là. — Ah ! qu'il a le bras blanc ; c'est comme une femme ! plus blanc que le mien ! Regardez donc, madame ! *(Elle les compare.)*

---

1 *amadis* : manche de robe dont le poignet serré est boutonné.
2 *prenne mieux* : soit mieux ajusté.
3 *gourmette* : petite chaîne qui unit les deux branches du mors d'un cheval.
4 *bossette* : ornement du mors en forme de bosse.
5 *courbette* : figure d'équitation.
6 *cornette* : coiffure de femme.

975 La Comtesse, *d'un ton glacé* : Occupez-vous plutôt de m'avoir du taffetas gommé dans ma toilette. *(Suzanne lui pousse la tête en riant ; il tombe sur les deux mains. Elle entre dans le cabinet au bord du théâtre.)*

SCÈNE 7 : Chérubin, *à genoux*, La Comtesse, *assise.*

La Comtesse *reste un moment sans parler, les yeux sur son*
980 *ruban. Chérubin la dévore de ses regards* : Pour mon ruban, monsieur... comme c'est celui dont la couleur m'agrée le plus... j'étais fort en colère de l'avoir perdu.

SCÈNE 8 : Chérubin, *à genoux*, La Comtesse, *assise,* Suzanne

Suzanne, *revenant* : Et la ligature à son bras ? *(Elle remet à la Comtesse du taffetas gommé et des ciseaux.)*

985 La Comtesse : En allant lui chercher tes hardes[§], prends le ruban d'un autre bonnet. *(Suzanne sort par la porte du fond, en emportant le manteau du page.)*

SCÈNE 9 : Chérubin, *à genoux*, La Comtesse, *assise.*

Chérubin, *les yeux baissés* : Celui qui m'est ôté m'aurait guéri en moins de rien.

990 La Comtesse : Par quelle vertu ? *(Lui montrant le taffetas.)* Ceci vaut mieux.

Chérubin, *hésitant* : Quand un ruban... a serré la tête... ou touché la peau d'une personne...

La Comtesse, *coupant la phrase* : … Étrangère, il devient
995 bon pour les blessures ? J'ignorais cette propriété. Pour
l'éprouver, je garde celui-ci qui vous a serré le bras. À la première égratignure… de mes femmes, j'en ferai l'essai.

Chérubin, *pénétré* : Vous le gardez, et moi je pars.

La Comtesse : Non pour toujours.

1000 **Chérubin** : Je suis si malheureux !

La Comtesse, *émue* : Il pleure à présent ! C'est ce vilain
Figaro avec son pronostic !

Chérubin, *exalté* : Ah ! je voudrais toucher au terme qu'il
m'a prédit[1] ! Sûr de mourir à l'instant, peut-être ma bouche
1005 oserait…

La Comtesse *l'interrompt et lui essuie les yeux avec son
mouchoir* : Taisez-vous, taisez-vous, enfant ! Il n'y a pas un
brin de raison dans tout ce que vous dites. *(On frappe à la
porte ; elle élève la voix.)* Qui frappe ainsi chez moi ?

SCÈNE 10 : Chérubin, La Comtesse, Le Comte,
en dehors.

1010 **Le Comte**, *en dehors* : Pourquoi donc enfermée ?

La Comtesse, *troublée, se lève* : C'est mon époux ! grands
dieux ! *(À Chérubin qui s'est levé aussi.)* Vous, sans manteau,
le col et les bras nus ! seul avec moi ! cet air de désordre, un
billet reçu, sa jalousie !…

1015 **Le Comte**, *en dehors* : Vous n'ouvrez pas ?

La Comtesse : C'est que… je suis seule.

---

1 *toucher au terme qu'il m'a prédit* : Figaro avait dit que Chérubin courait le risque
de mourir frappé d'«un bon coup de feu» (lignes 627-628).

Le Comte, *en dehors* : Seule ! Avec qui parlez-vous donc ?

La Comtesse, *cherchant* : … Avec vous sans doute.

Chérubin, *à part* : Après les scènes d'hier et de ce matin, il
1020 me tuerait sur la place[1] ! *(Il court au cabinet de toilette, y
entre, et tire la porte sur lui.)*

SCÈNE 11 : La Comtesse, *seule, en ôte la clef et court ouvrir au Comte.* ~~remove~~

La Comtesse : Ah ! quelle faute ! quelle faute !

SCÈNE 12 : Le Comte, La Comtesse

Le Comte, *un peu sévère* : Vous n'êtes pas dans l'usage de
vous enfermer !

1025 **La Comtesse**, *troublée* : Je… je chiffonnais[2]… oui, je chiffonnais avec Suzanne ; elle est passée un moment chez elle.

Le Comte *l'examine* : Vous avez l'air et le ton bien altérés[3] !

La Comtesse : Cela n'est pas étonnant… pas étonnant du
tout… je vous assure… nous parlions de vous… Elle est
1030 passée, comme je vous dis…

Le Comte : Vous parliez de moi !… Je suis ramené par l'in-
quiétude ; en montant à cheval, un billet qu'on m'a remis,
mais auquel je n'ajoute aucune foi, m'a… pourtant agité.

La Comtesse : Comment, monsieur ?… quel billet ?

---

1 *sur la place* : sur place.
2 *chiffonnais* : travaillais sur de petits morceaux de tissu.
3 *altérés* : émus ou tourmentés.

1035 **Le Comte** : Il faut avouer, madame, que vous ou moi sommes entourés d'êtres… bien méchants ! On me donne avis que, dans la journée, quelqu'un que je crois absent doit chercher à vous entretenir.

La Comtesse : Quel que soit cet audacieux, il faudra qu'il
1040 pénètre ici ; car mon projet est de ne pas quitter ma chambre de tout le jour.

Le Comte : Ce soir, pour la noce de Suzanne ?

La Comtesse : Pour rien au monde ; je suis très incommodée.

Le Comte : Heureusement le docteur est ici. *(Le page fait*
1045 *tomber une chaise dans le cabinet.)* Quel bruit entends-je ?

La Comtesse, *plus troublée* : Du bruit ?

Le Comte : On a fait tomber un meuble.

La Comtesse : Je… je n'ai rien entendu, pour moi.

Le Comte : Il faut que vous soyez furieusement préoccupée !

1050 **La Comtesse** : Préoccupée ! de quoi ?

Le Comte : Il y a quelqu'un dans ce cabinet, madame.

La Comtesse : Eh… qui voulez-vous qu'il y ait, monsieur ?

Le Comte : C'est moi qui vous le demande ; j'arrive.

La Comtesse : Eh mais… Suzanne apparemment qui range.

1055 **Le Comte** : Vous avez dit qu'elle était passée chez elle !

La Comtesse : Passée… ou entrée là ; je ne sais lequel.

Le Comte : Si c'est Suzanne, d'où vient le trouble où je vous vois ?

La Comtesse : Du trouble pour ma camariste[§] ?

1060 **Le Comte** : Pour votre camariste§, je ne sais ; mais pour du trouble, assurément.

La Comtesse : Assurément, monsieur, cette fille vous trouble et vous occupe beaucoup plus que moi.

Le Comte, *en colère* : Elle m'occupe à tel point, madame,
1065 que je veux la voir à l'instant.

La Comtesse : Je crois, en effet, que vous le voulez souvent : mais voilà bien les soupçons les moins fondés…

SCÈNE 13 : Le Comte, La Comtesse, Suzanne
entre avec des hardes§ et pousse la porte du fond.

Le Comte : Ils en seront plus aisés à détruire. *(Il parle au cabinet.)* Sortez, Suzon, je vous l'ordonne ! *(Suzanne s'arrête*
1070 *auprès de l'alcôve dans le fond.)*

La Comtesse : Elle est presque nue, monsieur ; vient-on troubler ainsi des femmes dans leur retraite ? Elle essayait des hardes que je lui donne en la mariant ; elle s'est enfuie quand elle vous a entendu.

1075 **Le Comte** : Si elle craint tant de se montrer, au moins elle peut parler. *(Il se tourne vers la porte du cabinet.)* Répondez-moi, Suzanne ; êtes-vous dans ce cabinet ? *(Suzanne, restée au fond, se jette dans l'alcôve et s'y cache.)*

La Comtesse, *vivement, tournée vers le cabinet* : Suzon, je
1080 vous défends de répondre. *(Au Comte.)* On n'a jamais poussé si loin la tyrannie !

Le Comte *s'avance vers le cabinet* : Oh ! bien, puisqu'elle ne parle pas, vêtue ou non, je la verrai.

La Comtesse *se met au-devant* : Partout ailleurs je ne puis
1085 l'empêcher… mais j'espère aussi qu'e chez moi…

LE COMTE : Et moi j'espère savoir dans un moment quelle est cette Suzanne mystérieuse. Vous demander la clef serait, je le vois, inutile ; mais il est un moyen sûr de jeter en dedans cette légère porte. Holà ! quelqu'un !

1090 LA COMTESSE : Attirer vos gens, et faire un scandale public d'un soupçon qui nous rendrait la fable du château ?

LE COMTE : Fort bien, madame. En effet, j'y suffirai ; je vais à l'instant prendre chez moi ce qu'il faut… *(Il marche pour sortir, et revient.)* Mais, pour que tout reste au même état,
1095 voudrez-vous bien m'accompagner sans scandale et sans bruit, puisqu'il vous déplaît tant ?… Une chose aussi simple, apparemment, ne me sera pas refusée !

LA COMTESSE, *troublée* : Eh ! monsieur, qui songe à vous contrarier ?

1100 LE COMTE : Ah ! j'oubliais la porte qui va chez vos femmes ; il faut que je la ferme aussi, pour que vous soyez pleinement justifiée. *(Il va fermer la porte du fond et en ôte la clef.)*

LA COMTESSE, *à part* : Ô ciel ! étourderie funeste !
LE COMTE, *revenant à elle* : Maintenant que cette chambre
1105 est close, acceptez mon bras, je vous prie ; *(il élève la voix)* et quant à la Suzanne du cabinet, il faudra qu'elle ait la bonté de m'attendre ; et le moindre mal qui puisse lui arriver à mon retour…

LA COMTESSE : En vérité, monsieur, voilà bien la plus
1110 odieuse aventure… *(Le Comte l'emmène et ferme la porte à la clef.)*

SCÈNE 14 : Suzanne, Chérubin

Suzanne *sort de l'alcôve, accourt vers le cabinet et parle à travers la serrure* : Ouvrez, Chérubin, ouvrez vite, c'est Suzanne ; ouvrez et sortez.

1115   **Chérubin** *sort* : Ah ! Suzon, quelle horrible scène !

Suzanne : Sortez, vous n'avez pas une minute.

Chérubin, *effrayé* : Eh, par où sortir ?

Suzanne : Je n'en sais rien, mais sortez.

Chérubin : S'il n'y a pas d'issue ?

1120   **Suzanne** : Après la rencontre de tantôt, il vous écraserait, et nous serions perdues. — Courez conter à Figaro...

Chérubin : La fenêtre du jardin n'est peut-être pas bien haute. *(Il court y regarder.)*

Suzanne, *avec effroi* : Un grand étage ! impossible ! Ah ! ma
1125   pauvre maîtresse ! Et mon mariage, ô ciel !

Chérubin *revient* : Elle donne sur la melonnière[1] ; quitte à gâter une couche[2] ou deux.

Suzanne *le retient et s'écrie* : Il va se tuer !

Chérubin, *exalté* : Dans un gouffre allumé, Suzon ! oui, je
1130   m'y jetterais plutôt que de lui nuire... Et ce baiser va me porter bonheur. *(Il l'embrasse et court sauter par la fenêtre.)*

---

1   *melonnière* : endroit où l'on cultive des melons.

2   *couche* : couche de fumier mêlé dans laquelle poussent de petits plants de melon.

SCÈNE 15 : Suzanne, *seule, un cri de frayeur.*

Suzanne : Ah !... *(Elle tombe assise un moment. Elle va péniblement regarder à la fenêtre et revient.)* Il est déjà bien loin. Oh ! le petit garnement ! Aussi leste que joli ! Si celui-
1135 là manque de femmes... Prenons sa place au plus tôt. *(En entrant dans le cabinet.)* Vous pouvez à présent, monsieur le Comte, rompre la cloison, si cela vous amuse ; au diantre[1] qui répond un mot ! *(Elle s'y enferme.)*

SCÈNE 16 : Le Comte, La Comtesse
rentrent dans la chambre.

Le Comte, *une pince à la main qu'il jette sur le fauteuil* : Tout
1140 est bien comme je l'ai laissé. Madame, en m'exposant à briser cette porte, réfléchissez aux suites : encore une fois, voulez-vous l'ouvrir ?

La Comtesse : Eh ! monsieur, quelle horrible humeur peut altérer ainsi les égards entre deux époux ? Si l'amour vous
1145 dominait au point de vous inspirer ces fureurs malgré leur déraison, je les excuserais ; j'oublierais peut-être, en faveur du motif, ce qu'elles ont d'offensant pour moi. Mais la seule vanité peut-elle jeter dans ces excès un galant homme ?

Le Comte : Amour ou vanité, vous ouvrirez la porte ; ou je
1150 vais à l'instant...

La Comtesse, *au-devant* : Arrêtez, monsieur, je vous prie ! Me croyez-vous capable de manquer à ce que je me dois ?

Le Comte : Tout ce qu'il vous plaira, madame ; mais je verrai qui est dans ce cabinet.

---

1 *au diantre* : au diable.

1155 La Comtesse, *effrayée* : Eh bien, monsieur, vous le verrez.
Écoutez-moi… tranquillement.

Le Comte : Ce n'est donc pas Suzanne ?

La Comtesse, *timidement* : Au moins n'est-ce pas non
plus une personne… dont vous deviez rien redouter…
1160 Nous disposions une plaisanterie… bien innocente, en
vérité, pour ce soir ; et je vous jure…

Le Comte : Et vous me jurez ?…

La Comtesse : Que nous n'avions pas plus dessein de vous
offenser l'un que l'autre.

1165 Le Comte, *vite* : L'un que l'autre ? C'est un homme.

La Comtesse : Un enfant, monsieur.

Le Comte : Eh ! qui donc ?

La Comtesse : À peine osé-je le nommer !

Le Comte, *furieux* : Je le tuerai.

1170 La Comtesse : Grands dieux !

Le Comte : Parlez donc !

La Comtesse : Ce jeune… Chérubin…

Le Comte : Chérubin ! l'insolent ! Voilà mes soupçons et le
billet expliqués.

1175 La Comtesse, *joignant les mains* : Ah ! monsieur ! gardez de
penser…

Le Comte, *frappant du pied, à part* : Je trouverai partout ce
maudit page ! *(Haut.)* Allons, madame, ouvrez ; je sais tout
maintenant. Vous n'auriez pas été si émue, en le congédiant
1180 ce matin ; il serait parti quand je l'ai ordonné ; vous n'auriez
pas mis tant de fausseté dans votre conte de Suzanne, il ne

se serait pas si soigneusement caché, s'il n'y avait rien de criminel.

La Comtesse : Il a craint de vous irriter en se montrant.

1185 **Le Comte**, *hors de lui, crie au cabinet* : Sors donc, petit malheureux !

La Comtesse *le prend à bras-le-corps, en l'éloignant* : Ah ! monsieur, monsieur, votre colère me fait trembler pour lui. N'en croyez pas un injuste soupçon, de grâce ! et que le
1190 désordre où vous l'allez trouver…

Le Comte : Du désordre !

La Comtesse : Hélas, oui ! Prêt à s'habiller en femme, une coiffure à moi sur la tête, en veste et sans manteau, le col ouvert, les bras nus : il allait essayer…

1195 **Le Comte** : Et vous vouliez garder votre chambre ! Indigne épouse ! ah ? vous la garderez… longtemps ; mais il faut avant que j'en chasse un insolent, de manière à ne plus le rencontrer nulle part.

La Comtesse *se jette à genoux, les bras élevés* : Monsieur
1200 le Comte, épargnez un enfant ; je ne me consolerais pas d'avoir causé…

Le Comte : Vos frayeurs aggravent son crime.

La Comtesse : Il n'est pas coupable, il partait : c'est moi qui l'ai fait appeler.

1205 **Le Comte**, *furieux* : Levez-vous. Ôtez-vous… Tu es bien audacieuse d'oser me parler pour un autre !

La Comtesse : Eh bien ! je m'ôterai, monsieur, je me lèverai ; je vous remettrai même la clef du cabinet : mais, au nom de votre amour…

1210 **Le Comte** : De mon amour, perfide !

La Comtesse *se lève et lui présente la clef* : Promettez-moi que vous laisserez aller cet enfant sans lui faire aucun mal ; et puisse, après, tout votre courroux tomber sur moi, si je ne vous convaincs pas…

1215 **Le Comte**, *prenant la clef* : Je n'écoute plus rien.

La Comtesse *se jette sur une bergère, un mouchoir sur les yeux* : Ô ciel ! il va périr !

Le Comte *ouvre la porte et recule* : C'est Suzanne !

SCÈNE 17 : La Comtesse, Le Comte, Suzanne

Suzanne *sort en riant* : Je le tuerai, je le tuerai ! Tuez-le donc,
1220 ce méchant page.

Le Comte, *à part* : Ah ! quelle école[1] ! *(Regardant la Comtesse qui est restée stupéfaite.)* Et vous aussi, vous jouez l'étonnement ?… Mais peut-être elle n'y est pas seule. *(Il entre.)*

SCÈNE 18 : La Comtesse, *assise*, Suzanne

Suzanne *accourt à sa maîtresse* : Remettez-vous, madame ; il
1225 est bien loin ; il a fait un saut…

La Comtesse : Ah ! Suzon ! je suis morte !

---

1 *quelle école* : quelle maladresse.

SCÈNE 19 : La Comtesse, *assise,*
Suzanne, Le Comte

Le Comte *sort du cabinet d'un air confus. Après un court silence* : Il n'y a personne, et pour le coup j'ai tort. — Madame… vous jouez fort bien la comédie.

1230 **Suzanne**, *gaiement* : Et moi, Monseigneur ? (*La Comtesse, son mouchoir sur la bouche, pour se remettre, ne parle pas.*)

Le Comte *s'approche* : Quoi ! madame, vous plaisantiez ?

La Comtesse, *se remettant un peu* : Eh pourquoi non, monsieur ?

1235 **Le Comte** : Quel affreux badinage ! et par quel motif je vous prie… ?

La Comtesse : Vos folies méritent-elles de la pitié ?

Le Comte : Nommer folies ce qui touche à l'honneur !

La Comtesse, *assurant son ton par degrés* : Me suis-je unie à
1240 vous pour être éternellement dévouée[1] à l'abandon et à la jalousie, que vous seul osez concilier ?

Le Comte : Ah ! madame, c'est sans ménagement.

Suzanne : Madame n'avait qu'à vous laisser appeler les gens.

1245 **Le Comte** : Tu as raison, et c'est à moi de m'humilier… Pardon, je suis d'une confusion !…

Suzanne : Avouez, monseigneur, que vous la méritez un peu !

Le Comte : Pourquoi donc ne sortais-tu pas lorsque je
1250 t'appelais ? Mauvaise !

---

1 *dévouée* : vouée.

SUZANNE : Je me rhabillais de mon mieux, à grand renfort d'épingles ; et madame, qui me le défendait, avait bien ses raisons pour le faire.

LE COMTE : Au lieu de rappeler mes torts, aide-moi plutôt à
1255   l'apaiser.

LA COMTESSE : Non, monsieur ; un pareil outrage ne se couvre point[1]. Je vais me retirer aux Ursulines[2], et je vois trop qu'il en est temps.

LE COMTE : Le pourriez-vous sans quelques regrets ?

1260   SUZANNE : Je suis sûre, moi, que le jour du départ serait la veille des larmes.

LA COMTESSE : Eh ! quand cela serait, Suzon ? j'aime mieux le regretter que d'avoir la bassesse de lui pardonner ; il m'a trop offensée.

1265   LE COMTE : Rosine !...

LA COMTESSE : Je ne la suis plus, cette Rosine que vous avez tant poursuivie ! Je suis la pauvre comtesse Almaviva, la triste femme délaissée, que vous n'aimez plus.

SUZANNE : Madame !

1270   LE COMTE, *suppliant* : Par pitié !

LA COMTESSE : Vous n'en aviez aucune pour moi.

LE COMTE : Mais aussi ce billet... Il m'a tourné le sang !

LA COMTESSE : Je n'avais pas consenti qu'on l'écrivît.

LE COMTE : Vous le saviez ?

---

1 *ne se couvre point* : ne s'efface point.
2 *Ursulines* : ordre religieux dont un couvent célèbre à Paris fut fondé au XVIIe siècle. Ce couvent avait mauvaise réputation parce qu'il recevait des femmes
   répudiées par leur mari.

1275 **La Comtesse** : C'est cet étourdi de Figaro…

Le Comte : Il en était ?

La Comtesse : … qui l'a remis à Bazile.

Le Comte : Qui m'a dit le tenir d'un paysan. Ô perfide chanteur, lame à deux tranchants ! C'est toi qui payeras pour
1280 tout le monde.

La Comtesse : Vous demandez pour vous un pardon que vous refusez aux autres : voilà bien les hommes ! Ah ! si jamais je consentais à pardonner en faveur de[1] l'erreur où vous a jeté ce billet, j'exigerais que l'amnistie fût générale.

1285 **Le Comte** : Eh bien, de tout mon cœur, Comtesse. Mais comment réparer une faute aussi humiliante ?

La Comtesse *se lève* : Elle l'était pour tous deux.

Le Comte : Ah ! dites pour moi seul. — Mais je suis encore à concevoir comment les femmes prennent si vite et si
1290 juste l'air et le ton des circonstances. Vous rougissiez, vous pleuriez, votre visage était défait… D'honneur, il l'est encore.

La Comtesse, *s'efforçant de sourire* : Je rougissais… du ressentiment de vos soupçons. Mais les hommes sont-ils assez délicats pour distinguer l'indignation d'une âme hon-
1295 nête outragée, d'avec la confusion qui naît d'une accusation méritée ?

Le Comte, *souriant* : Et ce page en désordre, en veste et presque nu…

La Comtesse, *montrant Suzanne* : Vous le voyez devant
1300 vous. N'aimez-vous pas mieux l'avoir trouvé que l'autre ? En général vous ne haïssez pas de rencontrer celui-ci.

---

1 *en faveur de* : en considération de.

Le Comte, *riant plus fort* : Et ces prières, ces larmes feintes…

La Comtesse : Vous me faites rire, et j'en ai peu d'envie.

1305 Le Comte : Nous croyons valoir quelque chose en politique, et nous ne sommes que des enfants. C'est vous, c'est vous, madame, que le Roi devrait envoyer en ambassade à Londres ! Il faut que votre sexe ait fait une étude bien réfléchie de l'art de se composer[1], pour réussir à ce point !

1310 La Comtesse : C'est toujours vous qui nous y forcez.

Suzanne : Laissez-nous prisonniers sur parole, et vous verrez si nous sommes gens d'honneur.

La Comtesse : Brisons là, monsieur le Comte. J'ai peut-être été trop loin ; mais mon indulgence en un cas aussi grave
1315 doit au moins m'obtenir la vôtre.

Le Comte : Mais vous répéterez que vous me pardonnez.

La Comtesse : Est-ce que je l'ai dit, Suzon ?

Suzanne : Je ne l'ai pas entendu, madame.

Le Comte : Eh bien ! que ce mot vous échappe.

1320 La Comtesse : Le méritez-vous donc, ingrat ?

Le Comte : Oui, par mon repentir.

Suzanne : Soupçonner un homme dans le cabinet de madame !

Le Comte : Elle m'en a si sévèrement puni !

1325 Suzanne : Ne pas s'en fier à elle, quand elle dit que c'est sa camariste !

---

1 *se composer* : se contenir afin de cacher son trouble intérieur.

Le Comte (Jean-Louis Roux), *souriant* : Et ce page en désordre, en veste et presque nu…

La Comtesse (Han Masson), *montrant Suzanne* : Vous le voyez devant vous. N'aimez-vous pas mieux l'avoir trouvé que l'autre ? En général vous ne haïssez pas de rencontrer celui-ci.

Le Comte, *riant plus fort* : Et ces prières, ces larmes feintes…

La Comtesse : Vous me faites rire, et j'en ai peu d'envie.

Acte II, scène 19, lignes 1297 à 1303.

Théâtre du Nouveau Monde, 1972.
Mise en scène de Jean-Louis Barrault.

Le Comte : Rosine, êtes-vous donc implacable ?

La Comtesse : Ah ! Suzon, que je suis faible ! quel exemple je te donne ! *(Tendant la main au Comte.)* On ne croira plus
1330 à la colère des femmes.

Suzanne : Bon, madame, avec eux ne faut-il pas toujours en venir là ? *(Le Comte baise ardemment la main de sa femme.)*

SCÈNE 20 : Suzanne, Figaro, La Comtesse, Le Comte

Figaro, *arrivant tout essoufflé* : On disait madame incommodée. Je suis vite accouru… je vois avec joie qu'il n'en
1335 est rien.

Le Comte, *sèchement* : Vous êtes fort attentif.

Figaro : Et c'est mon devoir. Mais puisqu'il n'en est rien, Monseigneur, tous vos jeunes vassaux§ des deux sexes sont en bas avec les violons et les cornemuses, attendant, pour
1340 m'accompagner, l'instant où vous permettrez que je mène ma fiancée…

Le Comte : Et qui surveillera la Comtesse au château ?

Figaro : La veiller ! elle n'est pas malade.

Le Comte : Non ; mais cet homme absent qui doit l'en-
1345 tretenir ?

Figaro : Quel homme absent ?

Le Comte : L'homme du billet que vous avez remis à Bazile.

Figaro : Qui dit cela ?

Le Comte : Quand je ne le saurais pas d'ailleurs, fripon, ta
1350 physionomie qui t'accuse me prouverait déjà que tu mens.

Figaro : S'il est ainsi, ce n'est pas moi qui mens, c'est ma physionomie.

Suzanne : Va, mon pauvre Figaro, n'use pas ton éloquence en défaites[1] ; nous avons tout dit.

1355 **Figaro** : Et quoi dit ? Vous me traitez comme un Bazile !

Suzanne : Que tu avais écrit le billet de tantôt pour faire accroire à Monseigneur, quand il entrerait, que le petit page était dans ce cabinet, où je me suis enfermée.

Le Comte : Qu'as-tu à répondre ?

1360 **La Comtesse** : Il n'y a plus rien à cacher, Figaro ; le badinage est consommé[2].

Figaro, *cherchant à deviner* : Le badinage… est consommé ?

Le Comte : Oui, consommé. Que dis-tu là-dessus ?

Figaro : Moi ! je dis… que je voudrais bien qu'on en pût
1365 dire autant de mon mariage ; et si vous l'ordonnez…

Le Comte : Tu conviens donc enfin du billet ?

Figaro : Puisque madame le veut, que Suzanne le veut, que vous le voulez vous-même, il faut bien que je le veuille aussi : mais à votre place, en vérité, Monseigneur, je ne
1370 croirais pas un mot de tout ce que nous vous disons.

Le Comte : Toujours mentir contre l'évidence ! À la fin, cela m'irrite.

La Comtesse, *en riant* : Eh ! ce pauvre garçon ! pourquoi voulez-vous, monsieur, qu'il dise une fois la vérité ?

---

1 *en défaites* : en excuses, en échappatoires.

2 *consommé* : terminé ou encore révélé. Jeu de mots avec l'expression « mariage consommé ».

1375 **FIGARO**, *bas à Suzanne* : Je l'avertis de son danger ; c'est tout ce qu'un honnête homme peut faire.

SUZANNE, *bas* : As-tu vu le petit page ?

FIGARO, *bas* : Encore tout froissé[1].

SUZANNE, *bas* : Ah ! pécaïre[2] !

1380 **LA COMTESSE** : Allons, monsieur le Comte, ils brûlent de s'unir : leur impatience est naturelle ! Entrons pour la céré-monie.

LE COMTE, *à part* : Et Marceline, Marceline… *(Haut.)* Je voudrais être… au moins vêtu.

1385 **LA COMTESSE** : Pour nos gens ! Est-ce que je le suis ?

SCÈNE 21 : FIGARO, SUZANNE, LA COMTESSE, LE COMTE, ANTONIO

ANTONIO, *demi-gris[3], tenant un pot de giroflées écrasées* : Monseigneur ! Monseigneur !

LE COMTE : Que me veux-tu, Antonio ?

ANTONIO : Faites donc une fois griller les croisées[4] qui don-
1390 nent sur mes couches. On jette toutes sortes de choses par ces fenêtres : et tout à l'heure encore on vient d'en jeter un homme.

LE COMTE : Par ces fenêtres ?

ANTONIO : Regardez comme on arrange mes giroflées !

---

1 *froissé* : blessé à la suite d'un choc violent.

2 *pécaïre* : expression provençale qui signifie «le pauvre».

3 *demi-gris* : à moitié ivre.

4 *faites […] griller les croisées* : mettez […] des grilles aux croisées.

1395 **Suzanne**, *bas à Figaro* : Alerte, Figaro, alerte !

Figaro : Monseigneur, il est gris dès le matin.

Antonio : Vous n'y êtes pas. C'est un petit reste d'hier. Voilà comme on fait des jugements… ténébreux[1].

Le Comte, *avec feu* : Cet homme ! cet homme ! où est-il ?

1400 **Antonio** : Où il est ?

Le Comte : Oui.

Antonio : C'est ce que je dis. Il faut me le trouver, déjà[2]. Je suis votre domestique ; il n'y a que moi qui prends soin de votre jardin ; il y tombe un homme ; et vous sentez… que 1405 ma réputation en est effleurée.

Suzanne, *bas à Figaro* : Détourne, détourne !

Figaro : Tu boiras donc toujours ?

Antonio : Et si je ne buvais pas, je deviendrais enragé.

La Comtesse : Mais en prendre ainsi sans besoin…

1410 **Antonio** : Boire sans soif et faire l'amour en tout temps, madame, il n'y a que ça qui nous distingue des autres bêtes.

Le Comte, *vivement* : Réponds-moi donc, ou je vais te chasser.

Antonio : Est-ce que je m'en irais ?

1415 **Le Comte** : Comment donc ?

Antonio, *se touchant le front* : Si vous n'avez pas assez de ça pour garder un bon domestique, je ne suis pas assez bête, moi, pour renvoyer un si bon maître.

---

1 *ténébreux* : Antonio confond ce mot avec «téméraires».
2 *déjà* : tout de suite.

Le Comte *le secoue avec colère* : On a, dis-tu, jeté un homme
1420   par cette fenêtre ?

Antonio : Oui, mon Excellence; tout à l'heure, en veste
blanche, et qui s'est enfui, jarni[1], courant…

Le Comte, *impatienté* : Après ?

Antonio : J'ai bien voulu courir après; mais je me suis
1425   donné, contre la grille, une si fière gourde[2] à la main, que je
ne peux plus remuer ni pied, ni patte, de ce doigt-là. *(Levant
le doigt.)*

Le Comte : Au moins, tu reconnaîtrais l'homme ?

Antonio : Oh ! que oui-dà ! si je l'avais vu pourtant !

1430   **Suzanne,** *bas à Figaro* : Il ne l'a pas vu.

Figaro : Voilà bien du train[3] pour un pot de fleurs ! combien te faut-il, pleurard, avec ta giroflée ? Il est inutile de
chercher, Monseigneur, c'est moi qui ai sauté.

Le Comte : Comment, c'est vous !

1435   **Antonio** : *Combien te faut-il, pleurard ?* Votre corps a donc
bien grandi depuis ce temps-là; car je vous ai trouvé beaucoup plus moindre, et plus fluet !

Figaro : Certainement; quand on saute, on se pelotonne…

Antonio : M'est avis que c'était plutôt… qui dirait, le
1440   gringalet de page.

Le Comte : Chérubin, tu veux dire ?

Figaro : Oui, revenu tout exprès, avec son cheval, de la
porte de Séville, où peut-être il est déjà.

---

1   *jarni* : juron paysan, déformation de «je renie Dieu».
2   *gourde* : coup qui engourdit.
3   *train* : bruit.

Antonio : Oh ! non, je ne dis pas ça, je ne dis pas ça ; je n'ai
1445 pas vu sauter de cheval, car je le dirais de même.

Le Comte : Quelle patience !

Figaro : J'étais dans la chambre des femmes, en veste
blanche : il fait un chaud !… J'attendais là ma Suzannette,
quand j'ai ouï tout à coup la voix de Monseigneur et le
1450 grand bruit qui se faisait ! je ne sais quelle crainte m'a saisi
à l'occasion de ce billet ; et, s'il faut avouer ma bêtise, j'ai
sauté sans réflexion sur les couches, où je me suis même un
peu foulé le pied droit. (*Il frotte son pied.*)

Antonio : Puisque c'est vous, il est juste de vous rendre
1455 ce brimborion de papier qui a coulé de votre veste, en
tombant.

Le Comte *se jette dessus* : Donne-le-moi. (*Il ouvre le papier
et le referme.*)

Figaro, *à part* : Je suis pris.

1460 **Le Comte**, *à Figaro* : La frayeur ne vous aura pas fait oublier
ce que contient ce papier, ni comment il se trouvait dans
votre poche ?

Figaro, *embarrassé, fouille dans ses poches et en tire des
papiers* : Non sûrement… Mais c'est que j'en ai tant. Il
1465 faut répondre à tout… (*Il regarde un des papiers.*) Ceci ?
ah ! C'est une lettre de Marceline, en quatre pages ; elle est
belle !… Ne serait-ce pas la requête de ce pauvre braconnier
en prison ?… Non, la voici… J'avais l'état des meubles du
petit château dans l'autre poche… (*Le Comte rouvre le
1470 papier qu'il tient.*)

La Comtesse, *bas à Suzanne* : Ah ! dieux ! Suzon, c'est le
brevet d'officier.

Suzanne, *bas à Figaro* : Tout est perdu, c'est le brevet.

Le Comte *replie le papier* : Eh bien ! l'homme aux expé-
1475 dients, vous ne devinez pas ?

Antonio, *s'approchant de Figaro* : Monseigneur dit si vous
ne devinez pas ?

Figaro *le repousse* : Fi donc, vilain, qui me parle dans le nez !

Le Comte : Vous ne vous rappelez pas ce que ce peut être ?

1480 **Figaro** : A, a, a, ah ! *povero* ! ce sera le brevet de ce malheureux enfant, qu'il m'avait remis, et que j'ai oublié de lui
rendre. O, o, o, oh ! étourdi que je suis ! que fera-t-il sans
son brevet ? Il faut courir…

Le Comte : Pourquoi vous l'aurait-il remis ?

1485 **Figaro**, embarrassé : Il… désirait qu'on y fît quelque chose.

Le Comte *regarde son papier* : Il n'y manque rien.

La Comtesse, *bas à Suzanne* : Le cachet.

Suzanne, *bas à Figaro* : Le cachet manque.

Le Comte, *à Figaro* : Vous ne répondez pas ?

1490 **Figaro** : C'est… qu'en effet, il y manque peu de chose. Il dit
que c'est l'usage.

Le Comte : L'usage ! l'usage ! l'usage de quoi ?

Figaro : D'y apposer le sceau de vos armes. Peut-être aussi
que cela ne valait pas la peine. ~~Seal~~

1495 **Le Comte** *rouvre le papier et le chiffonne de colère* : Allons,
il est écrit que je ne saurai rien. *(À part.)* C'est ce Figaro
qui les mène, et je ne m'en vengerais pas ! *(Il veut sortir avec
dépit.)* ~~vexation~~

Figaro, *l'arrêtant* : Vous sortez sans ordonner mon mariage ?

SCÈNE 22 : Bazile, Bartholo, Marceline, Figaro, Le Comte, Gripe-Soleil, La Comtesse, Suzanne, Antonio ;

valets du Comte, ses vassaux[§]

1500 **Marceline**, *au Comte* : Ne l'ordonnez pas, Monseigneur ! Avant de lui faire grâce, vous nous devez justice. Il a des engagements avec moi.

Le Comte, *à part* : Voilà ma vengeance arrivée.

Figaro : Des engagements ! De quelle nature ? Expliquez-
1505 vous.

Marceline : Oui, je m'expliquerai, malhonnête ! *(La Comtesse s'assied sur une bergère. Suzanne est derrière elle.)*

Le Comte : De quoi s'agit-il, Marceline ?

Marceline : D'une obligation de mariage.

1510 **Figaro** : Un billet, voilà tout, pour de l'argent prêté.

Marceline, *au Comte* : Sous condition de m'épouser. Vous êtes un grand seigneur, le premier juge de la province…

Le Comte : Présentez-vous au tribunal, j'y rendrai justice à tout le monde.

1515 **Bazile**, *montrant Marceline* : En ce cas, Votre Grandeur permet que je fasse aussi valoir mes droits sur Marceline ?

Le Comte, *à part* : Ah, voilà mon fripon du billet.

Figaro : Autre fou de la même espèce !

Le Comte, *en colère, à Bazile* : Vos droits ! vos droits ! Il vous
1520 convient bien de parler devant moi, maître sot !

Antonio, *frappant dans sa main* : Il ne l'a, ma foi, pas manqué du premier coup : c'est son nom.

Le Comte : Marceline, on suspendra tout jusqu'à l'examen,
de vos titres, qui se fera publiquement dans la grand-salle
1525 d'audience. Honnête Bazile, agent fidèle et sûr, allez au
bourg chercher les gens du siège[1].

Bazile : Pour son affaire ?

Le Comte : Et vous m'amènerez le paysan du billet.

Bazile : Est-ce que je le connais ?

1530 Le Comte : Vous résistez ?

Bazile : Je ne suis pas entré au château pour en faire les
commissions.

Le Comte : Quoi donc ?

Bazile : Homme à talent sur l'orgue d'un village, je montre
1535 le clavecin à madame, à chanter à ses femmes, la mandoline
aux pages, et mon emploi surtout est d'amuser votre compagnie avec ma guitare, quand il vous plaît me l'ordonner.

Gripe-Soleil *s'avance* : J'irai bien, Monsigneu, si cela vous
plaira.

1540 Le Comte : Quel est ton nom et ton emploi ?

Gripe-Soleil : Je suis Gripe-Soleil, mon bon signeu ; le petit patouriau des chèvres, commandé pour le feu d'artifice.
C'est fête aujourd'hui dans le troupiau ; et je sais ous-
ce-qu'est toute l'enragée boutique à procès du pays.

1545 Le Comte : Ton zèle me plaît ; vas-y : mais vous *(à Bazile)*,
accompagnez monsieur en jouant de la guitare, et chantant
pour l'amuser en chemin. Il est de ma compagnie.

Gripe-Soleil, *joyeux* : Oh ! moi, je suis de la ?… *(Suzanne
l'apaise de la main, en lui montrant la Comtesse.)*

---

1 *gens du siège* : juges subalternes et officiers de justice.

1550 **Bazile**, *surpris* : Que j'accompagne Gripe-Soleil en jouant ?…

Le Comte : C'est votre emploi. Partez ou je vous chasse. *(Il sort.)*

SCÈNE 23 : Les acteurs précédents
excepté **Le Comte**

Bazile, *à lui-même* : Ah ! je n'irai pas lutter contre le pot de fer, moi qui ne suis…

1555 **Figaro** : Qu'une cruche.

Bazile, *à part* : Au lieu d'aider à leur mariage, je m'en vais assurer le mien avec Marceline. *(À Figaro.)* Ne conclus rien, crois-moi, que je ne sois de retour[1]. *(Il va prendre la guitare sur le fauteuil du fond.)*

1560 **Figaro** *le suit* : Conclure ! oh ! va, ne crains rien ; quand même tu ne reviendrais jamais… Tu n'as pas l'air en train de[2] chanter, veux-tu que je commence ?… Allons, gai, haut la-mi-la[3] pour ma fiancée. *(Il se met en marche à reculons, danse en chantant la séguedille[4] suivante ; Bazile accompagne ;*
1565 *et tout le monde le suit.)*

Séguedille : Air noté.
　　Je préfère à richesse
　　La sagesse
　　De ma Suzon,
1570　　Zon, zon, zon,
　　Zon, zon, zon,
　　Zon, zon, zon,
　　Zon, zon, zon.

---

1 *que je ne sois de retour* : avant que je ne sois de retour.
2 *en train de* : prêt à.
3 *la-mi-la* : expression commandant à quelqu'un de chanter.
4 *séguedille* : air de danse espagnol.

Aussi sa gentillesse
1575   Est maîtresse
De ma raison,
Zon, zon, zon,
Zon, zon, zon,
Zon, zon, zon,
1580   Zon, zon, zon.

(Le bruit s'éloigne, on n'entend pas le reste.)

SCÈNE 24 : Suzanne, La Comtesse

La Comtesse, *dans sa bergère* : Vous voyez, Suzanne, la jolie scène que votre étourdi m'a value avec son billet.

Suzanne : Ah, madame, quand je suis rentrée du cabinet, si 1585 vous aviez vu votre visage ! Il s'est terni tout à coup : mais ce n'a été qu'un nuage ; et par degrés vous êtes devenue rouge, rouge, rouge !

La Comtesse : Il a donc sauté par la fenêtre ?

Suzanne : Sans hésiter, le charmant enfant ! Léger... 1590 comme une abeille !

La Comtesse : Ah ! ce fatal jardinier ! Tout cela m'a remuée au point... que je ne pouvais rassembler deux idées.

Suzanne : Ah ! madame, au contraire ; et c'est là que j'ai vu combien l'usage du grand monde donne d'aisance aux 1595 dames comme il faut, pour mentir sans qu'il y paraisse.

La Comtesse : Crois-tu que le Comte en soit la dupe ? Et s'il trouvait cet enfant au château !

Suzanne : Je vais recommander de le cacher si bien...

La Comtesse : Il faut qu'il parte. Après ce qui vient d'arriver,
1600 vous croyez bien que je ne suis pas tentée de l'envoyer au
jardin à votre place.

Suzanne : Il est certain que je n'irai pas non plus. Voilà
donc mon mariage encore une fois…

La Comtesse *se lève* : Attends… au lieu d'un autre, ou de
1605 toi, si j'y allais moi-même !

Suzanne : Vous, madame ?

La Comtesse : Il n'y aurait personne d'exposé… Le Comte
alors ne pourrait nier… Avoir puni sa jalousie, et lui
prouver son infidélité, cela serait… Allons : le bonheur d'un
1610 premier hasard m'enhardit à tenter le second. Fais-lui savoir
promptement que tu te rendras au jardin. Mais surtout que
personne…

Suzanne : Ah ! Figaro.

La Comtesse : Non, non. Il voudrait mettre ici du sien…
1615 Mon masque de velours[1] et ma canne ; que j'aille y rêver sur
la terrasse. *(Suzanne entre dans le cabinet de toilette.)*

SCÈNE 25 : La Comtesse, *seule.*

La Comtesse : Il est assez effronté, mon petit projet ! *(Elle
se retourne.)* Ah ! le ruban ! mon joli ruban ! je t'oubliais !
(Elle le prend sur sa bergère et le roule.) Tu ne me quitteras
1620 plus… Tu me rappelleras la scène où ce malheureux
enfant… Ah ! monsieur le Comte, qu'avez-vous fait ? et
moi, que fais-je en ce moment ?

---

1 *masque de velours* : masque qui servait aux femmes à se protéger du soleil.

SCÈNE 26 : La Comtesse, Suzanne
(La Comtesse met furtivement le ruban dans son sein[1].)

Suzanne : Voici la canne et votre loup[2].

La Comtesse : Souviens-toi que je t'ai défendu d'en dire un
1625 mot à Figaro.

Suzanne, *avec joie* : Madame, il est charmant votre projet !
je viens d'y réfléchir. Il rapproche tout, termine tout, embrasse tout ; et, quelque chose qui arrive, mon mariage est
maintenant certain. *(Elle baise la main de sa maîtresse. Elles*
1630 *sortent.)*

⚜

Pendant l'entracte, des valets arrangent la salle d'audience :
on apporte les deux banquettes à dossier des avocats, que l'on
place aux deux côtés du théâtre, de façon que le passage soit
libre par-derrière. On pose une estrade à deux marches dans le
milieu du théâtre, vers le fond, sur laquelle on place le fauteuil
du Comte. On met la table du greffier et son tabouret de côté
sur le devant, et des sièges pour Brid'oison et d'autres juges,
des deux côtés de l'estrade du Comte.

⚜

---

1 *sein* : partie du vêtement qui recouvre la poitrine.
2 *loup* : masque de velours noir porté par les femmes au bal ou dans certains
   endroits publics.

ACTE III

Le théâtre représente une salle du château appelée salle du trône et servant de salle d'audience, ayant sur le côté une impériale[1] en dais, et dessous, le portrait du Roi.

SCÈNE 1 : LE COMTE, PÉDRILLE, *en veste et botté, tenant un paquet cacheté.*

LE COMTE, *vite* : M'as-tu bien entendu ?

PÉDRILLE : Excellence, oui. *(Il sort.)*

SCÈNE 2 : LE COMTE *seul, criant.*

LE COMTE : Pédrille !

SCÈNE 3 : LE COMTE, PÉDRILLE *revient.*

PÉDRILLE : Excellence ?

1635　LE COMTE : On ne t'a pas vu ?

PÉDRILLE : Âme qui vive.

LE COMTE : Prenez le cheval barbe[2].

PÉDRILLE : Il est à la grille du potager, tout sellé.

LE COMTE : Ferme, d'un trait, jusqu'à Séville.

1　*impériale* : tissu tendu comme on en retrouve souvent au-dessus des lits.
2　*cheval barbe* : cheval de selle originaire d'Afrique du Nord.

1640 **PÉDRILLE** : Il n'y a que trois lieues[1], elles sont bonnes[2].

LE COMTE : En descendant, sachez si le page est arrivé.

PÉDRILLE : Dans l'hôtel[3] ?

LE COMTE : Oui ; surtout depuis quel temps.

PÉDRILLE : J'entends.

1645 **LE COMTE** : Remets-lui son brevet, et reviens vite.

PÉDRILLE : Et s'il n'y était pas ?

LE COMTE : Revenez plus vite, et m'en rendez compte. Allez.

SCÈNE 4 : **LE COMTE,** *seul, marche en rêvant.*

LE COMTE : J'ai fait une gaucherie en éloignant Bazile !… la colère n'est bonne à rien. — Ce billet remis par lui, qui
1650 m'avertit d'une entreprise sur la Comtesse ; la camariste enfermée quand j'arrive ; la maîtresse affectée d'une terreur fausse ou vraie ; un homme qui saute par la fenêtre, et l'autre après qui avoue… ou qui prétend que c'est lui… Le fil m'échappe. Il y a là-dedans une obscurité… Des libertés
1655 chez mes vassaux, qu'importe à gens de cette étoffe ? Mais la Comtesse ! si quelque insolent attentait… Où m'égaré-je ? En vérité, quand la tête se monte, l'imagination la mieux réglée devient folle comme un rêve ! — Elle s'amusait : ces ris étouffés, cette joie mal éteinte ! — Elle se respecte ; et
1660 mon honneur… où diable on l'a placé ! De l'autre part, où suis-je ? cette friponne de Suzanne a-t-elle trahi mon secret ?… Comme il n'est pas encore le sien… Qui[4] donc

---

1 *trois lieues* : 13,5 km.
2 *bonnes* : agréables à parcourir.
3 *hôtel* : demeure citadine d'un riche particulier.
4 *Qui* : qu'est-ce qui.

m'enchaîne à cette fantaisie ? j'ai voulu vingt fois y renon-
cer… Étrange effet de l'irrésolution ! si je la voulais sans
1665 débat, je la désirerais mille fois moins. — Ce Figaro se fait
bien attendre ! il faut le sonder adroitement *(Figaro paraît
dans le fond, il s'arrête)* et tâcher, dans la conversation que je
vais avoir avec lui, de démêler d'une manière détournée s'il
est instruit ou non de mon amour pour Suzanne.

SCÈNE 5 : LE COMTE, FIGARO

1670 **FIGARO**, *à part* : Nous y voilà.

LE COMTE : … S'il en sait par elle un seul mot…

FIGARO, *à part* : Je m'en suis douté.

LE COMTE : … Je lui fais épouser la vieille.

FIGARO, *à part* : Les amours de monsieur Bazile ?

1675 **LE COMTE** : … Et voyons ce que nous ferons de la jeune.

FIGARO, *à part* : Ah ! ma femme, s'il vous plaît.

LE COMTE *se retourne* : Hein ? quoi ? qu'est-ce que c'est ?

FIGARO *s'avance* : Moi, qui me rends à vos ordres.

LE COMTE : Et pourquoi ces mots ?…

1680 **FIGARO** : Je n'ai rien dit.

LE COMTE *répète* : *Ma femme, s'il vous plaît ?*

FIGARO : C'est… la fin d'une réponse que je faisais : *allez le
dire à ma femme, s'il vous plaît.*

LE COMTE *se promène* : *Sa femme !*… Je voudrais bien savoir
1685 quelle affaire peut arrêter monsieur, quand je le fais appeler ?

Figaro, *feignant d'assurer[1] son habillement* : Je m'étais sali sur ces couches en tombant ; je me changeais.

Le Comte : Fallait-il une heure ?

Figaro : Il faut le temps.

1690 **Le Comte** : Les domestiques ici… sont plus longs à s'habiller que les maîtres !

Figaro : C'est qu'ils n'ont point de valets pour les y aider.

Le Comte : … Je n'ai pas trop compris ce qui vous avait forcé tantôt de courir un danger inutile, en vous jetant…

1695 **Figaro** : Un danger ! on dirait que je me suis engouffré tout vivant…

Le Comte : Essayez de me donner le change en feignant de le prendre, insidieux valet ! Vous entendez fort bien que ce n'est pas le danger qui m'inquiète, mais le motif.

1700 **Figaro** : Sur un faux avis, vous arrivez furieux, renversant tout, comme le torrent de la Morena[2] ; vous cherchez un homme, il vous le faut, ou vous allez briser les portes, enfoncer les cloisons ! Je me trouve là par hasard : qui sait dans votre emportement si…

1705 **Le Comte**, *interrompant* : Vous pouviez fuir par l'escalier.

Figaro : Et vous, me prendre au corridor.

Le Comte, *en colère* : Au corridor ! *(À part.)* Je m'emporte, et nuis à ce que je veux savoir.

Figaro, *à part* : Voyons-le venir, et jouons serré.

---

1 *assurer* : ajuster.
2 *Morena* : chaîne de montagnes de l'Andalousie.

1710　**Le Comte**, *radouci* : Ce n'est pas ce que je voulais dire ; laissons cela. J'avais… oui, j'avais quelque envie de t'emmener à Londres, courrier de dépêches… mais, toutes réflexions faites…

Figaro : Monseigneur a changé d'avis ?

1715　**Le Comte** : Premièrement, tu ne sais pas l'anglais.

Figaro : Je sais *God-dam*.

Le Comte : Je n'entends pas.

Figaro : Je dis que je sais *God-dam*.

Le Comte : Eh bien ?

1720　**Figaro** : Diable ! C'est une belle langue que l'anglais ! il en faut peu pour aller loin. Avec *God-dam*, en Angleterre, on ne manque de rien nulle part. — Voulez-vous tâter d'un bon poulet gras ? entrez dans une taverne, et faites seulement ce geste au garçon. *(Il tourne la broche.) God-dam !* on vous
1725　apporte un pied de bœuf salé, sans pain. C'est admirable. Aimez-vous à boire un coup d'excellent bourgogne ou de clairet[1] ? rien que celui-ci. *(Il débouche une bouteille.) God-dam !* on vous sert un pot de bière, en bel étain, la mousse aux bords. Quelle satisfaction ! Rencontrez-vous une de ces
1730　jolies personnes qui vont trottant menu[2], les yeux baissés, coudes en arrière, et tortillant un peu des hanches : mettez mignardement[3] tous les doigts unis sur la bouche. Ah ! *God-dam !* elle vous sangle[4] un soufflet de crocheteur[5] : preuve qu'elle entend. Les Anglais, à la vérité, ajoutent par-ci, par-
1735　là, quelques autres mots en conversant ; mais il est bien

---

1　*clairet* : vin rouge dont la robe est claire.
2　*trottant menu* : marchant à petits pas.
3　*mignardement* : avec une gentillesse affectée.
4　*sangle* : assène, donne un coup.
5　*crocheteur* : celui qui porte des charges à l'aide d'un crochet.

aisé de voir que *God-dam* est le fond de la langue ; et si Monseigneur n'a pas d'autre motif de me laisser en Espagne…

Le Comte, *à part* : Il veut venir à Londres ; elle n'a pas parlé.

1740 **Figaro**, *à part* : Il croit que je ne sais rien ; travaillons-le un peu dans son genre.

Le Comte : Quel motif avait la Comtesse pour me jouer un pareil tour ?

Figaro : Ma foi, Monseigneur, vous le savez mieux que moi.

1745 **Le Comte** : Je la préviens[1] sur tout, et la comble de présents.

Figaro : Vous lui donnez, mais vous êtes infidèle. Sait-on gré du superflu à qui nous prive du nécessaire ?

Le Comte : … Autrefois tu me disais tout.

Figaro : Et maintenant je ne vous cache rien.

1750 **Le Comte** : Combien la Comtesse t'a-t-elle donné pour cette belle association ?

Figaro : Combien me donnâtes-vous pour la tirer des mains du docteur[2] ? Tenez, Monseigneur, n'humilions pas l'homme qui nous sert bien, crainte d'en faire un mauvais 1755 valet.

Le Comte : Pourquoi faut-il qu'il y ait toujours du louche en ce que tu fais ?

Figaro : C'est qu'on en voit partout quand on cherche des torts.

1760 **Le Comte** : Une réputation détestable !

---

1 *la préviens* : connais tous ses désirs.
2 Allusion au *Barbier de Séville*.

Figaro : Et si je vaux mieux qu'elle ? Y a-t-il beaucoup de seigneurs qui puissent en dire autant ?

Le Comte : Cent fois je t'ai vu marcher à la fortune[§], et jamais aller droit.

1765 **Figaro** : Comment voulez-vous ? la foule est là : chacun veut courir : on se presse, on pousse, on coudoie, on renverse, arrive qui peut ; le reste est écrasé. Aussi c'est fait ; pour moi, j'y renonce.

Le Comte : À la fortune[§] ? *(À part.)* Voici du neuf.

1770 **Figaro**, *à part* : À mon tour maintenant. *(Haut.)* Votre Excellence m'a gratifié de la conciergerie du château ; c'est un fort joli sort : à la vérité, je ne serai pas le courrier étrenné[1] des nouvelles intéressantes ; mais, en revanche, heureux avec ma femme au fond de l'Andalousie…

1775 **Le Comte** : Qui t'empêcherait de l'emmener à Londres ?

Figaro : Il faudrait là quitter si souvent que j'aurais bientôt du mariage par-dessus la tête.

Le Comte : Avec du caractère et de l'esprit, tu pourrais un jour t'avancer dans les bureaux.

1780 **Figaro** : De l'esprit pour s'avancer ? Monseigneur se rit du mien. Médiocre et rampant, et l'on arrive à tout.

Le Comte : … Il ne faudrait qu'étudier un peu sous moi la politique.

Figaro : Je la sais.

1785 **Le Comte** : Comme l'anglais, le fond de la langue !

Figaro : Oui, s'il y avait ici de quoi se vanter. Mais feindre d'ignorer ce qu'on sait, de savoir tout ce qu'on ignore ;

---

1 *courrier étrenné* : celui qui reçoit le premier les nouvelles.

d'entendre ce qu'on ne comprend pas, de ne point ouïr ce qu'on entend ; surtout de pouvoir au-delà de ses forces ; avoir 1790 souvent pour grand secret de cacher qu'il n'y en a point ; s'enfermer pour tailler des plumes, et paraître profond quand on n'est, comme on dit, que vide et creux ; jouer bien ou mal un personnage, répandre des espions et pensionner des traîtres ; amollir des cachets, intercepter des lettres, et tâcher 1795 d'ennoblir la pauvreté des moyens par l'importance des objets : voilà toute la politique, ou je meure !

LE COMTE : Et ! c'est l'intrigue que tu définis !

FIGARO : La politique, l'intrigue, volontiers ; mais, comme je les crois un peu germaines[1], en fasse qui voudra ! *J'aime* 1800 *mieux ma mie, ô gué !* Comme dit la chanson du bon Roi[2].

LE COMTE, *à part* : Il veut rester. J'entends… Suzanne m'a trahi.

FIGARO, *à part* : Je l'enfile[3], et le paye en sa monnaie.

LE COMTE : Ainsi tu espères gagner ton procès contre 1805 Marceline ?

FIGARO : Me feriez-vous un crime de refuser une vieille fille, quand votre Excellence se permet de nous souffler toutes les jeunes !

LE COMTE, *raillant* : Au tribunal le magistrat s'oublie, et ne 1810 voit plus que l'ordonnance.

FIGARO : Indulgente aux grands, dure aux petits…

LE COMTE : Crois-tu donc que je plaisante ?

---

1 *germaines* : sœurs.
2 Cette chanson se retrouve dans la deuxième scène du premier acte de la pièce *Le Misanthrope* de Molière.
3 *l'enfile* : le trompe.

Figaro : Eh ! qui le sait, Monseigneur ? *Tempo e galant'uomo*[1], dit l'italien ; il dit toujours la vérité : c'est lui
1815 qui m'apprendra qui me veut du mal ou du bien.

Le Comte, *à part* : Je vois qu'on lui a tout dit ; il épousera la duègne[§].

Figaro, *à part* : Il a joué au fin avec moi, qu'a-t-il appris ?

SCÈNE 6 : Le Comte, un Laquais, Figaro

Le laquais, *annonçant* : Don Gusman Brid'oison.

1820 **Le Comte** : Brid'oison ?

Figaro : Eh ! sans doute. C'est le juge ordinaire, le lieu-tenant du siège, votre prud'homme[2].

Le Comte : Qu'il attende. *(Le laquais sort.)*

SCÈNE 7 : Le Comte, Figaro

Figaro *reste un moment à regarder le Comte qui rêve* : …
1825 Est-ce là ce que Monseigneur voulait ?

Le Comte, *revenant à lui* : Moi ?… je disais d'arranger ce salon pour l'audience publique.

Figaro : Hé ! qu'est-ce qu'il manque ? Le grand fauteuil pour vous, de bonnes chaises aux prud'hommes, le tabouret
1830 du greffier, deux banquettes aux avocats, le plancher pour le beau monde et la canaille derrière. Je vais renvoyer les frotteurs[3]. *(Il sort.)*

---

1 *Tempo e galant'uomo* : le temps est galant.
2 *prud'homme* : homme savant (employé ironiquement ici).
3 *frotteurs* : ceux qui frottent le plancher.

SCÈNE 8 : Le Comte, *seul.*

Le Comte : Le maraud m'embarrassait ! en disputant, il prend son avantage ; il vous serre, vous enveloppe... Ah !
1835 friponne et fripon, vous vous entendez pour me jouer ! Soyez amis, soyez amants, soyez ce qu'il vous plaira, j'y consens ; mais parbleu[1], pour époux...

SCÈNE 9 : Suzanne, Le Comte

Suzanne, *essoufflée* : Monseigneur... pardon, Monseigneur.

Le Comte, *avec humeur* : Qu'est-ce qu'il y a, mademoiselle ?

1840 Suzanne : Vous êtes en colère !

Le Comte : Vous voulez quelque chose apparemment ?

Suzanne, *timidement* : C'est que ma maîtresse a ses vapeurs. J'accourais vous prier de nous prêter votre flacon d'éther. Je l'aurais rapporté dans l'instant.

1845 Le Comte *le lui donne* : Non, non, gardez-le pour vous-même. Il ne tardera pas à vous être utile.

Suzanne : Est-ce que les femmes de mon état ont des vapeurs, donc ? C'est un mal de condition[2], qu'on ne prend que dans les boudoirs.

1850 Le Comte : Une fiancée bien éprise, et qui perd son futur...

Suzanne : En payant Marceline avec la dot[§] que vous m'avez promise...

Le Comte : Que je vous ai promise, moi ?

---

1 *parbleu* : juron, déformation de «par Dieu».
2 *de condition* : de noblesse.

Suzanne, *baissant les yeux* : Monseigneur, j'avais cru l'en-
1855 tendre.

Le Comte : Oui, si vous consentiez à m'entendre vous-
même.

Suzanne, *les yeux baissés* : Et n'est-ce pas mon devoir
d'écouter Son Excellence ?

1860 **Le Comte** : Pourquoi donc, cruelle fille, ne me l'avoir pas
dit plus tôt ?

Suzanne : Est-il jamais trop tard pour dire la vérité ?

Le Comte : Tu te rendrais sur la brune[§] au jardin ?

Suzanne : Est-ce que je ne m'y promène pas tous les soirs ?

1865 **Le Comte** : Tu m'as traité ce matin si durement !

Suzanne : Ce matin ? — Et le page derrière le fauteuil ?

Le Comte : Elle a raison, je l'oubliais… Mais pourquoi ce
refus obstiné quand Bazile, de ma part ?…

Suzanne : Quelle nécessité qu'un Bazile… ?

1870 **Le Comte** : Elle a toujours raison. Cependant il y a un
certain Figaro à qui je crains bien que vous n'ayez tout dit !

Suzanne : Dame ! oui, je lui dis tout… hors ce qu'il faut lui
taire.

Le Comte, *en riant* : Ah ! charmante ! Et tu me le promets ?
1875 Si tu manquais à ta parole, entendons-nous, mon cœur :
point de rendez-vous, point de dot[§], point de mariage.

Suzanne, *faisant la révérence* : Mais aussi point de mariage,
point de droit du seigneur, Monseigneur.

Le Comte : Où prend-elle ce qu'elle dit ? d'honneur j'en
1880 raffolerai ! Mais ta maîtresse attend le flacon…

Suzanne, *riant et rendant le flacon* : Aurais-je pu vous parler sans un prétexte ?

Le Comte *veut l'embrasser* : Délicieuse créature !

Suzanne *s'échappe* : Voilà du monde.

1885 **Le Comte**, *à part* : Elle est à moi. *(Il s'enfuit.)*

Suzanne : Allons vite rendre compte à madame.

SCÈNE 10 : Suzanne, Figaro

Figaro : Suzanne, Suzanne ! où cours-tu donc si vite en quittant Monseigneur ?

Suzanne : Plaide à présent, si tu le veux ; tu viens de gagner
1890 ton procès. *(Elle s'enfuit.)*

Figaro *la suit* : Ah ! mais, dis donc…

SCÈNE 11 : Le Comte *rentre seul.*

Le Comte : *Tu viens de gagner ton procès !* — Je donnais là dans un bon piège ! Ô mes chers insolents ! je vous punirai de façon… Un bon arrêt… bien juste… Mais s'il allait payer
1895 la duègne[§]… Avec quoi ?… S'il payait… Eeeeh ! n'ai-je pas le fier Antonio, dont le noble orgueil dédaigne en Figaro un inconnu[1] pour sa nièce ? En caressant cette manie… Pourquoi non ? dans le vaste champ de l'intrigue il faut savoir tout cultiver, jusqu'à la vanité d'un sot. *(Il appelle.)*
1900 Anto… *(Il voit entrer Marceline, etc. Il sort.)*

---

1 *inconnu* : qui n'a ni père ni mère connus.

SCÈNE 12 : Bartholo, Marceline, Brid'oison

Marceline, *à Brid'oison* : Monsieur, écoutez mon affaire.

Brid'oison, *en robe, et bégayant un peu* : Eh bien ! pa-ar-lons-en verbalement.

Bartholo : C'est une promesse de mariage.

1905 **Marceline** : Accompagnée d'un prêt d'argent.

Brid'oison : J'en-entends, et cætera, le reste.

Marceline : Non, monsieur, point d'*et cætera*.

Brid'oison : J'en-entends : vous avez la somme ?

Marceline : Non, monsieur ; c'est moi qui l'ai prêtée.

1910 **Brid'oison** : J'en-entends bien, vou-ous redemandez l'argent ?

Marceline : Non, monsieur ; je demande qu'il m'épouse.

Brid'oison : Eh ! mais j'en-entends fort bien ; et lui veu-eut-il vous épouser ?

1915 **Marceline** : Non, monsieur ; voilà tout le procès !

Brid'oison : Croyez-vous que je ne l'en-entende pas, le procès ?

Marceline : Non, monsieur. *(À Bartholo.)* Où sommes-nous ? *(À Brid'oison.)* Quoi ! c'est vous qui nous jugerez ?

1920 **Brid'oison** : Est-ce que j'ai a-acheté ma charge pour autre chose ?

Marceline, *en soupirant* : C'est un grand abus que de les vendre !

Brid'oison : Oui ; l'on-on ferait mieux de nous les donner
1925 pour rien. Contre qui plai-aidez-vous ?

SCÈNE 13 : Bartholo, Marceline, Brid'oison,
Figaro *rentre en se frottant les mains.*

Marceline, *montrant Figaro* : Monsieur, contre ce malhonnête homme.

Figaro, *très gaiement, à Marceline* : Je vous gêne peut-être.
— Monseigneur revient dans l'instant, monsieur le conseiller.

1930 **Brid'oison** : J'ai vu ce ga-arçon-là quelque part.

Figaro : Chez madame votre femme, à Séville, pour la
servir, monsieur le conseiller.

Brid'oison : Dan-ans quel temps ?

Figaro : Un peu moins d'un an avant la naissance de
1935 monsieur votre fils le cadet, qui est un bien joli enfant, je
m'en vante.

Brid'oison : Oui, c'est le plus jo-oli de tous. On dit que
tu-u fais ici des tiennes ?

Figaro : Monsieur est bien bon. Ce n'est là qu'une misère.

1940 **Brid'oison** : Une promesse de mariage ! A-ah ! le pauvre
benêt !

Figaro : Monsieur…

Brid'oison : A-t-il vu mon-on secrétaire, ce bon garçon ?

Figaro : N'est-ce pas Double-Main, le greffier ?

1945 **Brid'oison** : Oui ; c'è-est qu'il mange à deux râteliers[1].

Figaro : Manger ! je suis garant qu'il dévore. Oh ! que oui,
je l'ai vu pour l'extrait et pour le supplément d'extrait[2] ;
comme cela se pratique, au reste.

---

1 *mange à deux râteliers* : cette expression désigne quelqu'un qui profite de plusieurs
   situations à la fois.
2 *extrait* : copie d'un acte judiciaire.

MARCELINE (Denise Morelle), *à Brid'oison* : Monsieur, écoutez mon affaire.

BRID'OISON (François Rozet), *en robe, et bégayant un peu* : Eh bien ! pa-ar-lons-en verbalement.

BARTHOLO (Guy Hoffman) : C'est une promesse de mariage.

ACTE III, SCÈNE 12, lignes 1901 à 1904.

THÉÂTRE DU NOUVEAU MONDE, 1972.
Mise en scène de Jean-Louis Barrault.

Brid'oison : On-on doit remplir les formes.

1950 **Figaro** : Assurément, monsieur ; si le fond des procès appartient aux plaideurs, on sait bien que la forme est le patrimoine des tribunaux.

Brid'oison : Ce garçon-là n'è-est pas si niais que je l'avais cru d'abord. Eh bien, l'ami, puisque tu en sais tant, nou-ous
1955 aurons soin de ton affaire.

Figaro : Monsieur, je m'en rapporte à votre équité, quoique vous soyez de notre Justice.

Brid'oison : Hein ?… Oui, je suis de la-a Justice. Mais si tu dois, et que tu-u ne payes pas ?…

1960 **Figaro** : Alors monsieur voit bien que c'est comme si je ne devais pas.

Brid'oison : San-ans doute. — Hé ! mais qu'est-ce donc qu'il dit ?

SCÈNE 14 : Bartholo, Marceline, Le Comte, Brid'oison, Figaro, un huissier

L'Huissier, *précédant le Comte, crie* : Monseigneur,
1965 messieurs.

Le Comte : En robe ici, seigneur Brid'oison ! Ce n'est qu'une affaire domestique : l'habit de ville était trop bon.

Brid'oison : C'è-est vous qui l'êtes, monsieur le Comte. Mais je ne vais jamais san-ans elle, parce que la forme, voyez-
1970 vous, la forme ! Tel rit d'un juge en habit court, qui-i tremble au seul aspect d'un procureur en robe. La forme, la-a forme !

Le Comte, *à l'huissier* : Faites entrer l'audience[1].

---

1   *audience* : ceux qui assistent à l'audience.

L'Huissier *va ouvrir en glapissant* : L'audience !

SCÈNE 15 : Les acteurs précédents, Antonio, Les valets du château, Les paysans et paysannes, *en habits de fête* ; Le Comte *s'assied sur le grand fauteuil* ; Brid'oison, *sur une chaise à côté* ; Le Greffier, *sur le tabouret derrière sa table* ; Les juges, les avocats, *sur les banquettes* ; Marceline, *à côté de* Bartholo ; Figaro, *sur l'autre banquette* ; Les paysans et valets, *debout derrière*.

Brid'oison, *à Double-Main* : Double-Main, a-appelez les
1975 causes[1].

Double-Main *lit un papier* : «Noble, très noble, infiniment noble, *don Pedro George, hidalgo, baron de Los Altos, y Montes Fieros, y Otros Montes*[2] ; contre *Alonzo Calderon*, jeune auteur dramatique. Il est question d'une comédie
1980 mort-née, que chacun désavoue et rejette sur l'autre.»

Le Comte : Ils ont raison tous les deux. Hors de cour[3]. S'ils font ensemble un autre ouvrage, pour qu'il marque un peu dans le grand monde, ordonné que le noble y mettra son nom, le poète son talent.

1985 Double-Main *lit un autre papier* : «*André Petrutchio*, laboureur ; contre le receveur de la province.» Il s'agit d'un forcement arbitraire[4].

---

1 *appelez les causes* : énumérez les litiges.
2 *baron de Los Altos, y Montes Fieros, y Otros Montes* : baron des hauteurs, des monts féroces et d'autres monts.
3 *Hors de cour* : non-lieu.
4 *forcement arbitraire* : saisie injustifiée, sans titre de justice.

Le Comte : L'affaire n'est pas de mon ressort. Je servirai mieux mes vassaux[§] en les protégeant près du Roi. Passez.

1990 **Double-Main** *en prend un troisième. Bartholo et Figaro se lèvent* : «*Barbe - Agar - Raab - Madeleine - Nicole - Marceline de Verte-Allure*, fille majeure *(Marceline se lève et salue)*; contre *Figaro*…» Nom de baptême en blanc ?

Figaro : Anonyme.

1995 **Brid'oison** : A-anonyme ! Què-el patron[1] est-ce là ?

Figaro : C'est le mien.

Double-Main *écrit* : Contre anonyme *Figaro*. Qualités ?

Figaro : Gentilhomme.

Le Comte : Vous êtes gentilhomme ? *(Le greffier écrit.)*

2000 **Figaro** : Si le ciel l'eût voulu, je serais fils d'un prince.

Le Comte, *au greffier* : Allez.

L'Huissier, *glapissant* : Silence ! messieurs.

Double-Main *lit* : «… Pour cause d'opposition faite au mariage dudit *Figaro* par ladite *de Verte-Allure*. Le docteur 2005 *Bartholo* plaidant pour la demanderesse, et ledit *Figaro* pour lui-même, si la cour le permet, contre le vœu de l'usage et la jurisprudence du siège.»

Figaro : L'usage, maître Double-Main, est souvent un abus. Le client un peu instruit sait toujours mieux sa cause que cer- 2010 tains avocats, qui, suant à froid, criant à tue-tête, et connais-sant tout, hors le fait, s'embarrassent aussi peu de ruiner le plaideur que d'ennuyer l'auditoire et d'endormir messieurs : plus boursouflés après que s'ils eussent composé l'*Oratio pro Murena*[2]. Moi, je dirai le fait en peu de mots. Messieurs…

---

1 *patron* : saint dont on porte le nom.

2 *Oratio pro Murena* : fameux plaidoyer de Cicéron.

2015 **Double-Main** : En voilà beaucoup d'inutiles, car vous n'êtes pas demandeur[1], et n'avez que la défense. Avancez, docteur, et lisez la promesse.

Figaro : Oui, promesse !

Bartholo, *mettant ses lunettes* : Elle est précise.

2020 **Brid'oison** : I-il faut la voir.

Double-Main : Silence donc, messieurs !

L'Huissier, *glapissant* : Silence !

Bartholo *lit* : « *Je soussigné reconnais avoir reçu de damoiselle, etc. Marceline de Verte-Allure, dans le château d'Aguas-*
2025 *Frescas, la somme de deux mille piastres fortes cordonnées*[2], *laquelle somme je lui rendrai à sa réquisition, dans ce château ; et je l'épouserai, par forme de reconnaissance, etc.* Signé *Figaro*, tout court.» Mes conclusions sont au payement du billet et à l'exécution de la promesse, avec dépens[3]. *(Il plaide.)*
2030 Messieurs… jamais cause plus intéressante ne fut soumise au jugement de la cour ; et, depuis Alexandre le Grand, qui promit mariage à la belle Thalestris[4]…

Le Comte, *interrompant* : Avant d'aller plus loin, avocat, convient-on de la validité du titre ?

2035 **Brid'oison**, *à Figaro* : Qu'oppo… qu'opposez-vous à cette lecture ?

Figaro : Qu'il y a, messieurs, malice, erreur ou distraction dans la manière dont on a lu la pièce, car il n'est pas dit dans l'écrit : «*laquelle somme je lui rendrai, ET je l'épouserai*»,

---

1   *demandeur* : celui qui a l'initiative du procès.

2   *piastres fortes cordonnées* : pièces de monnaie espagnole ayant un cordon gravé sur leur pourtour.

3   *dépens* : paiement des frais du procès.

4   *Thalestris* : reine des Amazones. Selon la légende, elle aurait demandé à Alexandre le Grand de lui faire un enfant.

2040 mais «*laquelle somme je lui rendrai, OU je l'épouserai*»; ce qui est bien différent.

Le Comte : Y a-t-il ET dans l'acte, ou bien OU ?

Bartholo : Il y a ET.

Figaro : Il y a OU.

2045 **Brid'oison** : Dou-ouble-Main, lisez vous-même.

Double-Main, *prenant le papier* : Et c'est le plus sûr; car souvent les parties déguisent en lisant. *(Il lit)* «E, e, e, *Damoiselle* e, e, e, *de Verte-Allure*, e, e, e, Ha ! *laquelle somme je lui rendrai à sa réquisition, dans ce château…* ET… OU…
2050 ET… OU…» Le mot est si mal écrit… il y a un pâté[1].

Brid'oison : Un pâ-âté ? je sais ce que c'est.

Bartholo, *plaidant* : Je soutiens, moi, que c'est la conjonction copulative ET qui lie les membres corrélatifs de la phrase; je payerai la demoiselle, ET je l'épouserai.

2055 **Figaro**, *plaidant* : Je soutiens, moi, que c'est la conjonction alternative OU qui sépare lesdits membres; je payerai la donzelle, OU je l'épouserai. À pédant, pédant et demi. Qu'il s'avise de parler latin, j'y suis grec[2]; je l'extermine.

Le Comte : Comment juger pareille question ?

2060 **Bartholo** : Pour la trancher, messieurs, et ne plus chicaner sur un mot, nous passons[3] qu'il y ait OU.

Figaro : J'en demande acte.

Bartholo : Et nous y adhérons. Un si mauvais refuge ne sauvera pas le coupable. Examinons le titre en ce sens. *(Il*

---

1   *pâté* : tache d'encre.

2   *j'y suis grec* : je parle le grec. Ici, signifie que Figaro est plus savant et rusé que son adversaire.

3   *passons* : admettons.

2065 *lit.)* «*Laquelle somme je lui rendrai dans ce château où je
l'épouserai.*» C'est ainsi qu'on dirait, messieurs : «*Vous vous
ferez saigner dans ce lit où vous resterez chaudement*» ; c'est
dans lequel. «*Il prendra deux gros*[1] *de rhubarbe où vous
mêlerez un peu de tamarin*[2]» ; dans lesquels on mêlera. Ainsi
2070 «*château* où *je l'épouserai*», messieurs, c'est «*château dans
lequel...*»

FIGARO : Point du tout : la phrase est dans le sens de celle-ci :
«ou *la maladie vous tuera,* ou *ce sera le médecin*» ; ou bien *le
médecin;* c'est incontestable. Autre exemple : «ou *vous
2075 n'écrirez rien qui plaise,* ou *les sots vous dénigreront*» ; ou bien
les sots; le sens est clair ; car, audit cas, *sots* ou *méchants* sont
le substantif qui gouverne. Maître Bartholo croit-il donc
que j'aie oublié ma syntaxe ? Ainsi, je la payerai dans ce
château, <u>*virgule, ou*</u> je l'épouserai...

2080 **BARTHOLO**, *vite* : Sans virgule.

FIGARO, *vite* : Elle y est. C'est, *virgule,* messieurs, ou bien je
l'épouserai.

BARTHOLO, *regardant le papier, vite* : Sans virgule,
messieurs.

2085 **FIGARO**, *vite* : Elle y était, messieurs. D'ailleurs, l'homme qui
épouse est-il tenu de rembourser ?

BARTHOLO, *vite* : Oui ; nous nous marions séparés de biens.

FIGARO, *vite* : Et nous de corps, dès que[3] mariage n'est pas
quittance. *(Les juges se lèvent et opinent tout bas.)*

2090 **BARTHOLO** : Plaisant acquittement !

DOUBLE-MAIN : Silence, messieurs !

---

1 *gros* : unité de mesure équivalant au huitième d'une once (3,24 g).

2 *tamarin* : la rhubarbe et le tamarin ont des vertus laxatives.

3 *dès que* : dès lors que, étant donné que.

L'Huissier, *glapissant* : Silence !

Bartholo : Un pareil fripon appelle cela payer ses dettes !

Figaro : Est-ce votre cause, avocat, que vous plaidez ?

2095 Bartholo : Je défends cette demoiselle.

Figaro : Continuez à déraisonner, mais cessez d'injurier. Lorsque, craignant l'emportement des plaideurs, les tribunaux ont toléré qu'on appelât des tiers, ils n'ont pas entendu que ces défenseurs modérés deviendraient impunément des 2100 insolents privilégiés. C'est dégrader le plus noble institut[1]. *(Les juges continuent d'opiner bas.)*

Antonio, *à Marceline, montrant les juges* : Qu'ont-ils tant à balbucifier[2] ?

Marceline : On a corrompu le grand juge[3] ; il corrompt 2105 l'autre, et je perds mon procès.

Bartholo, *bas, d'un ton sombre* : J'en ai peur.

Figaro, *gaiement* : Courage, Marceline !

Double-Main *se lève ; à Marceline* : Ah ! c'est trop fort ! je vous dénonce ; et, pour l'honneur du tribunal, je demande 2110 qu'avant faire droit[4] sur l'autre affaire, il soit prononcé sur celle-ci.

Le Comte *s'assied* : Non, greffier, je ne prononcerai point sur mon injure personnelle ; un juge espagnol n'aura point à rougir d'un excès digne au plus des tribunaux asiatiques[5] : 2115 c'est assez des autres abus ! J'en vais corriger un second, en vous motivant mon arrêt : tout juge qui s'y refuse est un

---

1 *institut* : institution.

2 *balbucifier* : balbutier.

3 *le grand juge* : le Comte.

4 *avant faire droit* : avant de rendre le jugement.

5 *asiatiques* : despotiques. Dans *L'Esprit des lois*, Montesquieu parle des régimes politiques de l'Asie pour illustrer le despotisme.

grand ennemi des lois. Que peut requérir la demanderesse ? mariage à défaut de payement ; les deux ensemble impliqueraient[1].

2120 **Double-Main** : Silence, messieurs !

L'Huissier, *glapissant* : Silence.

Le Comte : Que nous répond le défendeur ? qu'il veut garder sa personne ; à lui permis.

Figaro, *avec joie* : J'ai gagné !

2125 **Le Comte** : Mais comme le texte dit : «*Laquelle somme je payerai à sa première réquisition, ou bien j'épouserai, etc.*», la cour condamne le défendeur à payer deux mille piastres fortes à la demanderesse, ou bien à l'épouser dans le jour. *(Il se lève.)*

2130 **Figaro**, *stupéfiait* : J'ai perdu.

Antonio, *avec joie* : Superbe arrêt !

Figaro : En quoi superbe ?

Antonio : En ce que tu n'es plus mon neveu[2]. Grand merci, Monseigneur.

2135 **L'Huissier**, *glapissant* : Passez, messieurs. *(Le peuple sort.)*

Antonio : Je m'en vas tout conter à ma nièce. *(Il sort.)*

SCÈNE 16 : **Le Comte** *allant de côté et d'autre* ; **Marceline, Bartholo, Figaro, Brid'oison**

Marceline *s'assied* : Ah ! je respire !

Figaro : Et moi, j'étouffe.

---

1 *impliqueraient* : se contrediraient.
2 *neveu* : mari de ma nièce.

Le Comte, *à part* : Au moins je suis vengé, cela soulage.

2140 **Figaro**, *à part* : Et ce Bazile qui devait s'opposer au mariage de Marceline, voyez comme il revient ! — *(Au Comte qui sort.)* Monseigneur, vous nous quittez ?

Le Comte : Tout est jugé.

Figaro, *à Brid'oison* : C'est ce gros enflé de conseiller…

2145 **Brid'oison** : Moi, gros-os enflé !

Figaro : Sans doute. Et je ne l'épouserai pas : je suis gentil-homme, une fois[1]. *(Le Comte s'arrête.)*

Bartholo : Vous l'épouserez.

Figaro : Sans l'aveu[2] de mes nobles parents ?

2150 **Bartholo** : Nommez-les, montrez-les.

Figaro : Qu'on me donne un peu de temps : je suis bien près de les revoir ; il y a quinze ans que je les cherche.

Bartholo : Le fat ! C'est quelque enfant trouvé !

Figaro : Enfant perdu, docteur, ou plutôt enfant volé.

2155 **Le Comte** *revient* : *Volé, perdu,* la preuve ? Il crierait qu'on lui fait injure !

Figaro : Monseigneur, quand les langes à dentelles, tapis brodés et joyaux d'or trouvés sur moi par les brigands n'indiqueraient pas ma haute naissance, la précaution qu'on 2160 avait prise de me faire des marques distinctives témoignerait assez combien j'étais un fils précieux : et cet hiéroglyphe[3] à mon bras… *(Il veut se dépouiller le bras droit.)*

---

1 *une fois* : une fois pour toute.

2 *aveu* : accord.

3 *hiéroglyphe* : signe mystérieux, énigmatique.

MARCELINE, *se levant vivement* : Une spatule[1] à ton bras droit ?

2165 **FIGARO** : D'où savez-vous que je dois l'avoir ?

MARCELINE : Dieux ! c'est lui !

FIGARO : Oui, c'est moi.

BARTHOLO, *à Marceline* : Et qui ? lui !

MARCELINE, *vivement* : C'est Emmanuel.

2170 **BARTHOLO**, *à Figaro* : Tu fus enlevé par des bohémiens ?

FIGARO, *exalté* : Tout près d'un château. Bon docteur, si vous me rendez à ma noble famille, mettez un prix à ce service ; des monceaux d'or n'arrêteront pas mes illustres parents.

BARTHOLO, *montrant Marceline* : Voilà ta mère.

2175 **FIGARO** : … Nourrice ?

BARTHOLO : Ta propre mère.

LE COMTE : Sa mère !

FIGARO : Expliquez-vous.

MARCELINE, *montrant Bartholo* : Voilà ton père.

2180 **FIGARO**, *désolé* : Oooh ! aïe de moi !

MARCELINE : Est-ce que la nature ne te l'a pas dit mille fois ?

FIGARO : Jamais.

le cri du sang

LE COMTE, *à part* : Sa mère !

BRID'OISON : C'est clair, i-il ne l'épousera pas.

2185 **BARTHOLO** : Ni moi non plus.

---

1 *spatule* : instrument de chirurgien.

Marceline : Ni vous ! Et votre fils ? Vous m'aviez juré…

Bartholo : J'étais fou. Si pareils souvenirs engageaient, on serait tenu d'épouser tout le monde.

Brid'oison : E-et si l'on y regardait de si près, per-ersonne
2190 n'épouserait personne.

Bartholo : Des fautes si connues ! une jeunesse déplorable.

Marceline, *s'échauffant par degrés* : Oui, déplorable, et plus qu'on ne croit ! Je n'entends pas nier mes fautes ; ce jour les a trop bien prouvées ! mais qu'il est dur de les expier après
2195 trente ans d'une vie modeste ! J'étais née, moi, pour être sage, et je la suis devenue sitôt qu'on m'a permis d'user de ma raison. Mais dans l'âge des illusions, de l'inexpérience et des besoins, où les séducteurs nous assiègent pendant que la misère nous poignarde, que peut opposer une enfant à tant
2200 d'ennemis rassemblés ? Tel nous juge ici sévèrement, qui, peut-être, en sa vie a perdu dix infortunées !

Figaro : Les plus coupables sont les moins généreux ; c'est la règle.

Marceline, *vivement* : Hommes plus qu'ingrats, qui flétris-
2205 sez par le mépris les jouets de vos passions, vos victimes ! C'est vous qu'il faut punir des erreurs de notre jeunesse ; vous et vos magistrats, si vains du droit de nous juger, et qui nous laissent enlever, par leur coupable négligence, tout honnête moyen de subsister. Est-il un seul état pour les mal-
2210 heureuses filles ? Elles avaient un droit naturel à toute la parure des femmes[1] : on y laisse former mille ouvriers de l'autre sexe.

Figaro, *en colère* : Ils font broder jusqu'aux soldats !

---

1 *la parure des femmes* : les travaux de couture et de broderie. Ils étaient de plus en plus confiés aux hommes, laissant les femmes dans le besoin avec peu de moyens de subsister.

MARCELINE, *exaltée* : Dans les rangs même plus élevés, les
2215 femmes n'obtiennent de vous qu'une considération déri-
soires ; leurrées de respects apparents, dans une servitude
réelle ; traitées en mineures pour nos biens, punies en
majeures pour nos fautes ! Ah ! sous tous les aspects, votre
conduite avec nous fait horreur ou pitié !

2220 **FIGARO** : Elle a raison !

LE COMTE, *à part* : Que trop raison !

BRID'OISON : Elle a, mon-on Dieu, raison !

MARCELINE : Mais que nous font, mon fils, les refus d'un
homme injuste ? Ne regarde pas d'où tu viens, vois où tu
2225 vas : cela seul importe à chacun. Dans quelques mois ta
fiancée ne dépendra plus que d'elle-même[1] ; elle t'acceptera,
j'en réponds. Vis entre une épouse, une mère tendre qui te
chériront à qui mieux mieux. Sois indulgent pour elles,
heureux pour toi, mon fils ; gai, libre et bon pour tout le
2230 monde ; il ne manquera rien à ta mère.

FIGARO : Tu parles d'or, maman, et je me tiens à ton avis.
Qu'on est sot, en effet ! Il y a des mille et mille ans que le
monde roule, et dans cet océan de durée, où j'ai par hasard
attrapé quelques chétifs trente ans qui ne reviendront plus,
2235 j'irais me tourmenter pour voir à qui je les dois ! Tant pis
pour qui s'en inquiète. Passer ainsi la vie à chamailler, c'est
peser sur le collier sans relâche, comme les malheureux
chevaux de la remonte des fleuves, qui ne reposent pas
même quand ils s'arrêtent, et qui tirent toujours, quoiqu'ils
2240 cessent de marcher. Nous attendrons. »

LE COMTE : Sot événement qui me dérange !

---

1 *ne dépendra plus que d'elle-même* : en effet, elle sera majeure.

Brid'oison, *à Figaro* : Et la noblesse, et le château ? Vous impo-osez[1] à la justice !

Figaro : Elle allait me faire faire une belle sottise, la
2245 justice ! Après que j'ai manqué, pour ces maudits cent écus[2],
d'assommer vingt fois monsieur, qui se trouve aujourd'hui
mon père ! Mais puisque le ciel a sauvé ma vertu de ces
dangers, mon père, agréez mes excuses ; … et vous, ma mère,
embrassez-moi… le plus maternellement que vous pouvez.
2250 *(Marceline lui saute au cou.)*

SCÈNE 17 : Bartholo, Figaro, Marceline, Brid'oison, Suzanne, Antonio, Le Comte

Suzanne, *accourant, une bourse à la main* : Monseigneur, arrêtez ; qu'on ne les marie pas : je viens payer madame avec la dot[§] que ma maîtresse me donne.

Le Comte, *à part* : Au diable la maîtresse ! Il semble que
2255 tout conspire… *(Il sort.)*

SCÈNE 18 : Bartholo, Antonio, Suzanne, Figaro, Marceline, Brid'oison

Antonio, *voyant Figaro embrasser sa mère, dit à Suzanne* : Ah ! oui, payer ! Tiens, tiens.

Suzanne *se retourne* : J'en vois assez : sortons, mon oncle.

Figaro, *l'arrêtant* : Non, s'il vous plaît ! Que vois-tu donc ?

2260 **Suzanne** : Ma bêtise et ta lâcheté.

---

1 *imposez* : trompez.
2 Allusion au *Barbier de Séville*.

Figaro : Pas plus de l'une que de l'autre.

Suzanne, *en colère* : Et que tu l'épouses à gré, puisque tu la caresses.

Figaro, *gaiement* : Je la caresse, mais je ne l'épouse pas.
2265 (*Suzanne veut sortir, Figaro la retient.*)

Suzanne *lui donne un soufflet* : Vous êtes bien insolent d'oser me retenir !

Figaro, *à la compagnie* : C'est-il ça de l'amour ! Avant de nous quitter, je t'en supplie, envisage bien cette chère
2270 femme-là.

Suzanne : Je la regarde.

Figaro : Et tu la trouves ?...

Suzanne : Affreuse.

Figaro : Et vive la jalousie ! elle ne vous marchande[1] pas.

2275 **Marceline**, *les bras ouverts* : Embrasse ta mère, ma jolie Suzannette. Le méchant qui te tourmente est mon fils.

Suzanne *court à elle* : Vous, sa mère ! (*Elles restent dans les bras l'une de l'autre.*)

Antonio : C'est donc de tout à l'heure ?

2280 **Figaro** : ...Que je le sais.

Marceline, *exaltée* : Non, mon cœur entraîné vers lui ne se trompait que de motif ; c'était le sang qui me parlait.

Figaro : Et moi le bon sens, ma mère, qui me servait d'instinct quand je vous refusais ; car j'étais loin de vous
2285 haïr, témoin l'argent...

---

1 *marchande* : épargne.

MARCELINE *lui remet un papier* : Il est à toi : reprends ton billet[1], c'est ta dot[§].

SUZANNE *lui jette la bourse* : Prends encore celle-ci.

FIGARO : Grand merci.

2290 **MARCELINE,** *exaltée* : Fille assez malheureuse, j'allais devenir la plus misérable des femmes, et je suis la plus fortunée[2] des mères ! Embrassez-moi, mes deux enfants ; j'unis dans vous toutes mes tendresses. Heureuse autant que je puis l'être, ah ! mes enfants, combien je vais aimer !

2295 **FIGARO,** *attendri, avec vivacité* : Arrête donc ; chère mère ! arrête donc ! voudrais-tu voir se fondre en eau mes yeux noyés des premières larmes que je connaisse ? Elles sont de joie, au moins. Mais quelle stupidité ! j'ai manqué d'en être honteux : je les sentais couler entre mes doigts : regarde ; *(il*
2300 *montre ses doigts écartés)* et je les retenais bêtement ! Va te promener, la honte ! je veux rire et pleurer en même temps ; on ne sent pas deux fois ce que j'éprouve. *(Il embrasse sa mère d'un côté, Suzanne de l'autre.)*

MARCELINE : Ô mon ami !

2305 **SUZANNE** : Mon cher ami !

BRID'OISON, *s'essuyant les yeux d'un mouchoir* : Eh bien ! moi, je suis donc bê-ête aussi !

FIGARO, *exalté* : Chagrin, c'est maintenant que je puis te défier ! Atteins-moi, si tu l'oses, entre ces deux femmes
2310 chéries.

---

1 *billet* : reconnaissance de dettes.
2 *fortunée* : heureuse.

Antonio, *à Figaro* : Pas tant de cajoleries, s'il vous plaît. En fait de mariage dans les familles, celui des parents va devant, savez. Les vôtres se baillent[1]-ils la main ?

Bartholo : Ma main ! puisse-t-elle se dessécher et tomber,
2315 si jamais je la donne à la mère d'un tel drôle !

Antonio, *à Barholo* : Vous n'êtes donc qu'un père marâtre[2] ?
(À Figaro.) En ce cas, not' galant, plus de parole.

Suzanne : Ah ! mon oncle…

Antonio : Irai-je donner l'enfant de not' sœur à sti[3] qui n'est
2320 l'enfant de personne ?

Brid'oison : Est-ce que cela-a se peut, imbécile ? on-on est toujours l'enfant de quelqu'un.

Antonio : Tarare[4] !… Il ne l'aura jamais. *(Il sort.)*

SCÈNE 19 : Bartholo, Suzanne, Figaro, Marceline, Brid'oison

Bartholo, *à Figaro* : Et cherche à présent qui t'adopte. *(Il*
2325 *veut sortir.)*

Marceline, *courant prendre Bartholo à bras-le-corps, le ramène* : Arrêtez, docteur, ne sortez pas !

Figaro, *à part* : Non, tous les sots d'Andalousie sont, je crois, déchaînés contre mon pauvre mariage.

2330 **Suzanne**, *à Bartholo* : Bon petit papa, c'est votre fils.

---

1 *baillent* : donnent.
2 *marâtre* : insensible.
3 *sti* : celui.
4 *Tarare* : interjection qui marque le doute. *Tarare* est le titre d'un opéra de Beaumarchais.

© André Le Coz.

Figaro (Albert Millaire) : Et vive la jalousie ! elle ne vous marchande pas.

Marceline (Denise Morelle), *les bras ouverts* : Embrasse ta mère, ma jolie Suzannette. Le méchant qui te tourmente est mon fils.

Acte iii, scène 18, lignes 2274 à 2276.

Théâtre du Nouveau Monde, 1972.
Mise en scène de Jean-Louis Barrault.

Bartholo (Edgar Fruitier) : Et les cent écus qu'il m'a pris ?

Marceline (Catherine Bégin), *le caressant* : Nous aurons tant de soin de vous, papa !

Suzanne (Markita Boies), *le caressant* : Nous vous aimerons tant, petit papa !

Acte III, scène 19, lignes 2333 à 2336.

Théâtre Denise-Pelletier, 1988.
Mise en scène de Jean-Luc Bastien.

Marceline, *à Bartholo* : De l'esprit, des talents, de la figure.

Figaro, *à Barholo* : Et qui ne vous a pas coûté une obole[1].

Bartholo : Et les cent écus qu'il m'a pris ?

Marceline, *le caressant* : Nous aurons tant de soin de vous,
2335 papa !

Suzanne, *le caressant* : Nous vous aimerons tant, petit papa !

Bartholo, *attendri* : Papa ! bon papa ! petit papa ! Voilà
que je suis plus bête encore que monsieur, moi. *(Montrant
Brid'oison.)* Je me laisse aller comme un enfant. *(Marceline*
2340 *et Suzanne l'embrassent.)* Oh ! non, je n'ai pas dit oui. *(Il se
retourne.)* Qu'est donc devenu Monseigneur ?

Figaro : Courons le joindre; arrachons-lui son dernier
mot. S'il machinait quelque autre intrigue, il faudrait tout
recommencer.

2345 **Tous ensemble** : Courons, Courons. *(Ils entraînent
Bartholo dehors.)*

SCÈNE 20 : Brid'oison, *seul.*

Brid'oison : Plus bê-ête encore que monsieur ! On peut se
dire à soi-même ces-es sortes de choses-là mais... I-ils ne
sont pas polis du tout dan-ans cet endroit-ci. *(Il sort.)*

---

1 *obole* : petite somme d'argent.

ACTE IV

*Le théâtre représente une galerie ornée de candélabres, de lustres
allumés, de fleurs, de guirlandes, en un mot, préparée pour donner
une fête. Sur le devant, à droite, est une table avec une écritoire,
un fauteuil derrière.*

SCÈNE 1 : Figaro, Suzanne

2350 **Figaro**, *la tenant à bras-le-corps* : Eh bien ! amour, es-tu
contente ? Elle a converti son docteur, cette fine lampe dorée
de ma mère ! Malgré sa répugnance, il l'épouse, et ton bour-
ru d'oncle est bridé ; il n'y a que Monseigneur qui rage, car
enfin notre hymen§ va devenir le prix du leur. Ris donc un
2355 peu de ce bon résultat.

Suzanne : As-tu rien vu de plus étrange ?

Figaro : Ou plutôt d'aussi gai. Nous ne voulions qu'une dot§
arrachée à l'Excellence ; en voilà deux dans nos mains, qui
ne sortent pas des siennes. Une rivale acharnée te poursui-
2360 vait ; j'étais tourmenté par une furie ; tout cela s'est changé,
pour nous, dans *la plus bonne* des mères. Hier, j'étais comme
seul au monde, et voilà que j'ai tous mes parents ; pas si
magnifiques, il est vrai, que je me les étais galonnés[1] ; mais
assez bien pour nous, qui n'avons pas la vanité des riches.

2365 **Suzanne** : Aucune des choses que tu avais disposées, que
nous attendions, mon ami, n'est pourtant arrivée !

Figaro : Le hasard a mieux fait que nous tous, ma petite.
Ainsi va le monde ; on travaille, on projette, on arrange d'un

---

1 *galonnés* : idéalisés.

côté; la fortune[1] accomplit de l'autre : et depuis l'affamé
2370 conquérant qui voudrait avaler la terre, jusqu'au paisible
aveugle qui se laisse mener par son chien, tous sont le jouet
de ses caprices; encore l'aveugle au chien est-il souvent
mieux conduit, moins trompé dans ses vues que l'autre
aveugle avec son entourage. — Pour cet aimable aveugle
2375 qu'on nomme Amour… *(Il la reprend tendrement à bras-le-
corps.)*

SUZANNE : Ah ! c'est le seul qui m'intéresse !

FIGARO : Permets donc que, prenant l'emploi de la Folie[2], je
sois le bon chien qui le mène à ta jolie mignonne porte; et
2380 nous voilà logés pour la vie.

SUZANNE, *riant* : L'Amour et toi ?

FIGARO : Moi et l'Amour.

SUZANNE : Et vous ne chercherez pas d'autre gîte ?

FIGARO : Si tu m'y prends, je veux bien que mille millions de
2385 galants…

SUZANNE : Tu vas exagérer : dis ta bonne vérité.

FIGARO : Ma vérité la plus vraie !

SUZANNE : Fi donc, vilain ! en a-t-on plusieurs ?

FIGARO : Oh ! que oui. Depuis qu'on a remarqué qu'avec le
2390 temps vieilles folies deviennent sagesse, et qu'anciens petits
mensonges assez mal plantés ont produit de grosses, grosses
vérités, on en a de mille espèces. Et celles qu'on sait, sans
oser les divulguer : car toute vérité n'est pas bonne à dire; et
celles qu'on vante, sans y ajouter foi : car toute vérité n'est

---

1 *fortune* : hasard.
2 *Folie* : selon la mythologie, la déesse Folie doit guider le dieu Amour après en avoir
   fait un aveugle.

2395 pas bonne à croire ; et les serments passionnés, les menaces des mères, les protestations des buveurs, les promesses des gens en place, le dernier mot de nos marchands, cela ne finit pas. Il n'y a que mon amour pour Suzon qui soit une vérité de bon aloi.

2400 **Suzanne** : J'aime ta joie, parce qu'elle est folle ; elle annonce que tu es heureux. Parlons du rendez-vous du Comte.

Figaro : Ou plutôt n'en parlons jamais ; il a failli me coûter Suzanne.

Suzanne : Tu ne veux donc plus qu'il ait lieu ?

2405 **Figaro** : Si vous m'aimez, Suzon, votre parole d'honneur sur ce point : qu'il s'y morfonde ; et c'est sa punition.

Suzanne : Il m'en a plus coûté de l'accorder que je n'ai de peine à le rompre : il n'en sera plus question.

Figaro : Ta bonne vérité ?

2410 **Suzanne** : Je ne suis pas comme vous autres savants, moi ! je n'en ai qu'une.

Figaro : Et tu m'aimeras un peu ?

Suzanne : Beaucoup.

Figaro : Ce n'est guère.

2415 **Suzanne** : Et comment ?

Figaro : En fait d'amour, vois-tu, trop n'est même pas assez.

Suzanne : Je n'entends pas toutes ces finesses, mais je n'aimerai que mon mari.

2420 **Figaro** : Tiens parole, et tu feras une belle exception à l'usage. *(Il veut l'embrasser.)*

SCÈNE 2 : Figaro, Suzanne, La Comtesse

La Comtesse : Ah ! j'avais raison de le dire ; en quelque endroit qu'ils soient, croyez qu'ils sont ensemble. Allons donc, Figaro, c'est voler l'avenir, le mariage et vous-même, que
2425 d'usurper un tête-à-tête. On vous attend, on s'impatiente.

Figaro : Il est vrai, madame, je m'oublie. Je vais leur montrer mon excuse. *(Il veut emmener Suzanne.)*

La Comtesse *la retient* : Elle vous suit.

SCÈNE 3 : Suzanne, La Comtesse

La Comtesse : As-tu ce qu'il nous faut pour troquer[1] de
2430 vêtement ?

Suzanne : Il ne faut rien, madame ; le rendez-vous ne tiendra pas.

La Comtesse : Ah ! vous changez d'avis ?

Suzanne : C'est Figaro.

2435 **La Comtesse** : Vous me trompez.

Suzanne : Bonté divine !

La Comtesse : Figaro n'est pas homme à laisser échapper une dot[§].

Suzanne : Madame ! eh, que croyez-vous donc ?

2440 **La Comtesse** : Qu'enfin, d'accord avec le Comte, il vous fâche[2] à présent de m'avoir confié ses projets. Je vous sais par cœur. Laissez-moi. *(Elle veut sortir.)*

---

1 *troquer* : changer.
2 *fâche* : déplaît.

Suzanne *se jette à genoux*: Au nom du ciel, espoir de tous ! Vous ne savez pas, madame, le mal que vous faites à
2445 Suzanne ! Après vos bontés continuelles et la dot[§] que vous me donnez !…

La Comtesse, *la relève*: Eh mais… je ne sais ce que je dis ! En me cédant ta place au jardin, tu n'y vas pas, mon cœur ; tu tiens parole à ton mari, tu m'aides à ramener le mien.

2450 **Suzanne** : Comme vous m'avez affligée !

La Comtesse : C'est que je ne suis qu'une étourdie. *(Elle la baise au front.)* Où est ton rendez-vous ?

Suzanne *lui baise la main* : Le mot de jardin m'a seul frappée.

La Comtesse, *montrant la table*: Prends cette plume, et
2455 fixons un endroit.

Suzanne : Lui écrire !

La Comtesse : Il le faut.

Suzanne : Madame ! au moins c'est vous…

La Comtesse : Je mets tout sur mon compte. *(Suzanne*
2460 *s'assied, la Comtesse dicte.)* Chanson nouvelle, sur l'air… «Qu'il fera beau ce soir sous les grands marronniers… Qu'il fera beau ce soir…»

Suzanne *écrit* : «Sous les grands marronniers…» Après ?

La Comtesse : Crains-tu qu'il ne t'entende pas ?

2465 **Suzanne** *relit* : C'est juste. *(Elle plie le billet.)* Avec quoi cacheter ?

La Comtesse : Une épingle, dépêche : elle servira de réponse. Écris sur le revers : *Renvoyez-moi le cachet.*

Suzanne *écrit en riant* : Ah ! *le cachet* !… Celui-ci, madame,
2470 est plus gai que celui du brevet.

LA COMTESSE, *avec un souvenir douloureux* : Ah !

SUZANNE *cherche sur elle* : Je n'ai pas d'épingle, à présent !

LA COMTESSE *détache sa lévite*[1] : Prends celle-ci. *(Le ruban du page tombe de son sein*[§] *à terre.)* Ah ! mon ruban !

2475 SUZANNE *le ramasse* : C'est celui du petit voleur ! Vous avez eu la cruauté ?…

LA COMTESSE : Fallait-il le laisser à son bras ? C'eût été joli ! Donnez donc !

SUZANNE : Madame ne le portera plus, taché du sang de ce 2480 jeune homme.

LA COMTESSE *le reprend* : Excellent pour Fanchette. Le premier bouquet qu'elle m'apportera…

SCÈNE 4 : UNE JEUNE BERGÈRE, CHÉRUBIN *en fille*,
FANCHETTE *et beaucoup de jeunes filles habillées
comme elle, et tenant des bouquets*,
LA COMTESSE, SUZANNE

FANCHETTE : Madame, ce sont les filles du bourg qui viennent vous présenter des fleurs.

2485 LA COMTESSE, *serrant vite son ruban* : Elles sont charmantes. Je me reproche, mes belles petites, de ne pas vous connaître toutes. *(Montrant Chérubin.)* Quelle est cette aimable enfant qui a l'air si modeste ?

UNE BERGÈRE : C'est une cousine à moi, madame, qui n'est 2490 ici que pour la noce.

LA COMTESSE : Elle est jolie. Ne pouvant porter vingt bouquets, faisons honneur à l'étrangère. *(Elle prend le*

---

1 *lévite* : robe d'intérieur simple et sobre qui rappelle celle des prêtres.

bouquet de Chérubin, et le baise au front.) Elle en rougit ! *(À Suzanne.)* Ne trouves-tu pas, Suzon… qu'elle ressemble à
2495 quelqu'un ?

Suzanne : À s'y méprendre, en vérité.

Chérubin, *à part, les mains sur son cœur* : Ah ! ce baiser-là m'a été bien loin !

SCÈNE 5 : Les jeunes filles,
Chérubin, *au milieu d'elles*, **Fanchette, Antonio,**
Le Comte, La Comtesse, Suzanne

Antonio : Moi je vous dis, Monseigneur, qu'il y est ; elles
2500 l'ont habillé chez ma fille ; toutes ses hardes§ y sont encore, et voilà son chapeau d'ordonnance que j'ai retiré du paquet. *(Il s'avance et regardant toutes les filles, il reconnaît Chérubin, lui enlève son bonnet de femme, ce qui fait retomber ses longs cheveux en cadenette¹. Il lui met sur la tête le chapeau*
2505 *d'ordonnance et dit :)* Eh parguenne², v'là notre officier !

La Comtesse *recule* : Ah ciel !

Suzanne : Ce friponneau !

Antonio : Quand je disais là-haut que c'était lui !…

Le Comte, *en colère* : Eh bien, madame ?

2510 **La Comtesse** : Eh bien, monsieur ! vous me voyez plus surprise que vous et, pour le moins, aussi fâchée.

Le Comte : Oui ; mais tantôt, ce matin ?

---

1 *cadenette* : tresse portée par certains militaires.
2 *parguenne* : juron, déformation de « par Dieu ».

La Comtesse : Je serais coupable, en effet, si je dissimulais encore. Il était descendu chez moi. Nous entamions le ba-
2515 dinage que ces enfants viennent d'achever ; vous nous avez surprises l'habillant : votre premier mouvement est si vif ! il s'est sauvé, je me suis troublée ; l'effroi général a fait le reste.

Le Comte, *avec dépit, à Chérubin* : Pourquoi n'êtes-vous pas parti ?

2520 **Chérubin**, *ôtant son chapeau brusquement* : Monseigneur…

Le Comte : Je punirai ta désobéissance.

Fanchette, *étourdiment* : Ah, Monseigneur, entendez-moi ! Toutes les fois que vous venez m'embrasser, vous savez bien que vous dites toujours : *Si tu veux m'aimer, petite Fanchette,*
2525 *je te donnerai ce que tu voudras.*

Le Comte, *rougissant* : Moi ! j'ai dit cela ?

Fanchette : Oui, Monseigneur. Au lieu de punir Chérubin, donnez-le-moi en mariage, et je vous aimerai à la folie.

Le Comte, *à part* : Être ensorcelé par un page !

2530 **La Comtesse** : Eh bien, monsieur, à votre tour ! L'aveu de cet enfant aussi naïf que le mien atteste enfin deux vérités : que c'est toujours sans le vouloir si je cause des inquiétudes, pendant que vous épuisez tout pour augmenter et justifier les miennes.

2535 **Antonio** : Vous aussi, Monseigneur ? Dame ! je vous la redresserai comme feu sa mère, qui est morte… Ce n'est pas pour la conséquence ; mais c'est que madame sait bien que les petites filles, quand elles sont grandes…

Le Comte, *déconcerté, à part* : Il y a un mauvais génie qui
2540 tourne tout ici contre moi !

SCÈNE 6 : Les jeunes filles, Chérubin, Antonio, Figaro, Le Comte, La Comtesse, Suzanne

Figaro : Monseigneur, si vous retenez nos filles, on ne pourra commencer ni la fête, ni la danse.

Le Comte : Vous, danser ! vous n'y pensez pas. Après votre chute de ce matin, qui vous a foulé le pied droit !

2545 **Figaro**, *remuant la jambe* : Je souffre encore un peu ; ce n'est rien. *(Aux jeunes filles.)* Allons, mes belles, allons !

Le Comte *le retourne* : Vous avez été fort heureux que ces couches ne fussent que du terreau bien doux !

Figaro : Très heureux, sans doute ; autrement…

2550 **Antonio** *le retourne* : Puis il s'est pelotonné en tombant jusqu'en bas.

Figaro : Un plus adroit, n'est-ce pas, serait resté en l'air ? *(Aux jeunes filles.)* Venez-vous, mesdemoiselles ?

Antonio *le retourne* : Et, pendant ce temps, le petit page
2555 galopait sur son cheval à Séville ?

Figaro : Galopait, ou marchait au pas…

Le Comte *le retourne* : Et vous aviez son brevet dans la poche ?

Figaro, *un peu étonné* : Assurément ; mais quelle enquête ?
2560 *(Aux jeunes filles.)* Allons donc, jeunes filles !

Antonio, *attirant Chérubin par le bras* : En voici une qui prétend que mon neveu futur n'est qu'un menteur.

Figaro, *surpris* : Chérubin !… *(À part)* Peste du petit fat[1] !

---

1 *fat* : sot prétentieux.

Antonio : Y es-tu maintenant ?

2565 **Figaro**, *cherchant* : J'y suis… j'y suis… Hé ! qu'est-ce qu'il chante ?

Le Comte, *sèchement* : Il ne chante pas ; il dit que c'est lui qui a sauté sur les giroflées.

Figaro, *rêvant* : Ah ! s'il le dit… cela se peut. Je ne dispute 2570 pas de ce que j'ignore.

Le Comte : Ainsi vous et lui ?…

Figaro : Pourquoi non ? la rage de sauter peut gagner : voyez les moutons de Panurge[1] ; et quand vous êtes en colère, il n'y a personne qui n'aime mieux risquer…

2575 **Le Comte** : Comment, deux à la fois ?

Figaro : On aurait sauté deux douzaines. Et qu'est-ce que cela fait, Monseigneur, dès qu'il n'y a personne de blessé ? *(Aux jeunes filles.)* Ah ça, voulez-vous venir, ou non ?

Le Comte, *outré* : Jouons-nous une comédie ? *(On entend* 2580 *un prélude de fanfare.)*

Figaro : Voilà le signal de la marche. À vos postes, les belles, à vos postes ! Allons, Suzanne, donne-moi le bras. *(Tous s'enfuient ; Chérubin reste seul, la tête baissée.)*

SCÈNE 7 : Chérubin, Le Comte, La Comtesse

Le Comte, *regardant aller Figaro* : En voit-on de plus auda-2585 cieux ? *(Au page.)* Pour vous, monsieur le sournois, qui faites le honteux, allez vous rhabiller bien vite, et que je ne vous rencontre nulle part de la soirée.

---

1 *Panurge* : allusion au huitième chapitre du *Quart livre* de Rabelais où les moutons de Panurge se jettent à la mer.

La Comtesse : Il va bien s'ennuyer.

Chérubin, *étourdiment* : M'ennuyer ! j'emporte à mon
2590 front du bonheur pour plus de cent années de prison. *(Il
met son chapeau et s'enfuit.)*

SCÈNE 8 : Le Comte, La Comtesse
(La Comtesse s'évente fortement sans parler.)

Le Comte : Qu'a-t-il au front de si heureux ?

La Comtesse, *avec embarras* : Son… premier chapeau
d'officier, sans doute ; aux enfants tout sert de hochet. *(Elle
2595 veut sortir.)*

Le Comte : Vous ne nous restez pas, Comtesse ?

La Comtesse : Vous savez que je ne me porte pas bien.

Le Comte : Un instant pour votre protégée, ou je vous
croirais en colère.

2600 **La Comtesse** : Voici les deux noces, asseyons-nous donc
pour les recevoir.

Le Comte, *à part* : La noce ! Il faut souffrir de ce qu'on ne
peut empêcher. *(Le Comte et la Comtesse s'assoient vers un
des côtés de la galerie.)*

SCÈNE 9 : Le Comte, La Comtesse, *assis;*
l'on joue les Folies d'Espagne
d'un mouvement de marche (Symphonie notée).

2605　　　　　　　　　MARCHE

LES GARDES-CHASSE, *fusil sur l'épaule.*
L'ALGUAZIL[1]. LES PRUD'HOMMES[2]. BRID'OISON.
LES PAYSANS ET PAYSANNES *en habits de fête.*
DEUX JEUNES FILLES *portant la toque virginale à plumes*
2610 *blanches.*
DEUX AUTRES, *le voile blanc.*
DEUX AUTRES, *les gants et le bouquet de côté.*
ANTONIO donne la main à SUZANNE, *comme étant celui*
qui la marie à FIGARO.
2615 D'AUTRES JEUNES FILLES *prennent une autre toque, un*
autre voile, un autre bouquet blanc, semblables aux premiers,
pour MARCELINE.
FIGARO *donne la main à* MARCELINE, *comme celui qui*
doit la remettre au DOCTEUR, *lequel ferme la marche, un*
2620 *gros bouquet au côté. Les jeunes filles, en passant devant le*
COMTE, *remettent à ses valets tous les ajustements destinés à*
SUZANNE *et à* MARCELINE.
LES PAYSANS ET PAYSANNES *s'étant rangés sur deux*
colonnes à chaque côté du salon, on danse une reprise du
2625 *fandango*[3] *(air noté) avec des castagnettes : puis on joue la*
ritournelle du duo, pendant laquelle ANTONIO *conduit*
SUZANNE *au* COMTE ; *elle se met à genoux devant lui.*
Pendant que le COMTE *lui pose la toque, le voile, et lui donne*
le bouquet, deux jeunes filles chantent le duo suivant (air
2630 *noté)* :

---

1 *alguazil* : agent de paix espagnol.
2 *prud'hommes* : hommes savants (employé ironiquement ici).
3 *fandango* : danse espagnole.

Jeune épouse, chantez les bienfaits et la gloire
D'un maître qui renonce aux droits qu'il eut sur vous :
Préférant au plaisir la plus noble victoire,
Il vous rend chaste et pure aux mains de votre époux.

2635 SUZANNE *est à genoux, et, pendant les derniers vers du duo,
elle tire le* COMTE *par son manteau et lui montre le billet
qu'elle tient : puis elle porte la main qu'elle a du côté des spectateurs à sa tête, où le* COMTE *a l'air d'ajuster sa toque ; elle
lui donne le billet.*

2640 LE COMTE *le met furtivement dans son sein*§ *; on achève de
chanter le duo : la fiancée se relève, et lui fait une grande
révérence.*

FIGARO *vient la recevoir des mains du* COMTE, *et se retire
avec elle à l'autre côté du salon, près de* MARCELINE. (On
2645 danse une autre reprise du fandango pendant ce temps.)*

LE COMTE, *pressé de lire ce qu'il a reçu, s'avance au bord du
théâtre et tire le papier de son sein*§ *; mais en le sortant il fait
le geste d'un homme qui s'est cruellement piqué le doigt ; il le
secoue, le presse, le suce, et, regardant le papier cacheté d'une
2650 épingle, il dit :*

LE COMTE *(Pendant qu'il parle, ainsi que Figaro, l'orchestre
joue pianissimo.)* : Diantre soit des femmes, qui fourrent des
épingles partout ! *(Il la jette à terre, puis il lit le billet et le
baise.)*

2655 FIGARO, *qui a tout vu, dit à sa mère et à Suzanne* : C'est un
billet doux, qu'une fillette aura glissé dans sa main en passant. Il était cacheté d'une épingle, qui l'a outrageusement
piqué.

*La danse reprend : le Comte qui a lu le billet le retourne ; il y
2660 voit l'invitation de renvoyer le cachet pour réponse. Il cherche
à terre, et retrouve enfin l'épingle qu'il attache à sa manche.*

Figaro, *à Suzanne et à Marceline* : D'un objet aimé tout est cher. Le voilà qui ramasse l'épingle. Ah ! c'est une drôle de tête !

2665 *(Pendant ce temps, Suzanne a des signes d'intelligence avec la Comtesse. La danse finit ; la ritournelle du duo recommence.)*

Figaro conduit Marceline au Comte, ainsi qu'on a conduit Suzanne ; à l'instant où le Comte prend la toque, et où l'on va chanter le duo, on est interrompu par les cris suivants :

2670 **L'Huissier**, *criant à la porte* : Arrêtez donc, messieurs ! vous ne pouvez entrer tous… Ici les gardes ! les gardes ! *(Les gardes vont vite à cette porte.)*

Le Comte, *se levant* : Qu'est-ce qu'il y a ?

L'Huissier : Monseigneur, c'est monsieur Bazile entouré 2675 d'un village entier, parce qu'il chante en marchant.

Le Comte : Qu'il entre seul.

La Comtesse : Ordonnez-moi de me retirer.

Le Comte : Je n'oublie pas votre complaisance.

La Comtesse : Suzanne !… Elle reviendra. *(À part, à* 2680 *Suzanne.)* Allons changer d'habits. *(Elle sort avec Suzanne.)*

Marceline : Il n'arrive jamais que pour nuire.

Figaro : Ah ! je m'en vais vous le faire déchanter.

SCÈNE 10 : Tous les acteurs précédents
excepté la Comtesse et Suzanne ; **Bazile** *tenant sa guitare ;*
Gripe-Soleil

Bazile *entre en chantant sur l'air du vaudeville[1] de la fin :*
(Air noté.)

2685   Cœurs sensibles, cœurs fidèles,
    Qui blâmez l'amour léger,
    Cessez vos plaintes cruelles :
    Est-ce un crime de changer ?
    Si l'Amour porte des ailes,
2690   N'est-ce pas pour voltiger ?
    N'est-ce pas pour voltiger ?
    N'est-ce pas pour voltiger ?

Figaro *s'avance à lui :* Oui, c'est pour cela justement qu'il a des ailes au dos. Notre ami, qu'entendez-vous par cette
2695 musique ?

Bazile, *montrant Gripe-Soleil :* Qu'après avoir prouvé mon obéissance à Monseigneur en amusant monsieur, qui est de sa compagne, je pourrai à mon tour réclamer sa justice.

Gripe-Soleil : Bah ! Monsigneu, il ne m'a pas amusé du
2700 tout : avec leux guenilles d'ariettes[2]…

Le Comte : Enfin que demandez-vous, Bazile ?

Bazile : Ce qui m'appartient, Monseigneur, la main de Marceline ; et je viens m'opposer…

Figaro *s'approche :* Y a-t-il longtemps que monsieur n'a vu
2705 la figure d'un fou ?

Bazile : Monsieur, en ce moment même.

---

1 *vaudeville* : chant sur un air connu que l'on chante à l'intérieur de certaines comédies.
2 *ariettes* : airs légers.

FIGARO : Puisque mes yeux vous servent si bien de miroir, étudiez-y l'effet de ma prédiction. Si vous faites mine seulement d'approximer[1] madame…

2710 **BARTHOLO**, *en riant* : Eh pourquoi ? Laisse-le parler.

BRID'OISON *s'avance entre deux* : Fau-aut-il que deux amis ?…

FIGARO : Nous, amis !

BAZILE : Quelle erreur !

FIGARO, *vite* : Parce qu'il fait de plats airs de chapelle ?

2715 **BAZILE**, *vite* : Et lui, des vers comme un journal ?

FIGARO, *vite* : Un musicien de guinguette[2] !

BAZILE, *vite* : Un postillon de gazette !

FIGARO, *vite* : Cuistre d'oratorio !

BAZILE, *vite* : Jockey diplomatique !

2720 **LE COMTE**, *assis* : Insolents tous les deux !

BAZILE : Il me manque[3] en toute occasion.

FIGARO : C'est bien dit, si cela se pouvait !

BAZILE : Disant partout que je ne suis qu'un sot.

FIGARO : Vous me prenez donc pour un écho ?

2725 **BAZILE** : Tandis qu'il n'est pas un chanteur que mon talent n'ait fait briller.

FIGARO : Brailler.

BAZILE : Il le répète !

---

1 *approximer* : approcher. Mot créé par Beaumarchais à partir du mot latin *proxime*.
2 *guinguette* : café populaire en plein air où l'on danse.
3 *Il me manque* : il me manque de respect.

Figaro : Et pourquoi non, si cela est vrai ? Es-tu un prince,
2730 pour qu'on te flagorne[1] ? Souffre la vérité, coquin, puisque
tu n'as pas de quoi gratifier un menteur ; ou si tu la crains
de notre part, pourquoi viens-tu troubler nos noces ?

Bazile, *à Marceline* : M'avez-vous promis, oui ou non, si,
dans quatre ans, vous n'étiez pas pourvue, de me donner la
2735 préférence ?

Marceline : À quelle condition l'ai-je promis ?

Bazile : Que si vous retrouviez un certain fils perdu, je
l'adopterais par complaisance.

Tous ensemble : Il est trouvé.

2740 Bazile : Qu'à cela ne tienne !

Tous emsemble, *montrant Figaro* : Et le voici.

Bazile, *reculant de frayeur* : J'ai vu le diable !

Brid'oison, *à Bazile* : Et vou-ous renoncez à sa chère mère ?

Bazile : Qu'y aurait-il de plus fâcheux que d'être cru le père
2745 d'un garnement ?

Figaro : D'en être cru le fils ; tu te moques de moi !

Bazile, *montrant Figaro* : Dès que[§] monsieur est quelque
chose ici, je déclare, moi, que je n'y suis plus de rien. *(Il sort.)*

SCÈNE 11 : Tous les acteurs précédents
excepté **Bazile**

Bartholo, *riant* : Ah ! ah ! ah ! ah !

2750 Figaro, *sautant de joie* : Donc à la fin j'aurai ma femme !

---

1 *flagorne* : flatte bassement.

Le Comte, *à part* : Moi, ma maîtresse. *(Il se lève.)*

Brid'oison, *à Marceline* : Et tou-out le monde est satisfait.

Le Comte : Qu'on dresse les deux contrats ; j'y signerai.

Tous emsemble : Vivat ! *(Ils sortent.)*

2755 **Le Comte** : J'ai besoin d'une heure de retraite. *(Il veut sortir avec les autres.)*

SCÈNE 12 : Gripe-Soleil, Figaro, Marceline, Le Comte

Gripe-Soleil, *à Figaro* : Et moi, je vais aider à ranger[1] le feu d'artifice sous les grands marronniers, comme on l'a dit.

Le Comte *revient en courant* : Quel sot a donné un tel ordre ?

2760 **Figaro** : Où est le mal ?

Le Comte, *vivement* : Et la Comtesse qui est incommodée, d'où le verra-t-elle, l'artifice ? C'est sur la terrasse qu'il le faut, vis-à-vis son appartement.

Figaro : Tu l'entends, Gripe-Soleil ? la terrasse.

2765 **Le Comte** : Sous les grands marronniers ! belle idée ! *(En s'en allant, à part.)* Ils allaient incendier mon rendez-vous !

SCÈNE 13 : Figaro, Marceline

Figaro : Quel excès d'attention pour sa femme ! *(Il veut sortir.)*

---

1 *ranger* : mettre en place.

Marceline *l'arrête* : Deux mots, mon fils. Je veux m'acquitter avec toi[1] : un sentiment mal dirigé m'avait rendue injuste
envers ta charmante femme ; je la supposais d'accord avec
le Comte, quoique j'eusse appris de Bazile qu'elle l'avait
toujours rebuté.

Figaro : Vous connaissiez mal votre fils de le croire ébranlé
par ces impulsions féminines. Je puis défier la plus rusée de
m'en faire accroire.

Marceline : Il est toujours heureux de le penser, mon fils ;
la jalousie…

Figaro : … N'est qu'un sot enfant de l'orgueil, ou c'est la
maladie d'un fou. Oh ! j'ai là-dessus, ma mère, une philosophie… imperturbable ; et si Suzanne doit me tromper
un jour, je le lui pardonne d'avance ; elle aura longtemps
travaillé… *(Il se retourne et aperçoit Fanchette qui cherche de
côté et d'autre.)*

SCÈNE 14 : Figaro, Fanchette, Marceline

Figaro : Eeeh !… ma petite cousine qui nous écoute !

Fanchette : Oh ! pour ça, non : on dit que c'est malhonnête.

Figaro : Il est vrai ; mais comme cela est utile, on fait aller
souvent l'un pour l'autre.

Fanchette : Je regardais si quelqu'un était là.

Figaro : Déjà dissimulée, friponne ! vous savez bien qu'il
n'y peut être.

Fanchette : Et qui donc ?

---

1 *m'acquitter avec toi* : m'expliquer.

Figaro : Chérubin.

Fanchette : Ce n'est pas lui que je cherche, car je sais fort
2795 bien où il est ; c'est ma cousine Suzanne.

Figaro : Et que lui veut ma petite cousine ?

Fanchette : À vous, petit cousin, je le dirai. — C'est… ce
n'est qu'une épingle que je veux lui remettre.

Figaro, *vivement* : Une épingle ! une épingle !… Et de
2800 quelle part, coquine ? À votre âge, vous faites déjà un mét…
(Il se reprend et dit d'un ton doux.) Vous faites déjà très bien
tout ce que vous entreprenez, Fanchette ; et ma jolie cousine
est si obligeante…

Fanchette : À qui donc en a-t-il de se fâcher ? Je m'en vais.

2805 **Figaro**, *l'arrêtant* : Non, non, je badine. Tiens, ta petite épingle est celle que Monseigneur t'a dit de remettre à Suzanne,
et qui servait à cacheter un petit papier qu'il tenait : tu vois
que je suis au fait.

Fanchette : Pourquoi donc le demander, quand vous le
2810 savez si bien ?

Figaro, *cherchant* : C'est qu'il est assez gai de savoir comment
Monseigneur s'y est pris pour te donner la commission.

Fanchette, *naïvement* : Pas autrement que vous le dites :
Tiens, petite Fanchette, rends cette épingle à ta belle cousine, et
2815 *dis-lui seulement que c'est le cachet des grands marronniers.*

Figaro : Des grands ?…

Fanchette : *Marronniers.* Il est vrai qu'il a ajouté : *Prends
garde que personne ne te voie…*

Figaro : Il faut obéir, ma cousine : heureusement personne
2820 ne vous a vue. Faites donc joliment votre commission, et
n'en dites pas plus à Suzanne que Monseigneur n'a ordonné.

FANCHETTE : Et pourquoi lui en dirais-je ? Il me prend pour un enfant, mon cousin. *(Elle sort en sautant.)*

SCÈNE 15 : FIGARO, MARCELINE

FIGARO : Eh bien, ma mère ?

2825 **MARCELINE** : Eh bien, mon fils ?

FIGARO, *comme étouffé* : Pour celui-ci[1] !… Il y a réellement des choses !…

MARCELINE : Il y a des choses ! Hé, qu'est-ce qu'il y a ?

FIGARO, *les mains sur sa poitrine* : Ce que je viens d'entendre, 2830 ma mère, je l'ai là comme un plomb.

MARCELINE, *riant* : Ce cœur plein d'assurance n'était donc qu'un ballon gonflé ? une épingle a tout fait partir !

FIGARO, *furieux* : Mais cette épingle, ma mère, est celle qu'il a ramassée !

2835 **MARCELINE**, *rappelant ce qu'il a dit* : La jalousie ! oh ! j'ai là-dessus, ma mère, une philosophie… imperturbable ; et si Suzanne me trompe un jour, je le lui pardonne…

FIGARO, *vivement* : Oh, ma mère ! On parle comme on sent : mettez le plus glacé des juges à plaider dans sa propre cause, 2840 et voyez-le expliquer la loi ! — Je ne m'étonne plus s'il avait tant d'humeur sur ce feu ! — Pour la mignonne aux fines épingles, elle n'en est pas où elle le croit, ma mère, avec ses marronniers ! Si mon mariage est assez fait pour légitimer ma colère, en revanche il ne l'est pas assez pour que je n'en 2845 puisse épouser une autre, et l'abandonner…

---

1 *Pour celui-ci* : pour ce tour-ci.

MARCELINE : Bien conclu ! Abîmons tout sur un soupçon. Qui t'a prouvé, dis-moi, que c'est toi qu'elle joue, et non le Comte ? L'as-tu étudiée de nouveau, pour la condamner sans appel ? Sais-tu si elle se rendra sous les arbres, à quelle
2850 intention elle y va ? ce qu'elle y dira, ce qu'elle y fera ? Je te croyais plus fort en jugement !

FIGARO, *lui baisant la main avec respect* : Elle a raison, ma mère ; elle a raison, raison, toujours raison ! Mais accordons, maman, quelque chose à la nature : on en vaut mieux
2855 après. Examinons en effet avant d'accuser et d'agir. Je sais où est le rendez-vous. Adieu, ma mère. *(Il sort.)*

SCÈNE 16 : **MARCELINE**, *seule.*

MARCELINE : Adieu. Et moi aussi, je le sais. Après l'avoir arrêté, veillons sur les voies de Suzanne, ou plutôt avertissons-la ; elle est si jolie créature ! Ah ! quand l'intérêt personnel ne
2860 nous arme pas les unes contre les autres, nous sommes toutes portées à soutenir notre pauvre sexe opprimé contre ce fier, ce terrible… *(en riant)* et pourtant un peu nigaud de sexe masculin. *(Elle sort.)*

ACTE V

Le théâtre représente une salle de marronniers[1], dans un parc;
deux pavillons, kiosques, ou temples de jardins, sont à droite et
à gauche; le fond est une clairière ornée, un siège de gazon
sur le devant. Le théâtre est obscur.

SCÈNE 1

FANCHETTE, *seule, tenant d'une main deux biscuits et une*
2865 *orange, et de l'autre une lanterne de papier allumée* : Dans le
pavillon à gauche, a-t-il dit. C'est celui-ci. S'il allait ne pas
venir à présent ! mon petit rôle… Ces vilaines gens de
l'office qui ne voulaient pas seulement me donner une
orange et deux biscuits ! — Pour qui, mademoiselle ? — Eh
2870 bien, monsieur, c'est pour quelqu'un. — Oh ! nous savons.
— Et quand ça serait ? Parce que Monseigneur ne veut pas
le voir, faut-il qu'il meure de faim ? — Tout ça pourtant
m'a coûté un fier baiser sur la joue !… Que sait-on ? Il me le
rendra peut-être. *(Elle voit Figaro qui vient l'examiner; elle*
2875 *fait un cri.)* Ah !… *(Elle s'enfuit, et elle entre dans le pavillon*
à sa gauche.)

---

1 *salle de marronniers* : dans un jardin, espace entouré de marronniers dont le feuil-
lage forme une voûte.

SCÈNE 2 : Figaro, *un grand manteau sur les épaules,* *un large chapeau rabattu,* Bazile, Antonio, Bartholo, Brid'oison, Gripe-Soleil, Troupe de valets et de travailleurs

Figaro, *d'abord seul* : C'est Fanchette ! *(Il parcourt des yeux les autres à mesure qu'ils arrivent, et dit d'un ton farouche.)* Bonjour, messieurs ; bonsoir : êtes-vous tous ici ?

2880 Bazile : Ceux que tu as pressés d'y venir.

Figaro : Quelle heure est-il bien à peu près ?

Antonio *regarde en l'air* : La lune devrait être levée.

Bartholo : Eh ! quels noirs apprêts fais-tu donc ? Il a l'air d'un conspirateur !

2885 Figaro, *s'agitant* : N'est-ce pas pour une noce, je vous prie, que vous êtes rassemblés au château ?

Brid'oison : Cè-ertainement.

Antonio : Nous allions là-bas, dans le parc, attendre un signal pour ta fête.

2890 Figaro : Vous n'irez pas plus loin, messieurs ; c'est ici, sous ces marronniers, que nous devons tous célébrer l'honnête fiancée que j'épouse, et le loyal seigneur qui se l'est destinée.

Bazile, *se rappelant la journée* : Ah ! vraiment, je sais ce que c'est. Retirons-nous, si vous m'en croyez : il est question 2895 d'un rendez-vous ; je vous conterai cela près d'ici.

Brid'oison, *à Figaro* : Nou-ous reviendrons.

Figaro : Quand vous m'entendrez appeler, ne manquez pas d'accourir tous ; et dites du mal de Figaro, s'il ne vous fait voir une belle chose.

2900 **BARTHOLO** : Souviens-toi qu'un homme sage ne se fait point d'affaires[1] avec les grands.

FIGARO : Je m'en souviens.

BARTHOLO : Qu'ils ont quinze et bisque[2] sur nous, par leur état.

2905 **FIGARO** : Sans leur industrie[3], que vous oubliez. Mais souvenez-vous aussi que l'homme qu'on sait timide est dans la dépendance de tous les fripons.

BARTHOLO : Fort bien.

FIGARO : Et que j'ai nom *de Verte-Allure,* du chef honoré de
2910 ma mère[4].

BARTHOLO : Il a le diable au corps.

BRID'OISON : I-il l'a.

BAZILE, *à part* : Le Comte et sa Suzanne se sont arrangés sans moi ? Je ne suis pas lâché de l'algarade[5].

2915 **FIGARO**, *aux valets* : Pour vous autres, coquins, à qui j'ai donné l'ordre, illuminez-moi ces entours ; ou, par la mort que je voudrais tenir aux dents, si j'en saisis un par le bras… *(Il secoue le bras de Gripe-Soleil.)*

GRIPE-SOLEIL *s'en va en criant et pleurant* : A, a, o, oh !
2920 damné brutal !

BAZILE, *en s'en allant* : Le ciel vous tienne en joie, monsieur du marié ! *(Ils sortent.)*

---

1 *d'affaires* : de querelles.

2 *quinze et bisque* : terme emprunté au jeu de paume pour dire que les «grands» ont un net avantage.

3 *industrie* : habileté.

4 *du chef honoré de ma mère* : en vertu du droit que j'hérite de ma mère de porter ce nom.

5 *algarade* : mot d'origine espagnole signifiant une sortie brusque contre quelqu'un.

SCÈNE 3 : **Figaro**, *seul, se promenant dans l'obscurité,*
dit du ton le plus sombre.

Figaro : Ô femme ! femme ! femme ! créature faible et
décevante ! … nul animal[1] créé ne peut manquer à son
2925 instinct : le tien est-il donc de tromper ?… Après m'avoir
obstinément refusé quand je l'en pressais devant sa
maîtresse ; à l'instant qu'elle me donne sa parole, au milieu
même de la cérémonie… Il riait en lisant, le perfide ! et moi
comme un benêt… Non, monsieur le Comte, vous ne
2930 l'aurez pas… vous ne l'aurez pas. Parce que vous êtes un
grand seigneur, vous vous croyez un grand génie !…
Noblesse, fortune[§], un rang, des places, tout cela rend si
fier ! Qu'avez-vous fait pour tant de biens ? Vous vous êtes
donné la peine de naître, et rien de plus. Du reste, homme
2935 assez ordinaire ; tandis que moi, morbleu[2] ! perdu dans la
foule obscure, il m'a fallu déployer plus de science et de
calculs, pour subsister seulement, qu'on n'en a mis depuis
cent ans à gouverner toutes les Espagnes : et vous voulez
jouter[3]… On vient… c'est elle… ce n'est personne. — La
2940 nuit est noire en diable, et me voilà faisant le sot métier de
mari, quoique je ne le sois qu'à moitié ! *(Il s'assied sur un*
banc.) Est-il rien de plus bizarre que ma destinée ? Fils de je
ne sais pas qui, volé par des bandits, élevé dans leurs mœurs,
je m'en dégoûte et veux courir[4] une carrière honnête ; et
2945 partout je suis repoussé ! J'apprends la chimie, la pharma-
cie, la chirurgie, et tout le crédit d'un grand seigneur peut à
peine me mettre à la main une lancette[5] vétérinaire ! — Las
d'attrister des bêtes malades, et pour faire un métier contraire, je me jette à corps perdu dans le théâtre : me fussé-je

---

1 *animal* : être animé.
2 *morbleu* : juron, déformation de «mort de Dieu».
3 *jouter* : combattre.
4 *courir* : poursuivre.
5 *lancette* : instrument servant à faire la saignée.

2950 mis une pierre au cou ! Je broche[1] une comédie dans[2] les
mœurs du sérail. Auteur espagnol, je crois pouvoir y fronder
Mahomet sans scrupule : à l'instant un envoyé... de je ne
sais où se plaint que j'offense dans mes vers la Sublime-
Porte[3], la Perse, une partie de la presqu'île de l'Inde, toute
2955 l'Égypte, les royaumes de Barca[4], de Tripoli, de Tunis,
d'Alger et de Maroc : et voilà ma comédie flambée, pour
plaire aux princes mahométans, dont pas un, je crois, ne sait
lire, et qui nous meurtrissent l'omoplate, en nous disant :
chiens de chrétiens. — Ne pouvant avilir l'esprit, on se venge
2960 en le maltraitant. — Mes joues creusaient, mon terme était
échu : je voyais de loin arriver l'affreux recors[5], la plume
fichée dans sa perruque : en frémissant je m'évertue. Il
s'élève une question[6] sur la nature des richesses ; et, comme
il n'est pas nécessaire de tenir les choses pour en raisonner,
2965 n'ayant pas un sol, j'écris sur la valeur de l'argent et sur son
produit net[7] : sitôt je vois du fond d'un fiacre baisser pour
moi le pont d'un château fort, à l'entrée duquel je laissai
l'espérance et la liberté[8]. (*Il se lève.*) Que je voudrais bien
tenir un de ces puissants de quatre jours[9], si légers sur le mal
2970 qu'ils ordonnent, quand une bonne disgrâce a cuvé son
orgueil ! Je lui dirais... que les sottises imprimées n'ont
d'importance qu'aux lieux où l'on en gêne le cours ; que,
sans la liberté de blâmer, il n'est point d'éloge flatteur ; et
qu'il n'y a que les petits hommes qui redoutent les petits
2975 écrits. (*Il se rassied.*) Las de nourrir un obscur pensionnaire,

---

1 *je broche* : j'écris rapidement.
2 *dans* : inspiré de.
3 *la Sublime-Porte* : la Turquie.
4 *les royaumes de Barca* : la Libye.
5 *recors* : témoin de l'huissier lors des saisis.
6 *question* : sujet d'un concours d'une académie.
7 *produit net* : bénéfice.
8 *je laissai l'espérance et la liberté* : allusion à un passage de *L'Enfer* de Dante : « Vous
   qui entrez, laissez toute espérance. » (chant III, vers 9).
9 *puissants de quatre jours* : allusion à la succession rapide des ministres sous Louis XVI.

on me met un jour dans la rue ; et comme il faut dîner,
quoiqu'on ne soit plus en prison, je taille encore ma plume,
et demande à chacun de quoi il est question[1] : on me dit
que, pendant ma retraite économique[2], il s'est établi dans
2980 Madrid un système de liberté sur la vente des productions,
qui s'étend même à celles de la presse ; et que, pourvu que je
ne parle en mes écrits ni de l'autorité, ni du culte, ni de la
politique, ni de la morale, ni des gens en place, ni des corps
en crédit[3], ni de l'Opéra, ni des autres spectacles, ni de per-
2985 sonne qui tienne à quelque chose, je puis tout imprimer
librement, sous l'inspection de deux ou trois censeurs. Pour
profiter de cette douce liberté, j'annonce un écrit pério-
dique, et, croyant n'aller sur les brisées d'aucun autre, je le
nomme *Journal inutile*. Pou-ou ! je vois s'élever contre moi
2990 mille pauvres diables à la feuille[4], on me supprime[5], et me
voilà derechef sans emploi ! — Le désespoir m'allait saisir ;
on pense à moi pour une place, mais par malheur j'y étais
propre : il fallait un calculateur, ce fut un danseur qui
l'obtint. Il ne me restait plus qu'à voler ; je me fais banquier
2995 de pharaon[6] : alors, bonnes gens ! je soupe en ville, et les
personnes dites *comme il faut* m'ouvrent poliment leur maison, en retenant pour elles les trois quarts du profit. J'aurais
bien pu me remonter ; je commençais même à comprendre
que, pour gagner du bien, le savoir-faire vaut mieux que le
3000 savoir. Mais comme chacun pillait autour de moi, en
exigeant que je fusse honnête, il fallut bien périr encore.
Pour le coup je quittais le monde, et vingt brasses d'eau
m'en allaient séparer, lorsqu'un dieu bienfaisant m'appelle à
mon premier état. Je reprends ma trousse et mon cuir

---

1 *de quoi il est question* : quels sont les sujets d'actualité.

2 *ma retraite économique* : mon séjour en prison.

3 *corps en crédit* : institutions qui ont de l'influence auprès du Roi.

4 *pauvres diables à la feuille* : pigistes.

5 *me supprime* : m'empêche de paraître.

6 *banquier de pharaon* : le pharaon est un jeu de cartes dans lequel le banquier joue
   seul contre un nombre indéterminé d'adversaires.

3005 anglais[1] ; puis, laissant la fumée[2] aux sots qui s'en nourrissent, et la honte au milieu du chemin comme trop lourde à
un piéton, je vais rasant de ville en ville, et je vis enfin sans
souci. Un grand seigneur passe à Séville ; il me reconnaît, je
le marie[3] ; et pour prix d'avoir eu par mes soins son épouse,
3010 il veut intercepter la mienne ! Intrigue, orage à ce sujet. Prêt
à tomber dans un abîme, au moment d'épouser ma mère,
mes parents m'arrivent à la file. *(Il se lève en s'échauffant.)*
On se débat, c'est vous, c'est lui, c'est moi, c'est toi, non, ce
n'est pas nous ; eh ! mais qui donc ? *(Il retombe assis.)* Ô
3015 bizarre suite d'événements ! Comment cela m'est-il arrivé ?
Pourquoi ces choses et non pas d'autres ? Qui les a fixées sur
ma tête ? Forcé de parcourir la route où je suis entré sans le
savoir, comme j'en sortirai sans le vouloir, je l'ai jonchée
d'autant de fleurs que ma gaieté me l'a permis : encore je dis
3020 ma gaieté sans savoir si elle est à moi plus que le reste, ni
même quel est ce *moi* dont je m'occupe : un assemblage
informe de parties inconnues ; puis un chétif être imbécile ;
un petit animal folâtre ; un jeune homme ardent au plaisir,
ayant tous les goûts pour jouir, faisant tous les métiers pour
3025 vivre ; maître ici, valet là, selon qu'il plaît à la fortune[§] ;
ambitieux par vanité, laborieux par nécessité, mais
paresseux… avec délices ! orateur selon le danger ; poète par
délassement ; musicien par occasion ; amoureux par folles
bouffées ; j'ai tout vu, tout fait, tout usé. Puis l'illusion s'est
3030 détruite et, trop désabusé… Désabusé… ! Suzon, Suzon,
Suzon ! que tu me donnes de tourments !… J'entends
marcher… on vient. Voici l'instant de la crise[4]. *(Il se retire
près de la première coulisse à sa droite.)*

---

1 *cuir anglais* : c'est sur le cuir anglais que le barbier affûte le fil du rasoir. Il faut donc
comprendre que Figaro reprend ses fonctions de barbier.

2 *fumée* : la gloire et les prétentions superficielles.

3 *je le marie* : allusion au *Barbier de Séville*.

4 *crise* : instant d'un dénouement, comme on l'entend dans la tragédie.

SCÈNE 4 : FIGARO, LA COMTESSE, *avec les habits de Suzon,* SUZANNE, *avec ceux de la Comtesse,* MARCELINE

SUZANNE, *bas à la Comtesse* : Oui, Marceline m'a dit que
3035 Figaro y serait.

MARCELINE : Il y est aussi ; baisse la voix.

SUZANNE : Ainsi l'un nous écoute, et l'autre va venir me chercher. Commençons.

MARCELINE : Pour n'en pas perdre un mot, je vais me cacher
3040 dans le pavillon. *(Elle entre dans le pavillon où est entrée Fanchette.)*

SCÈNE 5 : FIGARO, LA COMTESSE, SUZANNE

SUZANNE, *haut* : Madame tremble ! est-ce qu'elle aurait froid ?

LA COMTESSE, *haut* : La soirée est humide, je vais me retirer.

3045 SUZANNE, *haut* : Si madame n'avait pas besoin de moi, je prendrais l'air un moment sous ces arbres.

LA COMTESSE, *haut* : C'est le serein[1] que tu prendras.

SUZANNE, *haut* : J'y suis toute faite.

FIGARO, *à part* : Ah oui, le serein ! *(Suzanne se retire près de*
3050 *la coulisse, du côté opposé à Figaro.)*

---

1 *serein* : fraîcheur du soir.

SCÈNE 6 : Figaro, Chérubin, Le Comte, La Comtesse, Suzanne

(Figaro et Suzanne retirés de chaque côté sur le devant.)

Chérubin, *en habit d'officier, arrive en chantant gaiement la reprise de l'air de la romance* :

> La, la, la, etc.
>
> J'avais une marraine,

3055   Que toujours adorai.

La Comtesse, *à part* : Le petit page !

Chérubin *s'arrête* : On se promène ici ; gagnons vite mon asile, où la petite Fanchette… C'est une femme !

La Comtesse *écoute* : Ah, grands dieux !

3060   **Chérubin** *se baisse en regardant de loin* : Me trompé-je ? à cette coiffure en plumes qui se dessine au loin dans le crépuscule, il me semble que c'est Suzon.

La Comtesse, *à part* : Si le Comte arrivait !… *(Le Comte paraît dans le fond.)*

3065   **Chérubin** *s'approche et prend la main de la Comtesse qui se défend* : Oui, c'est la charmante fille qu'on nomme Suzanne. Eh ! pourrais-je m'y méprendre à la douceur de cette main, à ce petit tremblement qui l'a saisie ; surtout au battement de mon cœur ! *(Il veut y appuyer le dos de la main de la* 3070 *Comtesse ; elle la retire.)*

La Comtesse, *bas* : Allez-vous-en !

Chérubin : Si la compassion t'avait conduite, exprès dans cet endroit du parc, où je suis caché depuis tantôt ?…

La Comtesse : Figaro va venir.

3075   **Le Comte,** *s'avançant, dit à part* : N'est-ce pas Suzanne que j'aperçois ?

CHÉRUBIN, *à la Comtesse* : Je ne crains point du tout Figaro, car ce n'est pas lui que tu attends.

LA COMTESSE : Qui donc ?

3080 **LE COMTE**, *à part* : Elle est avec quelqu'un.

CHÉRUBIN : C'est Monseigneur, friponne, qui t'a demandé ce rendez-vous ce matin, quand j'étais derrière le fauteuil.

LE COMTE, *à part, avec fureur* : C'est encore le page infernal !

FIGARO, *à part* : On dit qu'il ne faut pas écouter !

3085 **SUZANNE**, *à part* : Petit bavard !

LA COMTESSE, *au page* : Obligez-moi[1] de vous retirer.

CHÉRUBIN : Ce ne sera pas au moins sans avoir reçu le prix de mon obéissance.

LA COMTESSE, *effrayée* : Vous prétendez ?…

3090 **CHÉRUBIN**, *avec feu* : D'abord vingt baisers pour ton compte, et puis cent pour ta belle maîtresse.

LA COMTESSE : Vous oseriez ?…

CHÉRUBIN : Oh ! que oui, j'oserai. Tu prends sa place auprès de Monseigneur ; moi celle du Comte auprès de toi : le plus
3095 attrapé, c'est Figaro.

FIGARO, *à part* : Ce brigandeau !

SUZANNE, *à part* : Hardi comme un page. *(Chérubin veut embrasser la Comtesse ; le Comte se met entre deux et reçoit le baiser.)*

3100 **LA COMTESSE**, *se retirant* : Ah ! ciel !

---

1 *Obligez-moi* : ayez l'obligeance.

FIGARO, *à part, entendant le baiser* : J'épousais une jolie mignonne ! *(Il écoute.)*

CHÉRUBIN, *tâtant les habits du Comte. (À part.)* : C'est Monseigneur ! *(Il s'enfuit dans le pavillon où sont entrées* 3105 *Fanchette et Marceline.)*

SCÈNE 7 : FIGARO, LE COMTE, LA COMTESSE, SUZANNE

FIGARO *s'approche* : Je vais…

LE COMTE, *croyant parler au page* : Puisque vous ne redoublez pas le baiser… *(Il croit lui donner un soufflet.)*

FIGARO, *qui est à portée, le reçoit* : Ah !

3110　**LE COMTE** : … Voilà toujours le premier payé.

FIGARO, *à part, s'éloigne en se frottant la joue* : Tout n'est pas gain non plus, en écoutant.

SUZANNE, *riant tout haut, de l'autre côté* : Ah ! ah ! ah ! ah !

LE COMTE, *à la Comtesse, qu'il prend pour Suzanne* : Entend- 3115　on quelque chose à ce page ? Il reçoit le plus rude soufflet, et s'enfuit en éclatant de rire.

FIGARO, *à part* : S'il s'affligeait de celui-ci !…

LE COMTE : Comment ! je ne pourrai faire un pas… *(À la Comtesse.)* Mais laissons cette bizarrerie ; elle empoison- 3120　nerait le plaisir que j'ai de te trouver dans cette salle.

LA COMTESSE, *imitant le parler de Suzanne* : L'espériez-vous ?

LE COMTE : Après ton ingénieux billet ! *(Il lui prend la main.)* Tu trembles ?

LA COMTESSE : J'ai eu peur.

3125 **Le Comte** : Ce n'est pas pour te priver du baiser que je l'ai pris. *(Il la baise au front.)*

La Comtesse : Des libertés !

Figaro, *à part* : Coquine !

Suzanne, *à part* : Charmante !

3130 **Le Comte** *prend la main de sa femme* : Mais quelle peau fine et douce, et qu'il s'en faut que la Comtesse ait la main aussi belle !

La Comtesse, *à part* : Oh ! la prévention[1] !

Le Comte : A-t-elle ce bras ferme et rondelet ! ces jolis
3135 doigts pleins de grâce et d'espièglerie ?

La Comtesse, *de la voix de Suzanne* : Ainsi l'amour…

Le Comte : L'amour… n'est que le roman du cœur : c'est le plaisir qui en est l'histoire ; il m'amène à tes genoux.

La Comtesse : Vous ne l'aimez plus ?

3140 **Le Comte** : Je l'aime beaucoup ; mais trois ans d'union rendent l'hymen[§] si respectable !

La Comtesse : Que vouliez-vous en elle ?

Le Comte, *la caressant* : Ce que je trouve en toi, ma beauté…

3145 **La Comtesse** : Mais dites donc.

Le Comte : … Je ne sais : moins d'uniformité peut-être, plus de piquant dans les manières, un je ne sais quoi qui fait le charme ; quelquefois un refus, que sais-je ? Nos femmes croient tout accomplir en nous aimant ; cela dit une fois,
3150 elles nous aiment, nous aiment (quand elles nous aiment) et

---

1 *prévention* : préjugé.

sont si complaisantes et si constamment obligeantes, et toujours, et sans relâche, qu'on est tout surpris, un beau soir, de
trouver la <u>satiété</u> où l'on recherchait le bonheur.

La Comtesse, *à part* : Ah ! quelle leçon !

3155 **Le Comte** : En vérité, Suzon, j'ai pensé mille fois que si
nous poursuivons ailleurs ce plaisir qui nous fuit chez elles,
c'est qu'<u>elles n'étudient pas assez l'art de soutenir notre</u>
<u>goût,</u> de se renouveler à l'amour, de ranimer, pour ainsi dire,
le charme de leur possession par celui de la variété.

3160 **La Comtesse**, *piquée* : Donc elles doivent tout ?…

Le Comte, *riant* : Et l'homme rien ? Changerons-nous la
marche de la nature ? Notre tâche, à nous, fut de les obtenir ;
la leur…

La Comtesse : La leur ?…

3165 **Le Comte** : Est de nous retenir : on l'oublie trop.

La Comtesse : Ce ne sera pas moi.

Le Comte : Ni moi.

Figaro, *à part* : Ni moi.

Suzanne, *à part* : Ni moi.

3170 **Le Comte** *prend la main de sa femme* : Il y a de l'écho ici,
parlons plus bas. Tu n'as nul besoin d'y songer, toi que
l'amour a faite et si vive et si jolie ! Avec un grain de caprice,
tu seras la plus agaçante[1] maîtresse ! *(Il la baise au front.)* Ma
Suzanne, un Castillan n'a que sa parole. Voici tout l'or du
3175 monde promis pour le rachat du droit que je n'ai plus sur le
délicieux moment que tu m'accordes. Mais comme la grâce
que tu <u>daignes</u> y mettre est sans prix, j'y joindrai ce brillant,
que tu porteras pour l'amour de moi.

---

1 *agaçante* : excitante, désirable.

La Comtesse, *une révérence* : Suzanne accepte tout.

3180 **Figaro**, *à part* : On n'est pas plus coquine que cela.

Suzanne, *à part* : Voilà du bon bien qui nous arrive.

Le Comte, *à part* : Elle est intéressée ; tant mieux !

La Comtesse *regarde au fond* : Je vois des flambeaux.

Le Comte : Ce sont les apprêts de ta noce. Entrons-nous un
3185 moment dans l'un de ces pavillons, pour les laisser passer ?

La Comtesse : Sans lumière ?

Le Comte *l'entraîne doucement* : À quoi bon ? Nous n'avons
rien à lire.

Figaro, *à part* : Elle y va, ma foi ! Je m'en doutais. *(Il*
3190 *s'avance.)*

Le Comte *grossit sa voix en se retournant* : Qui passe ici ?

Figaro, *en colère* : Passer ! on vient exprès.

Le Comte, *bas, à la Comtesse* : C'est Figaro !… *(Il s'enfuit.)*

La Comtesse : Je vous suis. *(Elle entre dans le pavillon à sa*
3195 *droite, pendant que le Comte se perd dans le bois au fond.)*

SCÈNE 8 : **Figaro, Suzanne**, *dans l'obscurité.*

Figaro *cherche à voir où vont le Comte et la Comtesse, qu'il*
prend pour Suzanne : Je n'entends plus rien ; ils sont rentrés,
m'y voilà. *(D'un ton altéré.)* Vous autres, époux maladroits,
qui tenez des espions à gages et tournez des mois entiers
3200 autour d'un soupçon sans l'asseoir [1], que ne m'imitez-vous ?
Dès le premier jour, je suis ma femme et je l'écoute ; en un

---

1 *l'asseoir* : le vérifier.

tour de main, on est au fait : c'est charmant ; plus de doutes ; on sait à quoi s'en tenir. *(Marchant vivement.)* Heureusement que je ne m'en soucie guère, et que sa trahison ne me

3205 fait plus rien du tout. Je les tiens donc enfin !

SUZANNE, *qui s'est avancée doucement dans l'obscurité.* *(À part.)* : Tu vas payer tes beaux soupçons. *(Du ton de voix de la Comtesse.)* Qui va là ?

FIGARO, *extravagant* : Qui va là ? Celui qui voudrait de bon

3210 cœur que la peste eût étouffé en naissant…

SUZANNE, *du ton de la Comtesse* : Eh ! mais, c'est Figaro !

FIGARO *regarde et dit vivement* : Madame la Comtesse !

SUZANNE : Parlez bas.

FIGARO, *vite* : Ah ! madame, que le ciel vous amène à

3215 propos ! Où croyez-vous qu'est Monseigneur ?

SUZANNE : Que m'importe un ingrat ? Dis-moi…

FIGARO, *plus vite* : Et Suzanne, mon épousée, où croyez-vous qu'elle soit ?

SUZANNE : Mais parlez bas !

3220 FIGARO, *très vite* : Cette Suzon qu'on croyait si vertueuse, qui faisait la réservée ! Ils sont enfermés là-dedans. Je vais appeler.

SUZANNE, *lui fermant la bouche avec sa main, oublie de déguiser sa voix* : N'appelez pas !

3225 FIGARO, *à part* : Et c'est Suzon ! *God-dam !*

SUZANNE, *du ton de la Comtesse* : Vous paraissez inquiet.

FIGARO, *à part* : Traîtresse ! qui veut me surprendre !

SUZANNE : Il faut nous venger, Figaro.

FIGARO : En sentez-vous le vif désir ?

3230 SUZANNE : Je ne serais donc pas de mon sexe ! Mais les hommes en ont cent moyens.

FIGARO, *confidemment* : Madame, il n'y a personne ici de trop. Celui des femmes… les vaut tous.

SUZANNE, *à part* : Comme je le souffletterais !

3235 FIGARO, *à part* : Il serait bien gai qu'avant la noce…

SUZANNE : Mais qu'est-ce qu'une telle vengeance, qu'un peu d'amour n'assaisonne pas ?

FIGARO : Partout où vous n'en voyez point, croyez que le respect dissimule[1].

3240 SUZANNE, *piquée* : Je ne sais si vous le pensez de bonne foi, mais vous ne le dites pas de bonne grâce.

FIGARO, *avec une chaleur comique, à genoux* : Ah ! madame, je vous adore. Examinez le temps, le lieu, les circonstances, et que le dépit supplée en vous aux grâces qui manquent à
3245 ma prière.

SUZANNE, *à part* : La main me brûle !

FIGARO, *à part* : Le cœur me bat.

SUZANNE : Mais, monsieur, avez-vous songé ?…

FIGARO : Oui, madame ; oui, j'ai songé.

3250 SUZANNE : … Que pour la colère et l'amour…

FIGARO : … Tout ce qui se diffère est perdu. Votre main, madame ?

---

1 *croyez que le respect dissimule* : cette expression laisse entendre que le respect de Figaro envers la Comtesse dissimule son amour pour elle.

Suzanne, *de sa voix naturelle et lui donnant un soufflet* : La voilà.

3255 **Figaro** : Ah ! *demonio*[1] ! quel soufflet !

Suzanne *lui en donne un second* : Quel soufflet ! Et celui-ci ?

Figaro : Et *ques-à-quo*[2] ? de par le diable ! est-ce ici la journée des tapes ?

Suzanne *le bat à chaque phrase* : Ah ! *ques-à-quo* ? Suzanne ;
3260 et voilà pour tes soupçons, voilà pour tes vengeances et pour tes trahisons, tes expédients, tes injures et tes projets. C'est-il ça de l'amour ? dis donc comme ce matin ?

Figaro *rit en se relevant* : *Santa Barbara*[3] ! oui, c'est de l'amour. Ô bonheur ! ô délices ! ô cent fois heureux Figaro !
3265 Frappe, ma bien-aimée, sans te lasser. Mais quand tu m'auras diapré tout le corps de meurtrissures, regarde avec bonté, Suzon, l'homme le plus fortuné qui fut jamais battu par une femme.

Suzanne : *Le plus fortuné* ! Bon fripon, vous n'en séduisiez
3270 pas moins la Comtesse, avec un si trompeur babil que m'oubliant moi-même, en vérité, c'était pour elle que je cédais.

Figaro : Ai-je pu me méprendre au son de ta jolie voix ?

Suzanne, *en riant* : Tu m'as reconnue ? Ah ! comme je m'en vengerai !

3275 **Figaro** : Bien rosser et garder rancune est aussi par trop féminin ! Mais dis-moi donc par quel bonheur je te vois là, quand je te croyais avec lui ; et comment cet habit, qui m'abusait, te montre enfin innocente…

---

1 *demonio* : juron italien (démon).

2 *ques-à-quo* : qu'est-ce que c'est (forme provençale).

3 *Santa Barbara* : juron italien (sainte Barbe).

SUZANNE : Eh ! c'est toi qui es un innocent, de venir te
3280 prendre au piège apprêté pour un autre ! Est-ce notre faute,
à nous, si voulant museler un renard, nous en attrapons
deux ?

FIGARO : Qui donc prend l'autre ?

SUZANNE : Sa femme.

3285 FIGARO : Sa femme ?

SUZANNE : Sa femme.

FIGARO, *follement* : Ah ! Figaro ! pends-toi ! tu n'as pas de-
viné celui-là[1]. — Sa femme ! Oh ! douze ou quinze mille fois
spirituelles femelles ! — Ainsi les baisers de cette salle ?…

3290 SUZANNE : Ont été donnés à madame.

FIGARO : Et celui du page ?

SUZANNE, *riant* : À monsieur.

FIGARO : Et tantôt, derrière le fauteuil ?

SUZANNE : À personne.

3295 FIGARO : En êtes-vous sûre ?

SUZANNE, *riant* : Il pleut des soufflets, Figaro.

FIGARO *lui baise la main* : Ce sont des bijoux que les tiens.
Mais celui du Comte était de bonne guerre.

SUZANNE : Allons, superbe[2], humilie-toi !

3300 FIGARO *fait tout ce qu'il annonce* : Cela est juste : à genoux,
bien courbé, prosterné, ventre à terre.

SUZANNE, *en riant* : Ah ! ce pauvre Comte ! quelle peine il
s'est donnée…

---

1 *celui-là* : cela.
2 *superbe* : orgueilleux. Ici, employé afin de parodier la tragédie.

FIGARO *se relève sur ses genoux* : ... Pour faire la conquête de
3305 sa femme !

SCÈNE 9 : LE COMTE *entre par le fond du théâtre et va droit au pavillon à sa droite* ; **FIGARO, SUZANNE**

LE COMTE, *à lui-même* : Je la cherche en vain dans le bois, elle est peut-être entrée ici.

SUZANNE, *à Figaro, parlant bas* : C'est lui.

LE COMTE, *ouvrant le pavillon* : Suzon, es-tu là-dedans ?

3310 **FIGARO**, *bas* : Il la cherche, et moi je croyais...

SUZANNE, *bas* : Il ne l'a pas reconnue.

FIGARO : Achevons-le, veux-tu ? *(Il lui baise la main.)*

LE COMTE *se retourne* : Un homme aux pieds de la Comtesse !... Ah ! je suis sans armes. *(Il s'avance.)*

3315 **FIGARO** *se relève tout à fait en déguisant sa voix* : Pardon, madame, si je n'ai pas réfléchi que ce rendez-vous ordinaire[1] était destiné pour la noce.

LE COMTE, *à part* : C'est l'homme du cabinet de ce matin. *(Il se frappe le front.)*

3320 **FIGARO** *continue* : Mais il ne sera pas dit qu'un obstacle aussi sot aura retardé nos plaisirs.

LE COMTE, *à part* : Massacre ! mort ! enfer !

FIGARO, *la conduisant au cabinet* : *(Bas.)* Il jure. *(Haut.)* Pressons-nous donc, madame, et réparons le tort qu'on
3325 nous a fait tantôt, quand j'ai sauté par la fenêtre.

---

1 *ce rendez-vous ordinaire* : le lieu de ce rendez-vous.

Le Comte, *à part* : Ah ! tout se découvre enfin.

Suzanne, *près du pavillon à sa gauche* : Avant d'entrer, voyez si personne n'a suivi. *(Il la baise au front.)*

Le Comte *s'écrie* : Vengeance ! *(Suzanne s'enfuit dans le*
3330 *pavillon où sont entrés Fanchette, Marceline et Chérubin.)*

SCÈNE 10 : Le Comte, Figaro
(Le Comte saisit le bras de Figaro.)

Figaro, *jouant la frayeur excessive* : C'est mon maître !

Le Comte *le reconnaît* : Ah ! scélérat, c'est toi ! Holà ! quelqu'un ! quelqu'un !

SCÈNE 11 : Pédrille, Le Comte, Figaro

Pédrille, *botté* : Monseigneur, je vous trouve enfin.

3335 **Le Comte** : Bon, c'est Pédrille. Es-tu tout seul ?

Pédrille : Arrivant de Séville, à étripe-cheval[1].

Le Comte : Approche-toi de moi, et crie bien fort !

Pédrille, *criant à tue-tête* : Pas plus de page que sur ma main. Voilà le paquet.

3340 **Le Comte** *le repousse* : Eh ! l'animal !

Pédrille : Monseigneur me dit de crier.

Le Comte, *tenant toujours Figaro* : Pour appeler. — Holà, quelqu'un ! Si l'on m'entend, accourez tous !

---

1 *à étripe-cheval* : en pressant le cheval.

Pédrille : Figaro et moi, nous voilà deux ; que peut-il donc
3345   vous arriver ?

SCÈNE 12 : Les acteurs précédents, Brid'oison, Bartholo, Bazile, Antonio, Gripe-Soleil,
toute la noce accourt avec des flambeaux.

Bartholo, *à Figaro* : Tu vois qu'à ton premier signal…

Le Comte, *montrant le pavillon à sa gauche* : Pédrille,
empare-toi de cette porte. *(Pédrille y va.)*

Bazile, *bas, à Figaro* : Tu l'as surpris avec Suzanne ?

3350   **Le Comte,** *montrant Figaro* : Et vous, tous mes vassaux,
entourez-moi cet homme, et m'en répondez sur la vie.

Bazile : Ah ! ah !

Le Comte, *furieux* : Taisez-vous donc ! *(À Figaro, d'un ton
glacé.)* Mon cavalier, répondrez-vous à mes questions ?

3355   **Figaro,** *froidement* : Eh ! qui pourrait m'en exempter,
Monseigneur ? Vous commandez à tout ici, hors à vous-
même.

Le Comte, *se contenant* : Hors à moi-même !

Antonio : C'est ça parler.

3360   **Le Comte,** *reprenant sa colère* : Non, si quelque chose pouvait
augmenter ma fureur, ce serait l'air calme qu'il affecte.

Figaro : Sommes-nous des soldats qui tuent et se font tuer
pour des intérêts qu'ils ignorent ? Je veux savoir, moi,
pourquoi je me fâche.

3365   **Le Comte,** *hors de lui* : Ô rage ! *(Se contenant.)* Homme de
bien qui feignez d'ignorer, nous ferez-vous au moins la

faveur de nous dire quelle est la dame actuellement par vous amenée dans ce pavillon ?

Figaro, *montrant l'autre avec malice* : Dans celui-là ?

3370 **Le Comte**, *vite* : Dans celui-ci.

Figaro, *froidement* : C'est différent. Une jeune personne qui m'honore de ses bontés particulières.

Bazile, *étonné* : Ah ! ah !

Le Comte, *vite* : Vous l'entendez, messieurs ?

3375 **Bartholo**, *étonné* : Nous l'entendons ?

Le Comte, *à Figaro* : Et cette jeune personne a-t-elle un autre engagement, que vous sachiez ?

Figaro, *froidement* : Je sais qu'un grand seigneur s'en est occupé quelque temps, mais, soit qu'il l'ait négligée ou que 3380 je lui plaise mieux qu'un plus aimable, elle me donne aujourd'hui la préférence.

Le Comte, *vivement* : La préf… *(Se contenant.)* Au moins il est naïf ! car ce qu'il avoue, messieurs, je l'ai ouï, je vous jure, de la bouche même de sa complice.

3385 **Brid'oison**, *stupéfait* : Sa-a complice !

Le Comte, *avec fureur* : Or, quand le déshonneur est public, il faut que la vengeance le soit aussi. *(Il entre dans le pavillon.)*

SCÈNE 13 : Tous les acteurs précédents
hors Le Comte

Antonio : C'est juste.

Brid'oison, *à Figaro* : Qui-i donc a pris la femme de l'autre ?

3390 **Figaro**, *en riant* : Aucun n'a eu cette joie-là.

SCÈNE 14 : Les acteurs précédents, Le Comte, Chérubin

Le Comte, *parlant dans le pavillon, et attirant quelqu'un qu'on ne voit pas encore* : Tous vos efforts sont inutiles ; vous êtes perdue, madame, et votre heure est bien arrivée ! *(Il sort sans regarder.)* Quel bonheur qu'aucun gage d'une union[1]
3395 aussi détestée…

Figaro *s'écrie* : Chérubin !

Le Comte : Mon page ?

Bazile : Ah ! ah !

Le Comte, *hors de lui, à part* : Et toujours le page endiablé !
3400 *(À Chérubin.)* Que faisiez-vous dans ce salon ?

Chérubin, *timidement* : Je me cachais, comme vous me l'avez ordonné.

Pédrille : Bien la peine de crever un cheval !

Le Comte : Entres-y, toi, Antonio ; conduis devant son juge
3405 l'infâme qui m'a déshonoré.

Brid'oison : C'est madame que vous y-y cherchez ?

Antonio : L'y a, parguenne[2], une bonne Providence : vous en avez tant fait dans le pays…

Le Comte, *furieux* : Entre donc ! *(Antonio entre.)*

---

1 *qu'aucun gage d'une union* : qu'aucun enfant ne soit né de cette union.
2 *parguenne* : juron, déformation de «par Dieu».

SCÈNE 15 : Les acteurs précédents
excepté **ANTONIO**

3410 **Le Comte** : Vous allez voir, messieurs, que le page n'y était pas seul.

Chérubin, *timidement* : Mon sort eût été trop cruel, si quelque âme sensible n'en eût adouci l'amertume.

SCÈNE 16 : Les acteurs précédents,
Antonio, Fanchette

Antonio, *attirant par le bras quelqu'un qu'on ne voit pas*
3415 *encore* : Allons, madame, il ne faut pas vous faire prier pour en sortir, puisqu'on sait que vous y êtes entrée.

Figaro *s'écrie* : La petite cousine !

Bazile : Ah ! ah !

Le Comte : Fanchette !

3420 **Antonio** *se retourne et s'écrie* : Ah ! palsambleu[1], Monseigneur, il est gaillard[2] de me choisir pour montrer à la compagnie que c'est ma fille qui cause tout ce train-là !

Le Comte, *outré* : Qui la savait là-dedans ? *(Il veut rentrer.)*

Bartholo, *au devant* : Permettez, monsieur le Comte, ceci
3425 n'est pas plus clair. Je suis de sang-froid, moi… *(Il entre.)*

Brid'oison : Voilà une affaire au-aussi trop embrouillée.

---

1 *palsambleu* : juron, déformation de «par le sang de Dieu».
2 *gaillard* : hardi, cavalier.

SCÈNE 17 : Les acteurs précédents, Marceline

Bartholo, *parlant en dedans et sortant* : Ne craignez rien, madame, il ne vous sera fait aucun mal. J'en réponds. *(Il se retourne et s'écrie :)* Marceline !

3430 **Bazile** : Ah ! ah !

Figaro, *riant* : Eh, quelle folie ! ma mère en est ?

Antonio : À qui pis fera[1].

Le Comte, *outré* : Que m'importe à moi ? La Comtesse...

SCÈNE 18 : Les acteurs précédents,
Suzanne, *son éventail sur le visage.*

Le Comte : ... Ah ! la voici qui sort. *(Il la prend violemment*
3435 *par le bras.)* Que croyez-vous, messieurs, que mérite une odieuse... *(Suzanne se jette à genoux la tête baissée.)* — *Le Comte :* Non, non ! *(Figaro se jette à genoux de l'autre côté.)* — *Le Comte, plus fort :* Non, non ! *(Marceline se jette à genoux devant lui.)* — *Le Comte, plus fort :* Non, non ! *(Tous*
3440 *se mettent à genoux, excepté Brid'oison.* — *Le Comte, hors de lui :* Y fussiez-vous un cent !

SCÈNE 19 : Tous les acteurs précédents,
La Comtesse *sort de l'autre pavillon.*

La Comtesse *se jette à genoux* : Au moins je ferai nombre.

Le Comte, *regardant la Comtesse et Suzanne* : Ah ! qu'est-ce que je vois ?

---

1 À qui pis fera : à qui mieux mieux.

3445 **BRID'OISON**, *riant* : Eh pardi, c'è-est madame.

LE COMTE *veut relever la Comtesse* : Quoi ! c'était vous, Comtesse ? *(D'un ton suppliant.)* Il n'y a qu'un pardon bien généreux…

LA COMTESSE, *en riant* : Vous diriez : *Non, non,* à ma place ;
3450 et moi, pour la troisième fois aujourd'hui, je l'accorde sans condition. *(Elle se relève.)*

SUZANNE *se relève* : Moi aussi.

MARCELINE *se relève* : Moi aussi.

FIGARO *se relève* : Moi aussi, il y a de l'écho ici ! *(Tous se*
3455 *relèvent.)*

LE COMTE : De l'écho ! — J'ai voulu ruser avec eux ; ils m'ont traité comme un enfant !

LA COMTESSE, *en riant* : Ne le regrettez pas, monsieur le Comte.

3460 **FIGARO**, *s'essuyant les genoux avec son chapeau* : Une petite journée comme celle-ci forme bien un ambassadeur !

LE COMTE, *à Suzanne* : Ce billet fermé d'une épingle ?…

SUZANNE : C'est madame qui l'avait dicté.

LE COMTE : La réponse lui en est bien due. *(Il baise la main*
3465 *de la Comtesse.)*

LA COMTESSE : Chacun aura ce qui lui appartient. *(Elle donne la bourse à Figaro et le diamant à Suzanne.)*

SUZANNE, *à Figaro* : Encore une dot[§] !

FIGARO, *frappant la bourse dans sa main* : Et de trois. Celle-
3470 ci fut rude à arracher !

Suzanne : Comme notre mariage.

Gripe-Soleil : Et la jarretière de la mariée, l'aurons-je ?

La Comtesse *arrache le ruban qu'elle a tant gardé dans son sein*[§] *et le jette à terre* : La jarretière ? Elle était avec ses
3475 habits ; la voilà. *(Les garçons de la noce veulent la ramasser.)*

Chérubin, *plus alerte, court la prendre, et dit* : Que celui qui la veut vienne me la disputer !

Le Comte, *en riant, au page* : Pour un monsieur si chatouilleux, qu'avez-vous trouvé de gai à certain soufflet de tantôt ?

3480 **Chérubin** *recule en tirant à moitié son épée* : À moi, mon Colonel ?

Figaro, *avec une colère comique* : C'est sur ma joue qu'il l'a reçu : voilà comme les Grands font justice !

Le Comte, *riant* : C'est sur sa joue ? Ah ! ah ! ah ! qu'en
3485 dites-vous donc, ma chère Comtesse !

La Comtesse, *absorbée, revient à elle et dit avec sensibilité* : Ah ! oui, cher Comte, et pour la vie, sans distraction[1], je vous le jure.

Le Comte, *frappant sur l'épaule du juge* : Et vous, mon
3490 Brid'oison, votre avis maintenant ?

Brid'oison : Su-ur tout ce que je vois, monsieur le Comte ? … Ma-a foi, pour moi je-e ne sais que vous dire : voilà ma façon de penser.

Tous ensemble : Bien jugé !

3495 **Figaro** : J'étais pauvre, on me méprisait. J'ai montré quelque esprit, la haine est accourue. Une jolie femme et de la fortune[§]…

---

1 *sans distraction* : en toute conscience.

BARTHOLO, *en riant* : Les cœurs vont te revenir en foule.

FIGARO : Est-il possible ?

3500 **BARTHOLO** : Je les connais.

FIGARO, *saluant les spectateurs* : Ma femme et mon bien mis à part, tous me feront honneur et plaisir.
(*On joue la ritournelle du vaudeville.* Air noté.)

VAUDEVILLE

BAZILE
3505 PREMIER COUPLET

Triple dot[§], femme superbe,
Que de biens pour un époux !
D'un seigneur, d'un page imberbe,
Quelque sot serait jaloux.
3510 Du latin d'un vieux proverbe
L'homme adroit fait son parti.

FIGARO : Je le sais… (Il chante.)
Gaudeat bene nati[1].

BAZILE : Non. … (*Il chante.*)
3515 Gaudeat bene *nanti*[2].

SUZANNE
DEUXIÈME COUPLET

Qu'un mari sa foi trahisse,
Il s'en vante, et chacun rit :
Que sa femme ait un caprice,   ⸺ whim
3520 S'il l'accuse, on la punit.
De cette absurde injustice

---

1 *Gaudeat bene nati* : heureux ceux qui sont bien-nés.
2 *Gaudeat bene nanti* : heureux les bien nantis, les biens riches. «Nanti» n'est pas un mot latin, il s'agit d'un jeu de mots.

Faut-il dire le pourquoi ?
Les plus forts ont fait la loi. *(Bis.)*

FIGARO
TROISIÈME COUPLET

3525 Jean Jeannot[1], jaloux risible,
Veut unir femme et repos ;
Il achète un chien terrible,
Et le lâche en son enclos.
La nuit, quel vacarme horrible !
3530 Le chien court, tout est mordu,
Hors l'amant qui l'a vendu. *(Bis.)*

LA COMTESSE
QUATRIÈME COUPLET

Telle est fière et répond d'elle,
Qui n'aime plus son mari ;
3535 Telle autre, presque infidèle,
Jure de n'aimer que lui.
La moins folle, hélas ! est celle
Qui se veille[2] en son lien,
Sans oser jurer de rien. *(Bis.)*

LE COMTE
3540 CINQUIÈME COUPLET

D'une femme de province,
À qui ses devoirs sont chers,
Le succès est assez mince ;
Vive la femme aux bons airs !
3545 Semblable à l'écu du prince,
Sous le coin[1] d'un seul époux,
Elle sert au bien de tous. *(Bis.)*

---

1 *Jean Jeannot* : allusion à un personnage ridicule de fabliau.

2 *Qui se veille* : qui se surveille.

3 *coin* : poinçon servant à frapper l'effigie du Roi sur une pièce de monnaie.

Marceline
Sixième Couplet

Chacun sait la tendre mère
3550 Dont il a reçu le jour ;
Tout le reste est un mystère,
C'est le secret de l'amour.

Figaro *continue l'air.*

Ce secret met en lumière
3555 Comment le fils d'un butor[1]
Vaut souvent son pesant d'or. *(Bis.)*

Septième Couplet

Par le sort de la naissance,
L'un est roi, l'autre est berger :
3560 Le hasard fit leur distance ;
L'esprit seul peut tout changer.
De vingt rois que l'on encense,
Le trépas brise l'autel ;
Et Voltaire est immortel. *(Bis.)*

Chérubin
3565 #### Huitième Couplet

Sexe aimé, sexe volage,
Qui tourmentez nos beaux jours,
Si de vous chacun dit rage[2],
Chacun vous revient toujours.
3570 Le parterre[3] est votre image :
Tel paraît le dédaigner,
Qui fait tout pour le gagner. *(Bis.)*

---

1 *butor* : personnage rustre, grossier.
2 *dit rage* : parle en mal.
3 *parterre* : parterre d'un théâtre.

Suzanne
Neuvième Couplet

3575
Si ce gai, ce fol ouvrage,
Renfermait quelque leçon,
En faveur du badinage
Faites grâce à la raison[1].
Ainsi la nature sage
Nous conduit, dans nos désirs,
3580
À son but par les plaisirs. *(Bis.)*

Brid'oison
Dixième Couplet

Or, messieurs, la co-omédie,
Que l'on juge en cè-et instant
Sauf erreur, nous pein-eint la vie
3585
Du bon peuple qui l'entend.
Qu'on l'opprime, il peste, il crie,
Il s'agite en cent fa-açons :
Tout fini-it par des chansons. *(Bis.)*

Ballet général

3590
Fin du cinquième et dernier acte

---

1 *En faveur du badinage / Faites grâce à la raison* : En considération du badinage /
Faites grâce à la raison ; cette formule se trouve sur la page titre de la pièce.

Beaumarchais.

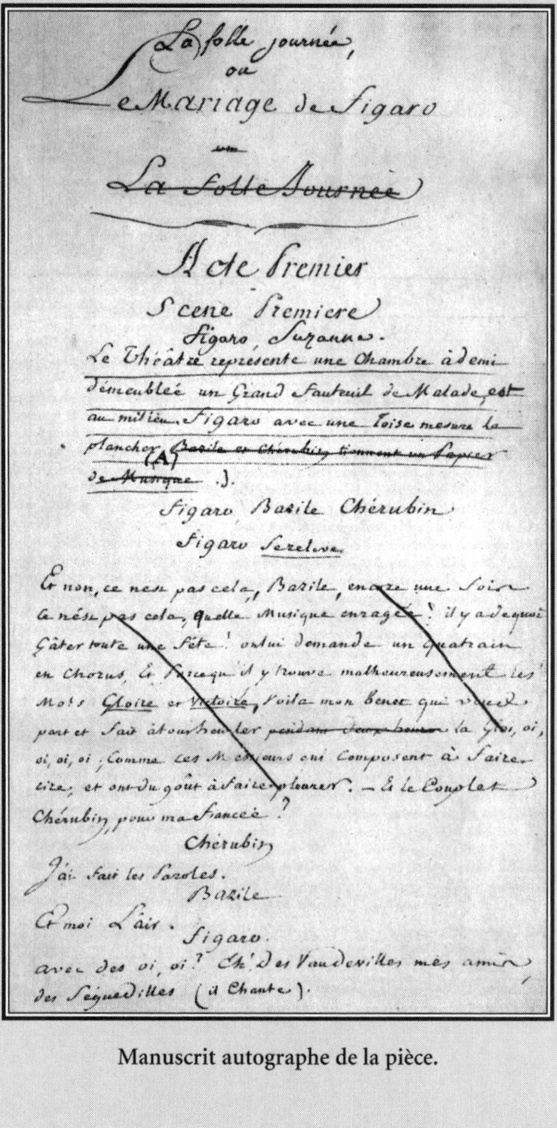
La folle journée,
ou
Le Mariage de Figaro
~~ou~~
~~La Folle Journée~~

Acte Premier
Scene Premiere
Figaro, Suzanne.
~~Le Théâtre représente une Chambre à demi démeublée un Grand Fauteuil de Malade est au milieu. Figaro avec une Toise mesure le plancher Basile et Chérubin tiennent un Papier de Musique~~ (A).

Figaro, Basile Chérubin
Figaro [illegible]

Eh non, ce n'est pas cela, Basile, encore une fois ce n'est pas cela, quelle Musique enragée! il y a de quoi gâter toute une Fête! on lui demande un quatrain en Chorus, et parce qu'il y trouve malheureusement les Mots Gloire et Victoire, voila mon benet qui vous part et fait átourbiller ~~pendant deux heures~~ la Gloi, oi, oi, oi; comme ces Messieurs qui composent à faire rire, et ont du goût à faire pleurer. — Et le Couplet Chérubin, pour ma fiancée?

Chérubin
J'ai fait les Paroles.

Basile
Et moi l'air.

Figaro.
avec des oi, oi? Eh! des Vaudevilles mes amis, des Seguedilles (il Chante).

Manuscrit autographe de la pièce.

PRÉSENTATION DE L'ŒUVRE

Louis XIV, le Roi-Soleil.

Beaumarchais et son époque

LE CONTEXTE SOCIOHISTORIQUE

Au moment où meurt le XVIIe siècle, caractérisé dans sa seconde moitié par le Roi-Soleil et ses symboles triomphants, jamais la France n'avait connu un siècle aussi mouvementé que le sera celui qui débute, celui qu'on appelle aujourd'hui le siècle des Lumières en référence aux penseurs qui l'ont marqué. D'ailleurs, les transformations majeures qui auront lieu en France, qui passera en moins de cent ans d'une monarchie forte à un État révolutionnaire instable, illustrent parfaitement les notions d'évolution, de changement, de mouvement et de progrès chères aux philosophes (Voltaire, Rousseau, Montesquieu, Diderot…) auxquels on associe volontiers cette époque. Il ne faut donc pas s'y tromper, le Soleil, symbole de Louis XIV, brillait tout autrement que ces Lumières éclairant les penseurs qui viennent après lui.

La montée de la bourgeoisie

La force et la stabilité imposantes de la monarchie au début du XVIIIe siècle ne permettaient pas d'entrevoir les bouleversements qu'allait connaître la France tout au long de ce siècle. Aujourd'hui, avec le recul du temps, il est aisé de déceler les symptômes de cet ébranlement à venir à l'intérieur même du règne de Louis XIV. Celui-ci, en effet, soucieux de tenir tête dans plusieurs domaines — notamment le domaine économique et le domaine militaire — aux pays européens rivaux de la France, ne peut plus compter uniquement sur la noblesse et doit s'entourer à la cour des riches bourgeois de la nation afin d'obtenir l'aide financière que ceux-ci peuvent lui prodiguer. En retour, ces hommes se voient récompensés par toutes sortes de marques de considération quand ils ne sont pas tout simplement anoblis. Pour une partie importante de la noblesse déjà en place, particulièrement pour ceux dont les titres remontent aux seigneurs du Moyen Âge, ces «nouveaux nobles» ne peuvent ni jouir d'une reconnaissance sérieuse, ni même être acceptés parmi eux. Il s'ensuit, tout au long du siècle, mais surtout dans la seconde moitié, d'importantes querelles qui divisent l'ordre (nous dirions aujourd'hui la «classe sociale») à la tête de la nation française.

Cette crise de classe n'est pas seulement la conséquence de la contestation que provoque l'anoblissement des riches bourgeois ou de la contestation de l'importance qu'ils prennent à la cour ; elle provient également de l'envie qu'ils font naître, ainsi que bon nombre de bourgeois, du fait de leur richesse qui s'accroît de façon importante, alors qu'une portion considérable de la noblesse s'appauvrit, elle, de façon alarmante. Il se crée donc un sentiment d'envie qui, dans certains cas, en est un de franche jalousie, chez ces nobles décadents qui voient peu à peu leur prestige fondre aux yeux de la nation, que ce soit à Versailles ou en province où croupit une noblesse oisive qui s'attire la haine croissante des paysans. Beaumarchais lui-même n'est pas le moindre de ces représentants de la nouvelle classe montante qui s'attire à la fois les faveurs du roi et la considération du peuple.

La contestation

Un nombre important de nobles récents, dont fait partie l'auteur du *Mariage de Figaro* dès 1761, de bourgeois influents et de ceux qui tentent de le devenir nourrissent à leur façon cette crise en remettant en question les principes jugés conservateurs qui guident le gouvernement français dans tous les domaines. En effet, cette nouvelle classe montante reproche aux aristocrates de vieilles souches leur façon de gouverner qui est jugée trop sclérosée, c'est-à-dire inadaptée à un monde changeant, ou même rétrograde.

Cette attitude conduit la France dans une situation sociale difficile. Au fur et à mesure que les décennies avancent, la pauvreté s'étend dans le pays. Durant les décennies

1760 et 1770, beaucoup de paysans vivent dans des conditions atroces qui augmentent leur colère et leur mécontentement. Ce sentiment est attisé par la différence qui marque leurs conditions de vie en regard de celles des membres de la noblesse qui, bien que parfois décadents et appauvris, jouissent de privilèges qui sont exclusifs à leur ordre.

Les «privilèges» (le mot vient du latin *privus* «privé» et *lex* «loi») sont en effet des droits exclusifs aux nobles dont ils jouissent en vertu de leur naissance. Ces privilèges, que le très ancien «droit du seigneur» symbolise dans *Le Mariage de Figaro*, existent dans plusieurs sphères de la vie sociale, mais de façon plus notable dans les sphères juridique et financière. À titre d'exemple, les nobles ne se soumettent pas aux mêmes lois ou aux mêmes impôts que les gens du tiers état (c'est ainsi que l'on nommait l'ordre de ceux qui appartenaient ni à la noblesse ni au clergé). Avec le temps, cette différence de situation, de conditions de vie dans une période économiquement difficile crée un mécontentement croissant et en vient à être jugée scandaleuse. Longtemps considérées comme s'inscrivant dans un ordre naturel des choses, les inégalités sociales, que les privilèges mettent en lumière, apparaissent sous un jour nouveau et sont de plus en plus perçues comme une injustice. À la lumière de ces indications, on mesure facilement tout le sarcasme du philosophe et écrivain Montesquieu lorsqu'il définissait les nobles ainsi : «Des ancêtres, des dettes et des pensions».

La Révolution

Durant les années 1780, l'instabilité économique (quelques années de mauvaises récoltes, des famines qui sévissent dans les campagnes, l'urbanisation rapide et la crise de 1788) ainsi que la situation désastreuse des finances publiques, révélée en 1781 par le directeur des Finances, Jacques Necker, dans son *Compte rendu au Roi*, enveniment les sentiments hostiles du peuple, mais surtout ceux de la bourgeoisie.

Afin de trouver une solution à cette crise nationale, le roi organise des états généraux qui se tiennent en 1789. Cependant, devant le refus de se faire entendre à cette occasion, le tiers état s'organise de façon autonome et réussit à réformer la constitution du pays, entre autres, en abolissant la monarchie absolue qui est remplacée par une monarchie constitutionnelle donnant plus de pouvoir à la classe bourgeoise. Toutefois, le mariage entre le roi, la noblesse et la bourgeoisie s'avère difficile et tendu. La dernière décennie du siècle est marquée par une instabilité politique et une violence sans précédent qui atteint son point culminant durant la Terreur (1792-1794), pendant laquelle le roi Louis XVI (janvier 1793) et la reine Marie-Antoinette (octobre 1793) sont guillotinés. Cette période est suivie d'autres moins sanglantes, mais plus instables jusqu'à ce que Napoléon Bonaparte mène avec d'autres un coup d'État le 9 novembre 1799. Il prendra le pouvoir seul en se sacrant empereur le 2 décembre 1804.

Les idées derrière le changement

Comprendre le XVIIIe siècle implique non seulement de connaître l'évolution des tensions sociales qui le ponctuent, mais aussi de connaître les nouvelles idées qui émergent et qui auront une résonance particulière dans la pensée révolutionnaire et dans les créations artistiques et littéraires.

Malgré les bouleversements que subit le siècle des Lumières, les mœurs et ce que l'on appelle l'esprit du temps sont légers, festifs et optimistes. Les tableaux de cette époque montrent que l'homme du XVIIIe siècle se représente lui-même dans sa joie de vivre et son goût pour le comique, mais aussi par une curiosité devant un monde qu'il conçoit d'une manière toute nouvelle. D'ailleurs, le contraste entre l'esprit de ce siècle et celui du siècle qui le précède est saisissant : à l'austérité et au solennel du XVIIe siècle, on peut effectivement opposer la badinerie et le sentiment de confiance du XVIIIe siècle.

Le règne de Louis XVI signera la fin d'une longue période monarchique et le début de la Révolution.

«L'exécution de Louis XVI» (détail).
Musée du Louvre, Paris.

À la cour et dans les salons de la noblesse, on voit, notamment par les vêtements et les perruques extravagantes des courtisans et des courtisanes, le plaisir qu'éprouvent les gens à afficher une aisance particulière et un goût manifeste pour l'amusement. À la ville, les lieux de rencontre et de discussion, particulièrement les cabinets de lecture et les cafés, prolifèrent et sont peuplés tous les jours d'une foule composite qui regroupe des gens de différentes conditions discutant des sujets de l'heure.

Bien que l'action du *Mariage de Figaro* se situe dans un château en Espagne, on peut concevoir le personnage de Figaro comme un produit de ce bouillonnement urbain, tout comme l'est son créateur qui a su entretenir des liens particuliers avec la cour, la noblesse et ce que l'on pourrait appeler les gens de la rue.

Pour l'homme du XVIIIᵉ siècle comme pour Figaro, l'être humain est sur Terre pour son bonheur. Le développement des sciences et des techniques, auxquelles Figaro dit s'intéresser dans son monologue de l'ACTE V, renforce l'idée que l'homme peut modifier ses conditions de vie et que le monde n'est pas une fatalité figée, comme on se le représentait souvent au siècle précédent. On voit d'ailleurs dans les œuvres de cette époque, comme dans la pièce de Beaumarchais, un personnage qui réussit à surmonter les épreuves, qui trouve une solution qui lui permet de saisir, du moins pour un certain temps, le bonheur ou ce qu'il convoitait.

Si les penseurs de ce siècle critiquent sévèrement le caractère conservateur de la monarchie, incapable de s'adapter ou de se modifier au gré des changements sociaux, ils critiquent également l'aspect figé de la morale et de la représentation du monde véhiculé par le clergé. Pour eux, les lois de Dieu, qu'ils représentent souvent comme un grand horloger réglant à distance une mécanique, restent à découvrir et à interpréter en grande partie. La foi dans les lois de Dieu auxquelles les gens ont cru pendant des siècles étant mise entre parenthèses, les philosophes se tournent vers ce qui leur semble universel, c'est-à-dire la Raison (comme on l'écrivait à l'époque). Les institutions sociales, les lois, les mœurs doivent être transformées au nom de cette Raison, commune à tous les hommes. Lorsque Figaro reproche au Comte d'appliquer aux autres une justice qu'il oublie pour lui-même, il souligne non seulement une inégalité de fait évidente, mais aussi que cette inégalité va à l'encontre du sens commun, qu'elle s'oppose d'une façon manifeste à une loi universelle.

Malgré l'importance incontournable des questions philosophiques tout au long du siècle, il y a un aspect pratique dont il est important de tenir compte pour bien se le représenter. Placé devant les mystères du monde et les difficultés de la vie, l'homme du XVIIIe siècle, si on le compare aux hommes des siècles passés, se demande plutôt «comment» résoudre les énigmes que «pourquoi» les choses sont ce qu'elles sont. Dans le monologue de Figaro au dernier acte, on le voit qui s'interroge sur son existence, en d'autres mots qu'il se questionne sur le «pourquoi» des choses, mais cette interrogation ne survient qu'à la fin. Ce qui nous est donné à voir tout au long de la pièce, c'est un homme actif qui conteste, tout en élaborant des tactiques : Figaro se demande surtout «comment» il peut déjouer le Comte.

LE CONTEXTE LITTÉRAIRE

Le siècle des Lumières a la réputation, parfois à tort, d'être un siècle d'idées et de découvertes plutôt qu'un siècle de littérature. S'il est vrai qu'un bon nombre d'écrivains tentent d'imiter les formes classiques sans grand succès, il est également vrai que certains d'entre eux sont des innovateurs dont les œuvres sont encore lues aujourd'hui. Dans le genre* du récit, on peut penser notamment à Marivaux,

---

N.B. : Les mots suivis du symbole * sont définis dans le lexique du théâtre, à la page 284.

Voltaire, Rousseau, Diderot, Montesquieu, Sade et Laclos. Dans le genre* de la poésie, André Chénier accorde une place particulière au lyrisme et au sentiment, qui annonce le ton et le thème de prédilection des romantiques du siècle suivant. En ce qui a trait au théâtre, en même temps que se font des tentatives inspirées du difficile style classique, Marivaux triomphe avec des pièces vives et fines d'où émerge un optimisme tout à fait représentatif de son siècle. De plus, les parades, genre* comique et grossier rédigé dans une langue pseudo-populaire, connaissent un grand succès dans les foires et attirent même des gens de la noblesse, qui parfois demandent aux auteurs d'écrire de telles pièces pour les soirées qu'ils organisent. Les premières pièces de Beaumarchais — *Léandre marchand d'agnus*, *Les Bottes de sept lieues* et *Jean-Bête à la foire* — sont d'ailleurs des parades écrites pour le noble Charles Lenormant d'Étioles, époux de la célèbre Mme de Pompadour. Avec Marivaux, Beaumarchais est certes l'autre grand auteur de théâtre de ce siècle. La place qu'il occupe dans l'histoire littéraire provient à la fois de la justesse avec laquelle il exprime l'esprit prérévolutionnaire et de l'innovation remarquable dont il a fait preuve en renouvelant le genre* théâtral.

Beaumarchais et son œuvre

LA VIE DE BEAUMARCHAIS

La vie de Beaumarchais est un véritable roman. Ce fils d'horloger, qui a su s'introduire dans plusieurs sphères de la société malgré son instruction limitée, a été entraîné dans des affaires fort complexes, dont il a le plus souvent tiré profit honorablement. Au-delà des péripéties incroyables, il faut voir dans cette vie mouvementée un exemple, peut-être le meilleur qui soit, de cette classe bourgeoise ingénieuse et innovatrice, prête à tout pour faire sa place dans la société française du XVIIIe siècle.

Du fils d'horloger au courtisan envié

Le père de Beaumarchais était un horloger aisé qui, entouré de son épouse, ses filles et son fils, eut le bonheur d'élever une famille unie et épanouie. L'auteur du *Barbier de Séville* et du *Mariage de Figaro* est né sous le nom de Pierre-Augustin Caron, le 24 janvier 1732 (il ne prendra le nom de Beaumarchais qu'à 24 ans). Il fréquente l'école peu de temps ; cependant, il apprend le métier de son père avec une certaine facilité. À 21 ans, il découvre un moyen de réduire la taille des montres, mais il commet l'imprudence de parler de sa découverte à un célèbre horloger, Lepaute, qui se l'approprie. Toutefois, le jeune Caron n'est pas de nature à se laisser faire. Il écrit un mémoire expliquant sa démarche qu'il envoie à l'Académie des sciences et qu'il publie et fait vendre en petites brochures. Il aura gain de cause.

Il est permis de voir en substance, dans cette aventure du jeune Caron, une manière, une façon de faire, qui sera plus tard celle de Beaumarchais. Celui-ci a en effet compris qu'il est tout à son avantage de faire intervenir l'opinion publique pour que sa cause ait plus de poids. Cette tactique est tout à fait celle de Figaro — on le voit particulièrement à l'ACTE V — qui invite la «population» du château à être témoin de l'hypocrisie et de la tromperie du Comte.

À la suite de sa découverte, il fabrique une petite montre qu'il insère dans le chaton d'une bague. Il offre ce bijou, qui est, selon lui, la plus petite montre jamais faite, à Mme de Pompadour, maîtresse de Louis XV et protectrice des arts et des lettres. Ce présent plaît et le roi lui en demande une, alors que Mme Victoire, fille de Louis XV, lui demande une pendule. Le voilà introduit à la cour. Il peut désormais se dire horloger du roi. On ne s'étonne pas qu'un tableau de Nattier (voir la page 4), peintre de la famille royale, le représente, à 24 ans, triomphant, optimiste et regardant vers l'avenir.

En 1761, il achète la charge de Secrétaire du roi ce qui l'anoblit. Celui qu'on appelle désormais Beaumarchais se fait à la cour beaucoup d'ennemis qui sont jaloux de ses succès. Une anecdote, qu'elle soit vraie ou non, montre bien qu'il est toujours prêt à se défendre lorsqu'on l'attaque. On lui apporte un jour une montre à réparer pour lui rappeler ses origines roturières. Beaumarchais feint d'échapper par maladresse la montre qui éclate en morceaux. S'excusant de sa maladresse, il n'aurait pas manqué de l'expliquer en évoquant le fait que son état d'horloger est si lointain qu'il en a perdu les habitudes.

Les premières pièces et l'affaire Goëzman

Durant sa quarantaine, Beaumarchais est un courtisan heureux, malgré certains échecs, et à qui on confie même des missions d'espionnage. Il écrit ses premières parades et deux drames bourgeois, *Eugénie* et *Les Deux Amis ou le Négociant de Lyon,* qui ne connaissent pas de succès.

En 1770, son ami fidèle, Pâris-Duverney, qui avait contribué à sa richesse, meurt en lui léguant une somme importante. Cependant, l'héritier de Pâris-Duverney, son neveu nommé La Blache, ne veut pas reconnaître les lettres que lui

Mme de Pompadour, maîtresse de Louis XV
et protectrice des arts et des lettres.

présente l'ami de son oncle. De ce refus naîtra une série d'événements rocambolesques qui montreront que Beaumarchais est toujours supérieur aux événements de sa vie.

Le litige est présenté à la Cour, et Beaumarchais triomphe en première instance. Cependant, l'affaire est reportée en appel au moment où il est emprisonné parce qu'il s'est battu contre le duc de Chaulnes — un colosse ! — jaloux des rapports qui l'unissent à Mlle Ménard, jeune actrice et maîtresse du duc. Alors qu'il est en prison, il perd son procès en appel contre La Blache. Déclaré faussaire, il est ruiné. Toutefois, Beaumarchais ne se laisse pas faire et attaque le juge qui ne l'a pas reçu. Ce juge, nommé Goëzman (on comprend d'où vient le nom du juge Gusman dans *Le Mariage de Figaro*), «recevait» en effet les parties en litige chez lui en échange de cadeaux. Beaumarchais, qui avait obtenu la permission de sortir de prison pour le rencontrer, avait offert cent louis au juge, une montre à son épouse et quinze louis à son secrétaire. Goëzman, ne l'ayant jamais reçu, rendit les présents à l'exception des quinze louis. Beaumarchais comprit rapidement que le secrétaire ne les avait jamais touchés et que l'épouse du juge les avait conservés. Il fit tant de bruit à ce sujet que Goëzman porta plainte contre Beaumarchais pour calomnies et tentatives de corruption.

Sachant que sa réputation était moins bonne que celle du juge, Beaumarchais a l'idée brillante d'attaquer le système des cours de justice, qu'on appelait alors les «parlements». Il publie un texte intitulé *Mémoire contre Goëzman*. Son pamphlet est convaincant et obtient un succès phénoménal. Il y dénonce les tractations des membres de ces parlements. Beaumarchais réussit à se rallier l'opinion publique. La même tactique qui sert Figaro et qui l'avait aidé dans l'affaire Lepaute est employée. Goëzman se voit contraint de vendre sa charge : il est ruiné. Mme Goëzman est blâmée et sombre dans la misère (c'est d'ailleurs Beaumarchais lui-même qui la soutiendra). Quant à Beaumarchais, il est aussi blâmé.

Beaumarchais conduit en prison.
Bibliothèque nationale, Paris.

Cela veut dire qu'il perd tous ses droits civils et donc qu'il lui est impossible de demander une révision du jugement.

Pour se sortir de cette impasse, Beaumarchais offre au roi de négocier à Londres avec Théveneau de la Morande pour l'empêcher de publier un mémoire contre Mme du Barry, favorite du roi. Il réussit et rentre à Paris en espérant être réhabilité. Mais le roi meurt, et Louis XVI n'est pas prêt à défendre une courtisane impopulaire. Alors, Beaumarchais part en mission pour convaincre un autre homme de ne pas publier un mémoire sur la stérilité du nouveau couple royal, Louis XVI et Marie-Antoinette. Cette mission est plus difficile et entraîne Beaumarchais à travers l'Europe. En effet, il parcourt les routes de Londres à Vienne. Il est attaqué en Allemagne et emprisonné à Vienne par Thérèse d'Autriche, la mère de la reine de France que Beaumarchais défend parce qu'elle le croit un dangereux intrigant.

Du *Barbier de Séville* à la réhabilitation

Libéré, Beaumarchais entre à Paris, au début de l'année 1775, à temps pour la première représentation de sa pièce, *Le Barbier de Séville*, qui sera jouée le 23 février. C'est un échec. La pièce, truffée d'allusions à son procès, paraît trop lourde au public. Beaumarchais coupe de nombreux passages si bien qu'au lieu de cinq actes, elle n'en contient finalement que quatre. Elle est rejouée trois jours après la première, soit le 26 février. C'est un succès.

Alors qu'il séjournait en Angleterre, il avait entendu parler des problèmes dans les colonies anglaises. Pour venir en aide aux insurgés, il fait appel au gouvernement français étant donné l'ampleur des sommes qui doivent être investies. Le gouvernement français est prêt à suivre Beaumarchais si ce dernier prête son nom à toute l'opération. Il accepte et investit lui-même des sommes importantes. Cependant, cette aventure tourne mal pour lui puisque les Américains refusent de payer. À la même période, il place de l'argent

Le Congrès américain refuse de régler ses créances.

Première Assemblée du Congrès américain. Gravure de Godefroy.
Bibliothèque nationale, Paris.

pour équiper un vaisseau qui se bat contre les Anglais à l'île de Grenade.

Malgré le triomphe de sa pièce, Beaumarchais est toujours blâmé. Entre-temps, le procès contre La Blache a été renvoyé à une autre juridiction. En avril 1775, Beaumarchais se rend à Londres comme agent secret pour négocier avec le mystérieux chevalier d'Éon. Ce personnage excentrique et rusé qui s'habillait en femme et voulait se faire passer pour telle était en possession de nombreux secrets diplomatiques que Beaumarchais devait lui soutirer. La négociation fut longue et difficile, mais elle réussit finalement. En conséquence, le blâme est levé et il est restitué dans son honneur. Restait le procès contre La Blache : c'est le 21 juillet 1778 que Beaumarchais le gagne finalement huit ans et quatre jours après la mort de son ami.

BEAUMARCHAIS ET LE MONDE LITTÉRAIRE

Afin de défendre les droits d'auteur que perdaient les dramaturges aussitôt que les recettes d'une pièce étaient en deçà d'une certaine somme qui variait selon la saison, Beaumarchais a fondé, le 3 juillet 1777, la Société des auteurs dramatiques. Cette société existe toujours à Paris.

Cependant, le projet qui occupe davantage Beaumarchais à la fin des années 1770 est la publication de l'œuvre de l'écrivain Voltaire, figure importante des Lumières, contesté par les pouvoirs politique et, surtout, religieux. Voltaire étant mort en 1778, Beaumarchais a acheté les manuscrits du prolifique auteur. Il publiera son œuvre à Kehl, en Allemagne. Ce projet s'étend sur près de six ans, de 1783 à 1789. À la fin, soixante-dix volumes sont parus, mais ils se vendent mal.

Le Mariage de Figaro

Le premier état du chef-d'œuvre de Beaumarchais est terminé dès 1778 ; cependant, la Comédie-Française ne reçoit la

Le mystérieux chevalier d'Éon.

pièce qu'en 1781. Elle est manifestement contestataire, et Beaumarchais a raison de craindre le couperet de la censure. Étonnamment, elle ne sévit pas, mais le roi, en ayant entendu parlé, demande de se la faire lire. Outré, il refuse qu'on la joue publiquement. Selon Mme Campan, témoin de la scène, il aurait dit : «Détestable, cela ne sera jamais joué : il faudrait détruire la Bastille pour que la représentation de cette pièce ne fût pas une inconséquence dangereuse. Cet homme déjoue tout ce qu'il faut respecter dans un gouvernement.»

Le roi craint donc cette pièce et en interdit les représentations publiques. Beaumarchais fait alors tout en son pouvoir pour la faire jouer en privé le plus souvent possible devant des nobles influents. Il a finalement le droit de la représenter publiquement en mars 1784. Il accorde une attention minutieuse à la production de sa pièce et exige pas moins de trente répétitions ! Elle est enfin jouée le 27 avril 1784. C'est un triomphe majeur. Elle sera représentée soixante-huit fois durant l'année 1784.

Il est dès lors important que Beaumarchais publie sa pièce rapidement, puisque plusieurs contrefaçons circulent. Elle est publiée dès 1785. Cependant, dans un texte de la même époque où il s'en prend à un censeur, il évoque les «lions et tigres» qui l'attaquent. On persuade le roi que Beaumarchais le vise. Il le fait donc arrêté. Le public est scandalisé. On relâche Beaumarchais après cinq jours de prison, on lui donne de l'argent et on fait même représenter *Le Barbier de Séville* à la cour. La reine y joue le rôle de Rosine.

Les dernières années

En 1787, Beaumarchais fait jouer un opéra, *Tarare*, sur la musique que compose Antonio Salieri, rival de Mozart. Cet opéra sera joué plusieurs fois jusqu'au début du XIXe siècle. Il est d'ailleurs curieux de noter que Beaumarchais est

Voltaire.

Eau-forte et burin, par Pierre-Alexandre Tardieu,
d'après Nicolas de Largillière, fin du xviiie siècle.
Bibliothèque nationale, Paris.

plutôt indifférent à l'opéra de Mozart, *Le Nozze di Figaro*, qui remporte un grand succès à Vienne en 1786.

En 1789, en pleine Révolution, il se fait construire un véritable palais devant la prison de la Bastille et le long du boulevard Saint-Antoine, aujourd'hui boulevard Beaumarchais. Cette demeure luxueuse lui attirera des reproches de la part de beaucoup de révolutionnaires et du peuple. Cependant, toujours soucieux de sa réputation, Beaumarchais rend des services à la Révolution, entre autres, sous forme d'aumônes. Il est également responsable de la vérification de la destruction de la Bastille. On sent néanmoins que l'auteur du *Mariage de Figaro* est quelque peu hésitant à appuyer totalement la Révolution qui lui semble désorganisée. En 1792, le dernier volet de la trilogie de Figaro, *La Mère coupable*, est monté sans grand succès. En ces temps révolutionnaires, la pièce n'apparaît peut-être pas assez subversive. Bien qu'il soit souvent pointé du doigt par les révolutionnaires qui se méfient de cet homme riche, Beaumarchais décide de se lier sérieusement à la Révolution en s'engageant dans une affaire compliquée. Il tente de récupérer 60 000 fusils. Mais il échoue. Cette affaire le mène une fois de plus en prison, cette fois-ci, en Angleterre. Il rentre en France en 1793 et s'explique devant la Convention. Il repart en Allemagne toujours à la recherche de ces fusils. Pris à Hambourg de 1794 à 1796, il est mis sur la liste des émigrés et sa famille est arrêtée. Il la retrouve en juillet 1796, alors que le régime révolutionnaire s'est adouci.

Beaumarchais se mêlera à diverses affaires jusqu'à sa mort, il fera rejouer sa pièce, *La Mère coupable*, et, surtout, entreprendra de se faire rembourser par les Américains, toujours sans succès (sa famille recevra une part de la dette en 1835 !). Homme des Lumières plutôt qu'homme de la Révolution, Beaumarchais s'intéresse dans les dernières années de sa vie au développement des montgolfières.

Salieri, compositeur
de l'opéra *Tarare*.

Mozart, compositeur de l'opéra *Le Nozze Di Figaro*.

Il meurt le 17 mai 1799, dans son sommeil, frappé d'a-poplexie. Il est enterré dans son jardin, mais ses restes seront transférés au cimetière du Père-Lachaise en 1822, alors que sa maison est détruite en 1826. Sur sa tombe dans son jardin, il avait fait inscrire : *Tandem quiesco*, ce qui signifie «enfin je me repose».

L'œuvre expliquée

LE MARIAGE DANS LA TRILOGIE DE FIGARO

Le personnage de Figaro est le héros d'une trilogie qui comprend : *Le Barbier de Séville ou la Précaution inutile* (1775), *La Folle journée ou Le Mariage de Figaro* (1784) et *L'Autre Tartuffe ou la Mère coupable* (1792).

Dans la première pièce, Beaumarchais présente une situation qui rappelle celle de *L'École des femmes* de Molière. Une jeune fille, Rosine (future Comtesse), est gardée prisonnière chez son vieux tuteur, Bartholo, qui veut l'épouser. Un jeune prétendant, Lindor, aidé de son valet nommé Figaro, réussit cependant à la séduire et à l'épouser. Peu avant le mariage, Rosine apprend que celui qui se cache sous le nom de Lindor est nul autre que le Comte Almaviva. Si cette pièce remporte un franc succès en 1775, c'est en partie grâce à l'esprit de son auteur qui fait de son personnage féminin une créature fraîche, vive et spirituelle. Celle-ci, en effet, tient tête à son maître en devinant ses tractations et en dénonçant de façon piquante l'injustice dont il fait preuve.

Le deuxième volet de la trilogie est à la fois plus complexe et plus politique. Plusieurs intrigues* s'y nouent dont la principale que Beaumarchais, dans sa longue préface, résumait ainsi : « [...] la plus badine des intrigues. Un grand seigneur espagnol, amoureux d'une jeune fille qu'il veut séduire, et les efforts que cette fiancée, celui qu'elle doit épouser et la femme du seigneur, réunissent pour faire échouer dans son dessein un maître absolu que son rang, sa fortune et sa prodigalité, rendent tout-puissant pour l'accomplir. Voilà tout, rien de plus. La pièce est sous vos yeux. »

La Mère coupable qui clôt le cycle présente, dans un univers franchement dramatique, les personnages vingt ans après les événements de la pièce précédente. On y apprend que la Comtesse et Chérubin ont eu une liaison illégitime de laquelle est né un fils, Léon. Un major irlandais, nommé

Begearss, amène à Paris, à la fin des années 1790, la famille du Comte. Il tentera de s'emparer de la fortune de la famille Almaviva en déshéritant Léon qui n'est pas le fils naturel du Comte et d'épouser Florestine, pupille supposée de celui-ci qui est en fait sa fille naturelle. Figaro et Suzanne travaillent ensemble pour révéler ce que l'on pourrait appeler à juste titre sa tartufferie.

LA STRUCTURE DU *MARIAGE DE FIGARO*

Le Mariage de Figaro est d'une longueur étonnante. Lors de sa création publique en 1784, plus de deux heures quarante minutes étaient nécessaires pour sa représentation, selon Beaumarchais lui-même. Elle comporte 92 scènes dans lesquelles évoluent 16 personnages individualisés en plus des figurants, représentants du peuple. On y retrouve plus de 1600 répliques. Par ailleurs, le monologue de Figaro à la SCÈNE 3 du dernier acte était le plus long du répertoire français à l'époque de sa création.

Le premier acte sert en grande partie à exposer les différentes intrigues* de la pièce. Figaro et Suzanne parlent de leur mariage. Elle fait part à son futur époux des intentions du Comte. Cependant, Marceline annonce son intention d'épouser Figaro alors que Chérubin tente d'échapper au Comte venu rendre visite à Suzanne.

Le deuxième acte met en scène Suzanne et la Comtesse qui discutent et déguisent Chérubin. Le Comte, soupçonneux, apparaît afin de savoir qui se cache dans les appartements de sa femme. Marceline expose sa situation au Comte et l'on voit la Comtesse attendrie par les gestes et les sentiments de Chérubin.

Le troisième acte montre Chérubin résigné à partir sur l'ordre du Comte. Ensuite, celui-ci et Figaro s'affrontent pour tenter de deviner ce que sait l'autre de la situation et des intentions de chacun. La fin de l'acte présente le procès de Figaro qui l'oppose à Marceline ainsi que la scène de reconnaissance.

Le quatrième acte fait voir Suzanne et la Comtesse qui préparent le rendez-vous final. Par la suite, le Comte découvre Chérubin, qui est revenu, déguisé en jeune fille. À cela succèdent la noce et les inquiétudes de Figaro qui se croit trahi. Marceline clôt l'acte en s'étonnant de ce «nigaud de sexe masculin».

Le cinquième acte accorde une grande place dans les premières scènes à Figaro. Dans un premier temps, il place les personnages qui lui serviront de témoins lors de la rencontre attendue entre le Comte et Suzanne et, dans un second temps, il prononce son monologue. Ensuite, la Comtesse déguisée en Suzanne et celle-ci déguisée en celle-là provoquent un certain nombre de méprises qui se succèdent : d'abord, Chérubin parle à la Comtesse en pensant qu'il s'agit de Suzanne, puis le Comte fait la cour à sa femme en s'adressant en réalité à Suzanne, Figaro feint ensuite de prendre Suzanne pour la Comtesse, enfin le Comte est furieux de voir Figaro faire la cour à celle qu'il croit être sa femme. La pièce se termine par la sortie des personnages du pavillon où ils s'étaient cachés et par la réconciliation du Comte et de la Comtesse.

LE GENRE* OU LES GENRES

Beaumarchais présente sa pièce comme une «comédie en cinq actes, en prose». Si cette façon de déterminer le genre* de l'œuvre est bien pratique, elle se révèle néanmoins réductrice et ne rend compte qu'en partie de sa grande complexité, puisqu'on y retrouve, en plus des éléments du drame, d'autres formes artistiques qui débordent le cadre strict de la littérature. Il s'agit d'un véritable mélange des genres*.

La présence du comique est évidente dans *Le Mariage de Figaro*, mais on doit reconnaître que ses sources, c'est-à-dire son héritage, ainsi que sa fonction ne sont pas simples.

En ce qui a trait aux sources, le comique de Beaumarchais dans cette pièce allie la finesse du regard psychologique de

Chérubin découvert (ACTE I, SCÈNE 9).

Molière sur les différents caractères, que rappellent des titres comme *Le Misanthrope*, *L'Avare* ou encore *Le Malade imaginaire*, et les rebondissements de la comédie traditionnelle, qu'elle soit italienne ou espagnole. Ces caractères se voient chez tous les personnages : des plus importants comme le Comte jusqu'à ceux de moindre importance tels Antonio ou Pédrille. Pour leur part, les rebondissements, qui plaisent tant au goût populaire de l'époque, se manifestent particulièrement dans le troisième acte alors que Marceline découvre en Figaro le fils abandonné qu'elle avait eu avec Bartholo.

Quant aux fonctions de ce comique, elles relèvent autant du simple divertissement, auquel l'auteur accorde une grande importance, que de la dénonciation de ceux qu'il veut ridiculiser ou dont il veut souligner les abus de pouvoir, que ce soit les représentants de la noblesse ou ceux du sexe masculin. Qu'une comédie ait une portée politique et sociale est chose rare, voire pratiquement inédite, au siècle des Lumières. Aussi, il faut y voir une innovation à l'intérieur de ce genre* voué traditionnellement aux peintures de caractères ou, plus récemment, aux affaires de mœurs.

Beaumarchais était un lecteur admiratif de Diderot qui avait formulé la défense du drame bourgeois et qui avait fait connaître ce genre* avec succès au XVIIIe siècle. Denis Diderot croit que le théâtre doit réduire la distance, si importante dans le style classique, qui sépare le public de ce qui est représenté sur scène. Il doit pour cela se débarrasser du style pompeux de la tragédie classique et de ses thèmes abstraits qui ne touchent pas les gens. Pour lui, le drame bourgeois, écrit en prose, doit être moral, touchant et mettre en scène des contemporains représentés dans des situations ordinaires que le spectateur peut reconnaître. Il s'agit d'un théâtre qui met en scène les conditions dans lesquelles les gens vivent, plutôt que des caractères comme dans l'œuvre de Molière. L'influence de la pensée de Diderot sur

Denis Diderot.
Portrait par Michel Van Loo.
Musée du Louvre, Paris.

Beaumarchais est palpable. En effet, celui-ci fait un théâtre qui plaît et instruit, tout en sachant attendrir le spectateur. On le voit aisément dans *Le Mariage de Figaro* qui plaît par son comique, instruit par ses leçons servies à la noblesse et attendrit notamment dans les scènes d'amour entre Suzanne et Figaro ou dans le monologue de Marceline sur la condition de la femme.

Bien que la tragédie soit largement niée par Beaumarchais, il est possible de voir des éléments de ce genre* dans la pièce. Certains personnages semblent voir leur destin marqué d'une fatalité. C'est le cas de Figaro qui questionne le sens des événements qui constituent sa vie et même son identité propre dans le fameux monologue du dernier acte. D'une autre façon, à la fin de l'ACTE III, Marceline expose dans sa tirade*, admirable et exceptionnelle pour l'époque, les conditions injustes dans lesquelles les femmes vivent et qui représentent, pour certaines d'entre elles, une situation sans issue les menant tout droit à leur perte.

Dans un tout autre ordre d'idées, il est possible de déceler dans la pièce des éléments provenant d'autres formes artistiques, telles la musique, la danse et la peinture. Celui qui avait innové grâce à l'air qu'il fit chanter par Rosine dans l'ACTE III du *Barbier de Séville* montre à nouveau, dans *Le Mariage de Figaro*, son goût pour la musique ainsi que pour la danse. Il faut s'étonner de la place accordée aux chants et aux ballets dans la pièce, car elle est exceptionnelle pour une œuvre théâtrale de cette époque. Beaumarchais utilise justement ces deux formes d'art pour rendre davantage plaisant et gai l'ensemble aux yeux et aux oreilles de ses contemporains ayant un goût marqué pour les atmosphères festives. Par ailleurs, suivant en cela Diderot, Beaumarchais considère que le théâtre qui tente de reproduire la réalité aussi fidèlement que possible doit mettre en scène des personnages et des situations dignes de la peinture. À la SCÈNE 4 du deuxième acte, cependant, il innove dans la mise en

Je le tuerai, je le tuerai ! Tuez-le donc, ce méchant page.

ACTE II, SCÈNE 17 (l. 1219-1220).

GRAVURE DE SAINT-QUENTIN POUR L'ÉDITION DE 1785.

scène en indiquant clairement que les personnages et la situation doivent reproduire de façon «[…] juste la belle
estampe d'après Van Loo, appelée *La Conversation espagnole*».
Beaumarchais préfigure ici un procédé qui sera employé par
plusieurs cinéastes au XXe siècle.

Cependant, expliquer la présence du mélange des genres*
dans la pièce en évoquant les goûts de l'auteur ne saurait
être satisfaisant. Les innovations de Beaumarchais témoignent
bien plus de la volonté bourgeoise de briser les cadres éta-
blis afin de s'affirmer par le nouveau. La démarche artistique
de ce fils d'horloger est une remise en cause des limites
imposées par un système de représentations qui appartient
depuis plus d'un siècle à une classe dominante maintenant
dépassée. Il s'en prend aux goûts conservateurs des Almaviva
en se rangeant nettement du côté des valeurs du progrès, de
l'expérimentation et de l'originalité. De plus, l'auteur en se
plaçant dans une situation où il sait qu'il sera critiqué et
pointé du doigt pour sa hardiesse se voit représenté dans sa
condition et dans ses luttes, notamment là où il s'oppose à
une bonne partie de l'aristocratie et à ses privilèges.

LIEU, DÉCOR ET TEMPS

Fidèle aux principes du drame bourgeois, Beaumarchais
place ses personnages dans des lieux qui rappellent avec évidence ceux connus du public. La maison du Comte à Aguas-
Frescas est en effet un reflet des hôtels[1] aristocratiques du
siècle de l'auteur. Dans *Le Mariage de Figaro*, l'espace où
évoluent les personnages est à la fois homogène et multiple.
L'action se déroule dans une seule demeure, mais chaque
scène donne à voir, à l'intérieur de cette demeure, des lieux
différents.

Le premier acte se déroule dans un lieu en devenir dans
lequel l'absence du lit conjugal indique que Figaro et Suzanne

---

1 *hôtels* : demeures situées à la ville, qui présentent un certain luxe.

ne sont pas encore mariés. Il s'agit d'un lieu privé, mais dont le caractère privé est justement menacé, remis en question, par la menace des intrusions possibles du Comte. C'est donc précisément par le lieu qu'est annoncé au spectateur et au lecteur l'enjeu majeur de la pièce : le mariage aura-t-il lieu sans que le Comte se prévale du droit du seigneur ? De plus, une dimension importante de la psychologie de Figaro et de Suzanne, l'aveuglement de celui-ci et la perspicacité de celle-là, est montrée dans la discussion des deux personnages au sujet du lieu. Enfin, on serait tenté d'ajouter que le thème de la femme injustement considérée est déjà illustré par les intentions du Comte qui sont exposées et par la supériorité de Suzanne sur Figaro dans l'analyse de la situation.

L'acte suivant est situé dans la «superbe» chambre à coucher de la Comtesse qui présente un contraste frappant avec la chambre dénudée du couple Figaro-Suzanne. Évidemment, cette opposition souligne les différences de conditions. Contrairement à ce que l'on voit au premier acte, cette seconde chambre est assurément un lieu privé. La tristesse de la Comtesse révèle cependant qu'elle est trop privée, puisque le Comte n'y pénètre plus. Beaumarchais offre ici le tableau saisissant d'une chambre riche qui contient une femme pauvre d'amour et d'attention. La situation de la Comtesse est d'ailleurs habilement représentée par l'intrusion du Comte dans sa chambre. Cette rare apparition dans ces lieux est motivée par la jalousie et prend toutes les apparences d'un véritable viol. Le Comte veut forcer l'entrée du cabinet de la Comtesse : sa position de force est fortement illustrée par ses pinces et ses clefs, dont la Comtesse ne possède de toute évidence aucun équivalent.

Le troisième acte introduit un espace public, plus précisément politique, où trône un «portrait du roi». Cependant, cet espace public est marqué par le pouvoir d'un seul homme, le Comte, qui entend bien se venger de Figaro. Tout comme le faisait le contraste entre les deux chambres dans les deux premiers actes, la salle d'audience où se déroule le procès montre au grand jour les inégalités de conditions. Figaro le suggère malicieusement lorsqu'il énumère devant le Comte les éléments qui la constitue : « Le grand fauteuil pour vous, de bonnes chaises aux prud'hommes, le tabouret du greffier, deux banquettes aux avocats, le plancher pour le beau monde et la canaille derrière. » Cet acte met donc en scène l'aspect théâtral de la justice.

Le quatrième acte présente également un lieu public. Cependant, il est fort différent de celui de l'acte précédent, car il est un lieu de réjouissance. Affichant moins de luxe que la chambre de la Comtesse, il est en revanche le véritable lieu de l'amour. Cet acte débute d'ailleurs par une scène d'amour entre Figaro et Suzanne. Néanmoins, dans cette pièce de théâtre, il ne faut jurer de rien. Alors que le troisième acte laissait planer une menace — les revendications de Marceline — pour se terminer sur une note gaie, le quatrième acte laisse place peu à peu au soupçon et au désarroi de Figaro qui croit avec certitude que Suzanne l'a trompé. Les espaces publics ont donc démontré qu'ils n'étaient qu'apparence : des lieux proprement théâtraux où se tramenten coulisses ce qui n'est pas montré d'emblée.

Le lieu présenté au dernier acte opère une sorte de synthèse entre ceux présentés aux actes précédents. Il peut être considéré comme un lieu public puisqu'il s'agit d'un parc, mais l'obscurité et, surtout, cette « salle de marronniers » et ces « deux pavillons » lui confèrent toutes les caractéristiques du lieu privé. Ce lieu final, malgré la noirceur, est celui de la révélation. Là se dévoile ce qui demeurait caché depuis le début de la pièce. Il renvoie au troisième acte, puisque la Comtesse, avec l'aide de Suzanne, et surtout Figaro, puisque c'est lui qui prend la parole, se font les juges du Comte.

La règle de l'unité de temps, selon laquelle l'action d'une pièce doit se dérouler à l'intérieur de vingt-quatre heures, est respectée dans *Le Mariage de Figaro*. La temporalité de la

Scène du Tribunal, ACTE III.

GRAVURE DE MALAPEAU D'APRÈS SAINT-QUENTIN,
POUR *LA FOLLE JOURNÉE*, 1785.

pièce est entièrement liée aux lieux représentés successive-
ment dans les actes. Chacun d'eux marque l'évolution de
cette «folle journée».

On se retrouve en effet au début de la journée au premier
acte. Le décor qui représente la chambre à coucher de Figaro
et de Suzanne suggère la matinée. Au cours des actes suivants, quelques répliques de personnages — surtout de
Figaro — rappellent l'évolution de la journée. Au quatrième
acte, les didascalies* mentionnent des objets («candélabres»
et «lustres allumés») qui indiquent que la journée a avancé.
Finalement, le cinquième acte et son obscurité essentielle
achève de montrer la progression du temps.

LES OBJETS ET LES COSTUMES

Les objets possèdent une importance particulière dans
la pièce de Beaumarchais. Parfois, ils peuvent servir le comique de la pièce comme c'est le cas du fauteuil au premier
acte. Mais ce qui est plus manifeste est la sensualité ou le
désir de sensualité que symbolisent deux objets : le ruban et
l'épingle.

Le ruban de la Comtesse est enlevé par Chérubin quand
celui-ci comprend qu'il sert à nouer ses cheveux lorsqu'elle
dort la nuit. Plus tard, la Comtesse apprendra que Chérubin
s'est attaché à cet objet fétiche et elle en sera charmée. Toute
cette sensualité liée au ruban est confirmée lorsqu'il devient
la jarretière de la mariée que recueille… Chérubin. Ainsi,
l'objet est investi, tout au long de la pièce, d'une fonction de
communication non verbale entre la Comtesse et le petit
page.

L'épingle de la Comtesse qui accompagne le message laissé au Comte à l'ACTE IV a également une signification particulière en plus d'une utilité dramatique évidente. C'est
effectivement cette épingle qui laisse croire au valet du
Comte que Suzanne veut le tromper. L'objet permet donc l'in-
troduction du long monologue de l'ACTE V. Il est également

lié à une forme de sensualité. On peut se demander en effet pourquoi Beaumarchais fait en sorte que le Comte se pique le doigt et suce son sang dans la neuvième scène du quatrième acte, ce détail ne contribuant en rien à l'action de la pièce. Selon les didascalies*, ce geste trahit la hâte du personnage, mais il est possible d'ajouter que cette situation permet à l'auteur de montrer le Comte effectuant un geste sensuel au moment même où il lit une proposition de rendez-vous. La finesse et l'ironie de Beaumarchais sont ici bien perceptibles lorsqu'on considère qu'en réalité l'épingle appartient non pas à celle dont il veut obtenir les faveurs, mais bien à celle qu'il néglige…

On le voit par l'attention minutieuse qu'il donne à la description des «habillements», Beaumarchais accorde une importance particulière aux costumes de ses personnages. Il désire caractériser de façon juste ceux qui peupleront la scène, que ce soit par leur langage ou par leur apparence. Ainsi, le costume révèle l'identité sociale, la condition, de chacun. Plus particulièrement, il montre le pouvoir du Comte. Dans l'ACTE III, SCÈNE 14, Brid'oison va jusqu'à affirmer que les habits créent les personnages en imposant le respect lorsqu'il dit : «Tel rit d'un juge en habit court, qui-i tremble au seul aspect d'un procureur en robe.»

Cependant, Beaumarchais joue ostensiblement avec les costumes d'une autre façon, et ce, par l'entremise du déguisement. Les identités sont donc dissimulées dans certaines scènes. Outre Chérubin qui revient déguisé en jeune fille, on pense évidemment au dernier acte où la vérité est révélée grâce aux déguisements qui trompent le Comte. Ici — et de façon originale — ce n'est pas la vérité qui dévoile les mensonges et les faux-semblants, mais bien ceux-ci qui permettent à la Comtesse de forcer le Comte à dire la vérité qu'il dissimule depuis le début de la pièce et même — on le devine — depuis bien avant le début de cette journée.

LES PERSONNAGES

Les personnages du *Mariage de Figaro* peuvent être répartis en trois générations. À l'exception de Suzanne, les personnages importants à l'intérieur des deux premières étaient déjà présents dans *Le Barbier de Séville*. On retrouve dans la génération qui regroupe les plus âgés : Marceline, Bartholo, Bazile et Antonio. Dans la deuxième génération : le Comte, la Comtesse, Figaro, Suzanne et, vraisemblablement, Brid'oison et Double-Main. Dans la dernière génération : Chérubin et Fanchette.

Chaque génération a son lot d'intrigues* amoureuses. Dans la première, Bazile veut épouser Marceline, alors que Bartholo refuse de le faire bien qu'il ait eu un enfant avec elle, trente ans auparavant. Dans la seconde, d'une part, Figaro veut épouser Suzanne sans que le Comte use du droit de cuissage et, d'autre part, la Comtesse veut raviver l'amour qui animait son mari à l'époque du *Barbier de Séville*. Enfin, dans la troisième, l'espiègle Chérubin cherche à plaire, non sans succès, à la jeune Fanchette.

Il existe également des intrigues* tout aussi importantes entre les générations. Marceline tente de forcer Figaro à l'épouser, ce qui introduit à l'insu des personnages, du moins jusqu'au troisième acte, le thème œdipien. Le Comte courtise Fanchette, alors que Chérubin aime, d'un amour juvénile, sa tante, la Comtesse, ce qui représente la seconde relation à caractère incestueux. Enfin, à deux reprises, Chérubin laisse entendre à Suzanne qu'elle lui plaît.

Les personnages qui peuplent la pièce sont riches en nuances. Il faut éviter la tentation d'un classement qui rangerait chacun soit dans le camp des bons sans véritables défauts ou des mauvais sans véritables qualités ou soit dans le camp de ceux qui aident Figaro ou de ceux qui servent le Comte. Il faut plutôt considérer que Beaumarchais les a voulus légèrement inconséquents quand ce n'est pas tout simplement en contradiction avec eux-mêmes.

Figaro pourfendant les abus sociaux.

Figaro

On cite généralement deux sources possibles pour expliquer son nom. *Figaro* proviendrait soit de *Fi Caron* (fils de Caron) ou de *Picaro* qui désigne les aventuriers espagnols de la littérature dite picaresque, fort en vogue du XVIe siècle au XVIIIe siècle. Le personnage de Figaro s'inscrit dans la lignée des valets de comédie italienne, tels Arlequin ou Scapin, et de ceux de la comédie française, tel Sganarelle. Cependant, à la différence de ceux-ci, il ne peut être réduit à un type et est pourvu d'une individualité. Figaro a un métier : il est barbier. En outre, il a une histoire qu'il résume dans son monologue de l'acte final. Il pourrait à n'importe quel moment quitter le Comte et la dépendance dans laquelle il se trouve pour poursuivre son errance et du coup ce qu'il appelle lui-même sa «bizarre […] destinée». Il est donc un homme de métier, mais peu puissant et peu riche. Il rappelle à sa façon une partie considérable de la classe montante du XVIIIe siècle en lutte contre les privilégiés et même, en quelque sorte, son créateur qui a dû user de ses talents et de ses finesses lors de ses aventures pour le moins picaresques. Figaro possède de cette classe sociale le sens pratique, le goût de l'argent, de l'intrigue* et, surtout, une énergie qui parfois semble intrépide et indigne de confiance. On le voit notamment dans l'attitude de la Comtesse qui n'en fait plus un allié dans ses tactiques à partir du quatrième acte. Il évoque également la joie de vivre et une certaine absence de scrupules, représentatives de son siècle. Par ailleurs, Figaro a un côté plus sombre que Beaumarchais ne dévoile que vers la fin de la pièce. En effet, le valet, contrairement à ce qu'il affirme à sa mère, est plutôt jaloux et complètement bouleversé à l'idée d'être trompé par Suzanne. Dans le monologue du cinquième acte, il incarne même nettement une figure du préromantisme tant par le lyrisme de sa parole que par la lourdeur de la prise de conscience à l'égard de son individualité et de son destin.

Suzanne

La fiancée de Figaro et femme de chambre de la Comtesse est sans doute un des personnages les plus originaux et les plus sympathiques de Beaumarchais. Figaro la résume presque entièrement au début de la deuxième scène de l'acte initial lorsqu'il dit : « La charmante fille ! toujours riante, verdissante, pleine de gaieté, d'esprit, d'amour et de délices ! mais sage ! » L'auteur insiste d'ailleurs dans sa préface sur ses qualités et ses modérations. Il dit que bien qu'elle soit « spirituelle, adroite, rieuse », elle tient aussi à sa « sagesse » et à « ses devoirs ». Ne rend-elle pas compte, en toute honnêteté, à Figaro et à la Comtesse des manœuvres du Comte ? Suzanne est sans conteste une figure centrale qui fait partie de deux duos essentiels à la pièce. D'abord, elle est évidemment liée à Figaro avec qui elle forme le couple central qui, malgré certains soupçons, est stable et uni comme le montre la première scène de l'avant-dernier acte. Ensuite, elle forme avec la Comtesse le duo le plus fort et le plus efficace de toute la pièce. Elles sont les fins stratèges, bien plus que Figaro, qui permettent la résolution de l'intrigue* et le dévoilement de la vérité. À cet égard, on peut voir en Suzanne un personnage supérieur en bien des aspects à Figaro qui passe parfois pour le seul héros de la comédie. La perspicacité de Suzanne est montrée, comme nous l'avons vu, dès la première scène de la pièce alors qu'elle explique à un Figaro aveugle les intentions du Comte ; elle est également montrée lorsqu'elle laisse entendre à la Comtesse qu'elle devine le trouble de celle-ci devant le page. De plus, Suzanne indique qu'elle est capable de tenir tête aux autres de façon percutante lors de l'altercation qui l'oppose à Marceline à la cinquième scène du premier acte. Elle se permet même d'exposer un côté moqueur et hardi lorsqu'elle imite le ton langoureux du page dans la scène précédant sa rencontre avec Marceline et, surtout, lorsqu'elle dit au Comte (ACTE III, SCÈNE 9) de façon fort spirituelle : «Est-ce que les femmes de mon état ont des vapeurs, donc ? C'est un mal de condition, qu'on ne prend que dans les boudoirs.»

Le Comte

Le personnage du Comte n'est pas totalement antipathique, comme on serait tenté de le croire après une lecture rapide et inattentive de la pièce. Beaumarchais le souligne clairement lorsqu'il présente les «Caractères et habillements de la pièce» : «LE COMTE ALMAVIVA doit être joué très noblement, mais avec grâce et liberté. La corruption du cœur ne doit rien ôter au bon ton de ses manières. «Le Comte n'est donc pas vil. Il ne faut pas ou-blier qu'il reconnaît lui aussi l'injustice faite aux femmes lorsque Marceline prononce sa tirade* sur les conditions dans lesquelles vivent celles-ci. Qu'est-il donc arrivé à ce jeune personnage charmant qui se cachait sous le nom de Lindor dans *Le Barbier de Séville* ? Ce personnage «sacrifié», comme l'écrit l'auteur, est devenu seigneur et il présente simplement les défauts de sa condition. Il jouit des importants pouvoirs du corregidor, c'est-à-dire des pouvoirs à la fois juridique, administratif et militaire, dont il est tenté d'abuser. N'oublions pas que Beaumarchais insiste sur son importance considérable quand il prend la peine de nous apprendre qu'il a été nommé ambassadeur à Londres. Il est en quelque sorte victime de sa condition dont il est indigne parce que trop faible et jaloux. L'ACTE III montre avec éloquence ce trait de caractère, puisqu'on le voit servir au premier chef ses intérêts plutôt que ceux des partis en présence. Sa jalousie est illustrée par le simple fait qu'il veut prendre la femme de son valet, mais ne saurait admettre le contraire (ACTE V, SCÈNE 9). Cependant, il n'est pas interdit de voir, afin de relativiser ses faiblesses, dans le personnage du Comte, un peu de Figaro et de Chérubin. Ne retrouve-t-on pas dans ce seigneur un peu de l'ambition et de l'absence de scrupules du valet et le

Le Comte Almaviva.

Gravure de Dufresne d'après Berteaux, 1793.
Bibliothèque des Arts décoratifs, Paris.

même penchant pour les plaisirs de la chair que chez Chérubin ? Sa force est donc essentiellement une apparence, car il se révèle plutôt lâche à l'intérieur. Il sert ainsi le propos de Beaumarchais qui veut pointer du doigt ceux qui, parmi la noblesse, possèdent des pouvoirs et des privilèges dont ils sont indignes. Dans le cas du Comte, cette injustice ou inégalité de conditions est sans doute montrée avec le plus d'à-propos dans le fait que le Comte ne tente même pas de séduire une camériste, Suzanne, dont il serait amoureux, mais de l'acheter, ce qu'elle ne manque pas de mentionner à la Comtesse à la première scène du deuxième acte :

> La Comtesse : Quoi ! Suzon, il voulait te séduire ?
> Suzanne : Oh ! que non ! Monseigneur n'y met pas tant de façon avec sa servante : il voulait m'acheter.

La Comtesse

Bien que sa condition sociale soit enviable, la Comtesse peut être considérée comme la plus grande victime de la pièce. D'aucuns considèrent qu'elle est le seul personnage entièrement sympathique. D'ailleurs, Beaumarchais la présente comme ayant un «caractère aimable et vertueux». Elle se retrouve à une période difficile de son mariage. Le Comte n'a plus cette attention qu'il démontrait pour elle dans *Le Barbier de Séville*, mais il est toujours capable de jalousie. Elle, de son côté, conserve une tendresse évidente pour lui, mais n'est pas insensible à l'intérêt que lui manifeste le jeune Chérubin. Si elle est victime, c'est en grande partie à cause de l'amour même qu'elle montre au Comte qui désirerait plus de «piquant dans les manières», comme il lui dit en pensant s'adresser à Suzanne à la scène 7 du dernier acte. Toutefois, la Comtesse n'est plus tout à fait la jeune ingénue du *Barbier*. Comme son mari, elle est un produit de sa condition sociale. Elle a ainsi appris les usages de son milieu et, notamment, à mentir et à élaborer de fines stratégies. En cela, elle se compare à Figaro, car elle est l'autre personnage qui agit. Elle s'avère cependant au dernier acte plus fin et brillant stratège que lui : alors que Figaro est en action et sombre temporairement dans une sorte de mélancolie, la Comtesse, tout à l'opposé, passe d'une mélancolie à la fois lourde, provoquée par son mari, et légère, issue des attentions de Chérubin, à l'action triomphante et à la fermeté de caractère qui en font la véritable meneuse de jeu de la pièce. Cependant, sa dernière réplique laisse entendre que sa fermeté est provisoire et qu'elle ne peut être totalement insensible au charme du petit page. Ce ton évasif de la dernière réplique annonce en fait son infidélité avec Chérubin qui sera connue dans *La Mère coupable*, dernier volet de la trilogie. Comment pourrait-elle d'ailleurs être pleinement sûre de la fidélité que vient de lui assurer le Comte, puisqu'il s'agit de la troisième promesse formulée par celui-ci dans la même journée ?

Marceline

Autre grande victime dans la pièce, Marceline est celle qui connaîtra la transformation la plus impressionnante et la plus salutaire, surtout si l'on considère qu'elle était en danger de commettre un inceste qu'elle aurait provoqué à son insu. Marceline a un peu d'instruction, ce qui lui permet de confronter quatre hommes à la fois dans les admirables tirades* qu'elle prononce à la SCÈNE 16 du troisième acte. À ce moment, elle se transforme : de ridicule et antipathique, elle devient éloquente et touchante. Si elle a été victime, c'est en grande partie à cause de sa naïveté devant l'ingratitude des hommes. L'attitude de Bartholo à son égard l'illustre parfaitement. On peut d'ailleurs voir en elle un personnage qui annonce Fanchette, dont la candeur laisse présager le pire. Lorsqu'elle retrouve son fils, elle modifie son comportement ; son caractère maternel, bienveillant et sage se manifeste surtout à la fin de l'avant-dernier acte.

Chérubin

Le petit page, filleul de la Comtesse âgé de treize ans, est certes une création des plus singulières de Beaumarchais. Cette espèce de Don Juan adolescent incarne l'éveil de la sensualité à l'état d'innocence. S'il possède un rival, c'est sans conteste le Comte auquel il fait triplement obstacle. Il se trouve en effet avec Fanchette lorsque Almaviva lui rend visite. Il est de même avec Suzanne quand le Comte tente d'être seul avec elle. Et, bien sûr, il tourne autour de la Comtesse qui n'est pas indifférente à ses charmes. Il n'est pas interdit de penser que l'époux de la Comtesse se voit, dans la figure de Chérubin, tel qu'il a pu être plus jeune. Ce jeune homme, bouleversé par les plaisirs de l'amour comme le Comte, laisse croire qu'il pourrait mal tourner. Suzanne le lui signale alors qu'elle se trouve seule avec lui à la SCÈNE 7 de l'acte initial : « Oh ! dans trois ou quatre ans, je prédis que vous serez le plus grand petit vaurien ! » Mais, Chérubin ne peut résister à ses pulsions tyranniques. Il répond, d'ailleurs, exalté et plein d'honnêteté candide, à Suzanne : « Je ne sais plus ce que je suis ; mais, depuis quelque temps, je sens ma poitrine agitée ; mon cœur palpite au seul aspect d'une femme ; les mots *amour* et *volupté* le font tressaillir et le troublent. Enfin le besoin de dire à quelqu'un *Je vous aime*, est devenu pour moi si pressant, que je le dis tout seul, en courant dans le parc, à ta maîtresse, à toi, aux arbres, aux nuages, au vent qui les emporte avec mes paroles perdues. »

Fanchette

La petite Fanchette, fille d'Antonio le jardinier, est en quelque sorte l'équivalent de Chérubin. Naïve, elle est aussi espiègle et malicieuse dans son attitude devant le Comte. Elle sait qu'elle possède un certain pouvoir sans que l'on sache si elle en saisit toute la portée. Elle pourrait mal tourner si elle n'apprend pas la leçon. La situation de Marceline est peut-être une préfiguration de ce qui l'attend. Fanchette affiche d'ailleurs toute sa naïveté lorsqu'elle pense que le Comte peut lui donner la main de Chérubin. Elle montre dans ce cas qu'elle n'a pas saisi les usages du monde qui l'entoure, puisqu'elle ne comprend pas que Chérubin appartient à un autre ordre social que le sien.

Bartholo

Le vieux Bartholo est assurément un des personnages les moins attachants des deux premières pièces de la trilogie. Dans *Le Barbier de Séville*, il avait fait preuve d'un manque de considération pour la pauvre Rosine qui trouve un écho dans le deuxième volet : d'une part, dans son contentement lorsqu'il apprend que la Comtesse n'est pas heureuse dans son mariage et, d'autre part, dans son désir de se venger de Figaro en faisant échouer son mariage. Lorsqu'il apprend que le valet du Comte est nul autre que le fils qu'il avait eu autrefois avec Marceline, son attitude n'est guère plus chaleureuse, puisqu'il refuse de considérer la promesse de mariage faite autrefois à la jeune fille si elle retrouvait leur enfant. On peut même s'étonner qu'il accepte finalement de l'épouser.

Bazile

Le maître de clavecin de la Comtesse incarne un personnage ayant peu de relief. Autrefois à l'emploi de Bartholo, il est maintenant chez le Comte et le sert dans ses projets les moins admirables. Bazile ne penserait jamais contrecarrer un homme plus puissant que lui. Il est celui qui sait tirer profit de certaines situations sans imposer sa volonté. À cet égard, il apparaît comme l'opposé de Figaro.

Antonio

L'oncle de Suzanne et père de Fanchette est frappé d'une stupidité tout aussi apparente que comique. On le croirait tout droit sorti d'une pièce de Molière, tant il est déterminé par son caractère. Son refus d'accorder la main de la fille de sa sœur à un valet de parents inconnus illustre parfaitement sa ridicule prétention. Cependant, sa franchise un peu joviale l'apparente au personnage de Figaro.

Brid'oison et *Double-Main*

Le lieutenant de siège et son greffier permettent à Beaumarchais de mettre en scène les inconséquences les plus flagrantes de son époque. Ces deux personnages bêtes (*Brid'oison* rappelle *Bidoye*, «oiseau bridé», un des juges ridicules de l'œuvre de Rabelais) n'occupent leurs fonctions que parce qu'ils ont pu acheter la charge dont ils ont la responsabilité. Leur condition est le contraire exact de celle de Figaro, telle que celui-ci se la représente dans son monologue de l'ACTE V. Ils incarnent donc pertinemment l'absence de reconnaissance du mérite à l'époque de l'Ancien Régime.

Personnages secondaires et *personnages muets*

Il y a beaucoup de personnages secondaires et de personnages muets dans la pièce. Ils illustrent à la fois des caractères ou des «types», bien que certains d'entre eux ne prennent jamais la parole, et présentent des conditions différentes. Ils permettent surtout à Beaumarchais de montrer une «foule» qui rappelle le peuple. Jamais celui-ci n'avait été aussi présent sur les planches avant *Le Mariage de Figaro*. La fonction première de ces personnages est révélée au dernier acte, alors que Figaro en fait les témoins des machinations du Comte. Le peuple devient le témoin des abus de pouvoir d'un noble et agit donc comme une sorte de mauvaise conscience. C'est dire que le peuple est présent, qu'il observe et que la noblesse lui est redevable de sa conduite. Cette innovation du théâtre de Beaumarchais n'est pas un appel à la révolution, mais bien une représentation d'un fait social qui prendra de l'ampleur, tout au long des années 1780, jusqu'à ce que d'autres que l'auteur du *Mariage* en appellent, eux, à la révolution pour changer leurs conditions de vie.

LES THÈMES

Beaumarchais aborde une quantité impressionnante de thèmes dans *Le Mariage de Figaro*. Afin d'éviter l'éparpillement, il est possible de les regrouper en trois grandes catégories : d'abord, les thèmes liés aux abus d'ordre social, ensuite ceux qui touchent au mérite individuel, et finalement ceux qui ont trait à l'amour.

Les abus d'ordre social

Dans sa préface, Beaumarchais mentionne qu'il a eu l'intention de «faire la critique d'une foule d'abus qui désolent la société». Sa pièce est un reflet du mécontentement du peuple à l'égard d'un système politique et social abusif. Cependant, il ne se contente pas de mettre en évidence les abus de ce système en dénonçant simplement l'autorité d'un seigneur à l'égard de son valet. Au contraire, *Le Mariage de Figaro* présente un foisonnement de dénonciations qui touchent tant les questions sociales de l'heure dont on discute dans les cafés et ailleurs, tels les privilèges et le système judiciaire, que les questions sociales qui trouvent peu de défenseurs, telle la situation de la femme.

Les privilèges

Les privilèges de la noblesse de l'Ancien Régime sont représentés au premier chef dans l'ancien droit du seigneur, dont le Comte aimerait bien se prévaloir même s'il y a jadis renoncé. Ce dernier est le seul à pouvoir jouir de «ce droit charmant», comme il le nomme dès la première scène où il apparaît (ACTE I, SCÈNE 8). Ainsi, l'infidélité du Comte est cautionnée par un système de traditions. Ce système laisserait normalement Figaro, Suzanne et la Comtesse sans solution, sans recours, si ce n'était de la promesse du Comte de ne plus user de ce droit.

La dénonciation des privilèges ne concerne pas uniquement ceux-ci en tant que tels, mais aussi le fait que ceux qui en profitent n'en sont pas dignes. Ces gens qui se sont «donné la peine de naître» sont souvent bêtes : c'est ce que montre Beaumarchais tout au long du procès au troisième acte, dans lequel il en profite également pour dénoncer les abus du système judiciaire.

Le système judiciaire

Lorsque Beaumarchais rédige sa pièce, l'affaire Goëzman est encore toute récente. Les contemporains de l'auteur y ont donc vu une dénonciation claire du système qui avait montré ses facettes les plus tordues au cours du procès. Les magistrats sont les premiers visés. Guzman (Brid'oison), qui évoque d'emblée Goëzman, doit faire rire par «l'opposition de la gravité de son état au ridicule de son caractère», comme l'indique Beaumarchais dans les «Caractères et habillements de la pièce». Le système judiciaire y apparaît aussi comme un système vénal, c'est-à-dire que les acteurs de la justice peuvent être achetés au détriment des lois. Double-Main, le nom ici encore en dit long, incarne parfaitement l'être vil pour qui la justice est surtout une question d'affaires. Mais il n'y a pas que la bêtise et l'argent qui expliquent les travers de la justice, puisque les magistrats, qui servent d'abord leur propre intérêt, sont aussi à la merci de leurs désirs personnels. Pour le Comte, il est d'abord question de tirer profit du procès de Marceline et de Figaro. Il peut se servir de son pouvoir tout à la fois pour se venger de son valet et pour s'approcher de la couche de la camériste de son épouse. Il ne faut pas oublier que l'issue du procès serait tout autre si Suzanne offrait de l'acheter au prix de son corps. Beaumarchais, en montrant un personnage dont la fonction est si importante au service de ses propres intérêts, dénonce l'arbitraire des hommes de lois de son époque. Dans ce cas-ci, les intérêts du Comte pourraient faire plusieurs victimes, notamment les trois femmes les plus importantes de la pièce.

La situation de la femme

Les abus dont sont victimes les femmes sont évoqués avec éloquence par Marceline à la scène 16 de l'acte iii. Cependant, ce serait une erreur de penser que l'on puisse trouver tout le propos de la pièce sur la femme dans cette scène de dénonciation. Ce n'est que la part visible de l'injustice qui y apparaît. En substance, Marceline y constate l'ingratitude des hommes pour qui il y a deux poids, deux mesures lorsqu'il s'agit des femmes et de leur situation : «traitées en mineures pour nos biens, punies en majeures pour nos fautes !» Elle décrie également l'impasse économique dans laquelle se trouvent les femmes abandonnées et n'ayant aucun honnête moyen de subsistance. La part invisible de l'injustice faite aux femmes, quant à elle, est disséminée tout au long de la pièce. En effet, *Le Mariage de Figaro* ne nous montre que très peu souvent les femmes dans une position de revendication. Il nous les présente davantage en action. C'est précisément ces actions brillantes, fines et, à la fin, triomphantes qui parlent des femmes et de l'iniquité dont elles sont victimes. En termes simples, la pièce dit des femmes que non seulement elles sont les laissées-pour-compte d'un système de valeurs et de lois qui protège des inégalités de condition, mais en plus qu'elles méritent d'être traitées comme des égales puisque ce sont elles qui mènent l'action. Du coup, il est possible de donner un sens à la complexité de l'intrigue* de la pièce. Cette longue pièce truffée d'actions principales et d'actions secondaires trouve sa résolution non pas grâce au seigneur, ni même grâce à son valet, mais uniquement par l'action de la Comtesse et de sa camériste, deux femmes dont l'une est roturière !

Le mérite personnel

Il s'agit probablement du grand thème (ou de la grande thèse) de la pièce. On le retrouve avec le plus d'évidence dans le monologue de Figaro.

«Parce que vous êtes un grand seigneur, vous vous croyez un grand génie !… Noblesse, fortune, un rang, des places, tout cela rend si fier ! Qu'avez-vous fait pour tant de biens ? Vous vous êtes donné la peine de naître, et rien de plus. Du reste, homme assez ordinaire ; tandis que moi, morbleu ! perdu dans la foule obscure, il m'a fallu déployer plus de science et de calculs, pour subsister seulement, qu'on n'en a mis depuis cent ans à gouverner toutes les Espagnes : et vous voulez jouter…»

Le personnage de Figaro est à cet égard tout à fait à l'opposé de celui du Comte. On peut donc mesurer l'importance symbolique de la vie de Figaro. Celui-ci n'apprend ses origines que très tardivement. De plus, il pratique une grande quantité de métiers. Il incarne en conséquence à la fois tous les roturiers et ce qu'ils ont de plus honteux. Malgré cet état, Figaro est celui qui paraît mériter le plus de reconnaissance. Faire triompher le talent et l'ingéniosité, bien que ce soit plutôt l'œuvre de la Comtesse et de Suzanne, sur l'autorité du Comte, c'est affirmer la prédominance du mérite. Cette idée trouve un écho particulier dans la recommandation que formule Marceline à Figaro dans la scène 16 de l'acte iii : «Ne regarde pas d'où tu viens, vois où tu vas : cela seul importe à chacun.» La pièce défend ainsi l'idée bourgeoise selon laquelle celui qui est ingénieux, celui qui peut «déployer […] science [et] calcul», doit pouvoir trouver sa juste place dans la société.

L'amour

La pièce tient de nombreux propos sur l'amour. Elle aurait d'ailleurs pu s'appeler «Les Mariages autour de Figaro» puisqu'il est question de mariages à venir (Figaro-

Suzanne et Bartholo-Marceline), d'un mariage qui aurait pu advenir (Figaro-Marceline) et d'un mariage qui se défait (le Comte-la Comtesse). Quoi qu'il en soit, elle montre à la fois l'amour au sens fort du terme et le désir le plus frivole et le plus sensuel.

L'amour est surtout incarné dans les personnages de Figaro et de Suzanne qui, malgré la jalousie de celui-ci, partagent le sentiment le plus pur qui soit dans la pièce. Certes, la Comtesse ressent un amour aussi pur pour le Comte, malgré son penchant pour Chérubin, mais elle ne peut le partager avec lui.

Le libertinage du Comte se répercute dans l'attitude de Chérubin. Il y a, dans ce personnage, une représentation originale et audacieuse de l'adolescence et de l'éveil des sens. Si Figaro, dans son monologue, se pose la question de l'origine de ses motivations et de ses caractères lorsqu'il se demande «quel est ce moi dont je m'occupe», le jeune page, lui, se contente de vivre des pulsions qui l'ont transformé sans se poser de questions.

La représentation de l'amour est évidemment marquée par l'importance de la jalousie, omniprésente tout au long de la pièce, que ce soit dans le personnage du Comte, de Figaro, de Marceline et de Suzanne jusqu'au coup de théâtre de l'ACTE III. De tous les personnages qui pourraient la ressentir, seule la Comtesse semble y échapper. La jalousie du Comte est évidemment la plus importante. Elle pourrait être un bon signe pour la Comtesse si elle était le fruit d'une certaine tendresse, mais au contraire elle est issue de l'orgueil du Comte, comme le mentionne la Comtesse elle-même à la première scène du deuxième acte. De plus, il y a lieu de croire que Beaumarchais a voulu accorder une importance prépondérante à la jalousie puisque même Figaro, après avoir affirmé qu'il ne serait jamais jaloux, succombe bête-ment à ce sentiment, bien que ce soit parce qu'il est blessé et non pas par orgueil comme son maître.

La leçon la plus importante de la pièce concernant l'amour demeure néanmoins la fragilité de l'amour devant la satiété et l'ennui. En cela, Beaumarchais préfigure de nombreux romans du XIXe siècle. À la première scène du deuxième acte, la Comtesse dit à Suzanne au sujet du Comte : «je l'ai trop aimé ! je l'ai lassé de mes tendresses et fatigué de mon amour ; voilà mon seul tort avec lui». Cette opinion lui est cruellement confirmée à la septième scène du dernier acte, lorsque le Comte lui confie, en croyant s'adresser à Suzanne, que ce qu'il aurait aimé trouver en elle, c'est : «moins d'uniformité peut-être, plus de piquant dans les manières, un je ne sais quoi qui fait le charme ; quelquefois un refus, que sais-je ? Nos femmes croient tout accomplir en nous aimant ; cela dit une fois, elles nous aiment, nous aiment (quand elles nous aiment) et sont si complaisantes et si constamment obligeantes, et toujours, et sans relâche, qu'on est tout surpris, un beau soir, de trouver la satiété où l'on recherchait le bonheur.»

On remarquera d'ailleurs que si la flamme semble se rallumer chez lui à la fin de la pièce, c'est peut-être parce que son épouse a réussi à se jouer de lui et donc à mettre un peu de ce «piquant» dont il se dit en manque.

LA LANGUE

Dans *Le Mariage de Figaro*, la langue est vivante, pleine de rebondissements et de surprises. Étant donné le propos de la pièce, on ne s'étonne guère que Beaumarchais ait une écriture variée. On retrouve ainsi différents registres de langage qui se côtoient. En effet, les tirades* de Marceline dans la SCÈNE 16 de l'ACTE III sont écrites dans un style presque emphatique «Hommes plus qu'ingrats, qui flétrissez par le mépris les jouets de vos passions, vos victimes !», alors que le langage des paysans trouve également sa place dans la pièce, ainsi que les mots familiers comme «me crottant».

Beaumarchais travaille particulièrement les enchaînements de répliques qui donnent vie à la pièce. Il s'amuse en particulier à en créer qui s'appuient sur la sonorité ou la rime :

Par exemple,

BARTHOLO : Comme un voleur.

MARCELINE : Comme un seigneur.

(ACTE I, SCÈNE 4, lignes 199 et 200)

ou encore,

BAZILE : Tandis qu'il n'est pas un chanteur que mon talent n'ait fait briller.

FIGARO : Brailler.

(ACTE IV, SCÈNE 10, lignes 2725 à 2727)

Par ailleurs, Beaumarchais s'amuse à se moquer des proverbes et des formules toutes faites. L'exemple le plus percutant est sans doute ce travestissement du proverbe connu, «Tant va la cruche à l'eau qu'à la fin elle se casse», qui devient «Tant va la cruche à l'eau qu'à la fin… Elle s'emplit.» (ACTE I, SCÈNE 11, lignes 687 à 689) Le sous-entendu grivois donne ici à la transformation tout son piquant, mais aussi sa pertinence. Il en va de même avec le langage pédant des juristes qui est ridiculisé dans la scène où l'on se demande ce que dit le contrat entre Figaro et Marceline. Bartholo déclare alors : «Je soutiens, moi, que c'est la conjonction copulative ET qui lie les membres corrélatifs de la phrase» (ACTE III, SCÈNE 15, lignes 2052 à 2054). Dans ce passage, le caractère grivois est perceptible par l'entremise des termes «copulative», «lie» et «membres».

Les duels verbaux sont plus caractéristiques de son style. On assiste à un de ces duels lorsque Marceline et Suzanne se rencontrent à la SCÈNE 5 de l'ACTE I. Le plus bel exemple demeure cependant la rencontre de Figaro et du Comte à l'ACTE III, SCÈNE 5 où chacun des deux personnages tente de deviner ce que l'autre connaît de la situation.

LE SENS DE L'ŒUVRE

Les théoriciens de la littérature se sont longtemps demandé s'il fallait considérer cette œuvre de Beaumarchais comme une pièce révolutionnaire, c'est-à-dire une pièce qui se voulait une incitation à la révolution. Aujourd'hui, on considère d'emblée qu'il est délicat d'affirmer une telle chose : ne serait-ce que parce qu'un mouvement comme une révolution était inconcevable pour Beaumarchais au moment où il a écrit cette œuvre. On affirmera plutôt que la pièce capte l'esprit des années qui précèdent la Révolution française. Elle reflète la volonté de la bourgeoisie de l'époque qui désire voir d'importantes réformes transformer la France en la débarrassant d'un système de représentations et de lois qui cautionnent les inégalités et les privilèges.

Le génie de Beaumarchais consiste, entre autres, à mettre en scène un personnage «officiel» pour montrer comment il abuse du système de représentations et de lois qui l'avantage, tout en lui donnant une individualité qui est aussi le reflet de la décadence de son ordre social. En effet, la pièce cible le comportement d'un noble bien enraciné dans la tradition de la noblesse française avec ses activités et ses symboles : le château, le régiment, la chasse, l'ambassade, le droit de justice et ses autres fonctions. De plus, elle met en évidence le changement qui s'est opéré en lui : le jeune Lindor exalté du *Barbier de Séville* est devenu un comte faible, jaloux et orgueilleux, c'est-à-dire l'opposé de ce qu'un noble doit être.

Cependant, le discours de l'auteur ne porte pas uniquement sur la noblesse. Le peuple — et c'est là une des qualités singulières de la pièce — occupe une place importante dans le cœur de l'action. L'œuvre, comme son personnage principal, est optimiste. Le triomphe final de Figaro, de Suzanne et de la Comtesse est une apologie de l'action au mépris de l'autorité séculaire du Comte. Cette action contient une

Beaumarchais fouetté à Saint-Lazarre.

autre caractéristique de toute importance : elle est possible grâce à l'alliance des victimes. Au moment où la pièce est créée, cette alliance, qui prend d'ailleurs le peuple à témoin, dit à la noblesse qu'il y a des forces et des moyens de changement possibles. Elle dit que ce qui est établi ne peut résister à la volonté de ceux qui sont laborieux et nombreux.

LES JUGEMENTS SUR L'ŒUVRE

«Le bruit de votre nom et de vos succès a retenti jusqu'aux Halles et au port Saint-Nicolas. Il n'y a pas un gagne-denier ni une blanchisseuse un peu renforcée qui n'ait vu au moins une fois *Le Mariage de Figaro*, et qui n'en ait retenu quelques traits facétieux qui égayent à chaque instant leurs conversations. Vous leur avez appris à rajeunir ingénieusement des proverbes qu'ils commençaient à trouver usés. *Tant va la cruche à l'eau qu'enfin elle s'emplit*, se répète dix fois de suite dans leur joyeux propos, et dix fois de suite excite des éclats de rire sans fin.»

Suard, *Correspondance littéraire, philosophique et critique*,
mars 1785.

«Les grands seigneurs, ce me semble, ont manqué de tact et de mesure en allant l'applaudir ; ils se sont donné un soufflet sur leur propre joue ; ils ont ri à leurs dépens et, ce qui est pis encore, ils ont fait rire les autres. Ils s'en repentiront plus tard.»

La baronne d'Oberkirch, *Mémoires*, 1789.

«Figaro a tué la noblesse.»

Danton.

«Sous mon règne, un tel homme eût été enfermé à
Bicêtre. On eût crié à l'arbitraire, mais quel service
c'eût été rendre à la société !... *Le Mariage de Figaro*,
c'est déjà la révolution en action.»

Napoléon.

«Les audaces du *Mariage de Figaro*, j'ai vu qu'elles
étaient un peu partout dans Pascal, La Bruyère, Montesquieu, Marivaux, Voltaire, Diderot, Rousseau, etc.
Beaumarchais a eu l'esprit de les ramasser, et de leur
donner une forme particulièrement incisive et agres-
sive, et de les avoir au bon moment.»

Lemaître, *Impressions de théâtre*, 1888.

«Aux grands événements, pour les expliquer il faut des
causes aussi générales qu'eux-mêmes [...]. *Le Mariage
de Figaro* a peut-être *précipité* la Révolution, il ne l'a
pas *causée* [...] ; c'est un symptôme avant-coureur de
l'explosion finale. Mais je ne crois pas qu'on doive aller
plus loin, et pour glorifier Beaumarchais faire tort, en
quelque sorte, à la Révolution de ce qu'elle avait, avant
1784, de nécessaire et d'inévitable. Il ne faut pas non
plus faire tort à Voltaire et à Rousseau, à Diderot et à
Montesquieu, de ce qu'ils avaient fait eux-mêmes, qui
a préparé Beaumarchais, et, si je puis dire, rendu *Le
Mariage de Figaro* possible.»

Brunetière, *Conférence à l'Odéon*, 1892.

«Ce qui nous remplit aujourd'hui d'admiration, c'est la
précision du cliquetis des répliques, la concision des
mots, la nécessité des respirations, la densité des arti-
culations, mais surtout la liberté qui plane sur toutes

ces rigueurs ; [...] *La Folle Journée* (ou *Le Mariage de Figaro*) ne nous apparaît donc pas comme une œuvre de revendication, mais comme une Fête de l'Émancipation. L'Homme y célèbre sa majorité et l'art y retrouve ce qui le définit essentiellement : la liberté. »

Barrault, 1965.

« Le monologue existentiel exprime un certain blocage moral et esthétique. Le monde n'est plus dominé par un *sens*. Le monde n'est plus ouvert à l'action. En conséquence, les formes littéraires, notamment théâtrales, qui disaient l'existence de ce sens [...] se trouvent bouleversées de l'intérieur [...]. « Tempête sous un crâne », le monologue existentiel est déjà un monologue romanesque qui s'inscrit dans une durée incontrôlable, hémorragique [...]. Par là, il relève d'un certain tragique, mais d'un tragique moderne [...] c'est tout un certain théâtre, c'est toute une forme-sens qui se trouvent mis en cause. Bien plus que dans ses contenus revendicatifs implicites [...], le monologue de Figaro revendique, dans sa forme même, le droit de dire autrement et donc de constituer de nouveaux sujets [...]. Le héros moderne est bien là, témoin, porte-parole de toute cette conscience à la recherche de son langage. Y compris le langage du suicide : Figaro a pensé se suicider, comme un héros romantique ; et il a posé la question, comme Hamlet [...]. Depuis quand un valet de comédie songeait-il à se suicider ? »

Barbéris, *Beaumarchais. Le Mariage de Figaro*, 1985.

Beaumarchais.

PLONGÉE

DANS
L'ŒUVRE

Questions sur l'œuvre

ACTE I

Acte i, scène 1

Compréhension

1. Qu'apprend-on de la situation dans laquelle se trouvent Suzanne et Figaro ? Quels sont les objectifs et les enjeux exposés ?
2. Quels sont les thèmes annoncés dès la première scène ?
3. Commentez l'intérêt de la présence ou de l'absence des objets mentionnés dans les répliques ou les didascalies*.
4. Comment interprète-t-on le titre complet de la pièce après avoir lu la première scène ?
5. À quelle règle des unités le titre complet de la pièce renvoie-t-il ?

Personnages

6. Qu'apprend-on des deux personnages sur scène en ce qui a trait à leur psychologie ?
7. Qu'apprend-on des trois personnages mentionnés qui ne se trouvent pas sur la scène ?

Écriture

8. Relevez la présence des figures que sont l'ironie, la litote et l'antiphrase dans les répliques de Suzanne. Que nous indiquent-elles au sujet de la cameriste ?
9. Montrez que ces figures, en étant présentes au début de la pièce, lui imposent un ton et créent une attente auprès des spectateurs.
10. Pourquoi Figaro vouvoie-t-il Suzanne subitement à la ligne 95 ?

Acte i, scène 2

Compréhension

1. Qu'apprend-on de la situation de Figaro ?
2. Que nous révèle cette situation de l'inégalité sociale au cours de l'Ancien Régime ?

Personnages

3. Que devons-nous retenir du caractère de Figaro dans cette scène ?
4. Comment doit-on interpréter son allure et ses gestes au début de la scène ?

Écriture

5. Comment se structure ce monologue ? À qui Figaro s'adresse-t-il ?

6. Relevez les traits comiques et moqueurs dans son discours.

ACTE I, SCÈNE 3

Compréhension

1. Quel effet pourrait naître de l'attitude de Figaro ?

Personnages

2. Pourquoi peut-on affirmer que Figaro se montre particulièrement volage dans cette scène ?

3. Comment fait-il pour montrer qu'il maîtrise bien la situation et qu'il devine les stratégies des autres ?

Écriture

4. Montrez que les provocations de Figaro se structurent en fonction de sa réplique qui débute à la ligne 123.

ACTE I, SCÈNE 4

Compréhension

1. Peut-on parler de l'exposition d'une seconde intrigue* avec de nouveaux objectifs ?

2. Qu'apprend-on de la situation passée de Marceline et de Bartholo ?

3. Pourquoi Bartholo accepte-t-il d'aider une femme qui l'importune ?

4. Selon Marceline, qu'y a-t-il de plus important pour une femme ?

Personnages

5. Montrez que Marceline est particulièrement juste lorsqu'elle dit du Comte qu'il est «jaloux et libertin».

6. Qu'apprend-on du personnage de Bartholo ?

7. Que retient-on de Marceline après cette scène ? Comment apparaît-elle ?

Écriture

8. Montrez que Figaro, bien qu'absent, est omniprésent dans cette scène. Comment en parle-t-on ?

9. Montrez que l'entente et l'opposition de Marceline et de Bartholo créent un effet comique.

10. Montrez que les répliques de Marceline s'enchaînent à quelques reprises.

11. Lorsque Bartholo dit : «Comme un voleur» (l. 199), Marceline répond : «Comme un seigneur» (l. 200). Quel est l'effet voulu par Beaumarchais ? Peut-on y voir un clin d'œil de la part de l'auteur ?

ACTE I, SCÈNES 5 ET 6

Compréhension

1. Relevez les insinuations de Marceline.

2. Ces insinuations sont-elles fondées pour le spectateur ou le lecteur ?

3. Relevez les traits d'ironie de Suzanne.

4. Que révèle la dernière phrase prononcée par Suzanne à la SCÈNE 6 sur son état d'esprit ? Dit-elle la vérité dans cette scène ?

Personnages

5. Comment est représenté le personnage de Marceline dans cette scène ? Quel trait de son caractère cela fait-il ressortir ?

6. Laquelle des deux femmes attire la sympathie du spectateur ou du lecteur ?

7. Dans la SCÈNE 4, Marceline affirme toute l'importance pour une femme de conserver une bonne réputation. Peut-on affirmer que Suzanne est vraiment soucieuse de sa réputation ? Quelle réplique peut justifier la réponse ?

Écriture

8. Sur quel ton sont faits les gestes de révérence maintes fois répétés lors de la scène ?

9. Quel mot souvent employé par les femmes crée un effet comique par sa répétition ?

ACTE I, SCÈNE 7

Compréhension

1. Pourquoi le Comte est-il en colère lorsqu'il surprend Chérubin chez Fanchette ?

2. Pourquoi Suzanne rit-elle à la mention du nom de Marceline ?

3. Montrez que Suzanne dirige le dialogue tout au long de la scène.
4. Expliquez la fausse interprétation que fait Suzanne de la réaction de Chérubin à la fin de la scène.

Personnages

5. Quel type de personnage Chérubin représente-t-il ? Pourquoi se nomme-t-il ainsi ?
6. Comment Suzanne le nomme-t-elle tout au long de la scène ? Que révèlent ces noms ?

Écriture

7. Quel effet naît de la première réplique de Chérubin dans cette scène ?
8. Dans la réplique de Chérubin qui débute à la ligne 333, comment Beaumarchais s'y prend-il pour montrer deux aspects fondamentaux du caractère de ce personnage ?

ACTE I, SCÈNE 8

Compréhension

1. En quoi la réaction du Comte au début de la scène est-elle comique ?
2. Pourquoi le Comte serait-il particulièrement en colère s'il voyait Chérubin ?
3. Comment expliquer que les personnages réagissent à la voix de Bazile ?
4. Pourquoi le Comte ne sort-il pas de la pièce et pourquoi Suzanne refuse-t-elle de le faire ?

Personnages

5. Comparez l'attitude de Suzanne dans cette scène à celle de la scène précédente.
6. Montrez que Chérubin et le Comte ont à la fois plusieurs traits en commun et plusieurs traits qui les distinguent.
7. Suzanne montre que le Comte a changé depuis l'époque du *Barbier de Séville*. Pourquoi ce changement est-il une provocation de la part de Beaumarchais ?

Écriture

8. Relevez les endroits où un personnage coupe la parole à l'autre et expliquez comment cela permet à la scène de progresser.

9. Montrez que les deux dernières scènes ont une structure similaire.

ACTE I, SCÈNE 9

Compréhension

1. Opposez les événements tels que les conçoit le Comte à ce qu'ils sont vraiment.

2. Que veut insinuer Chérubin lorsqu'il dit : «[…] j'ai fait ce que j'ai pu pour ne rien entendre» (l. 514-515) ?

Personnages

3. Bazile sert-il bien son maître ?

4. Quelles sont les pensées du Comte pendant qu'il est caché ?

5. Pourquoi Chérubin devient-il important après cette scène ?

6. Que penser de Bazile après cette scène ? Comment apparaît-il ?

Écriture

7. Établissez des liens entre la structure de la SCÈNE 9 et celles des deux scènes précédentes.

8. En vous inspirant des trois dernières scènes, dites ce qui est subversif dans le style de Beaumarchais et dans les scènes qu'il représente.

ACTE I, SCÈNES 10 ET 11, voir «Extrait 1» (p. 262)

ACTE II

ACTE II, SCÈNE 1

Compréhension

1. Pourquoi Suzanne révèle-t-elle la situation à la Comtesse ?

2. Quelle est l'importance de la fenêtre dans la mise en scène ?

3. Pourquoi la Comtesse cesse-t-elle de rêver de Chérubin ?

4. Qu'est-ce qui oppose Chérubin et le Comte dans cette scène ?

5. Le deuxième acte se déroule dans la «chambre à coucher superbe» de la Comtesse alors que le premier acte se déroulait dans la «chambre à demi-démeublée» de Suzanne. Quel est l'effet de ce contraste ? Que veut montrer Beaumarchais ?

Personnages

6. Pourquoi peut-on affirmer que les états d'âme de la Comtesse sont contradictoires dans cette scène ?

7. Quelle est l'évolution des sentiments du Comte et de la Comtesse depuis leur mariage ?

8. La Comtesse affirme que le Comte est jaloux «par orgueil» (l. 726). Comparez cette remarque à celle formulée par Bartholo dans la quatrième scène du premier acte alors que celui-ci dit du Comte qu'il est «libertin par ennui, jaloux par vanité» (l. 161). Que peut-on comprendre de la nature des sentiments du Comte par ces deux citations ?

Écriture

9. Pourquoi Beaumarchais fait-il narrer des événements que le spectateur a déjà vus ? Qu'est-ce que cette narration permet de comprendre ?

10. Quelle critique sociale se cache sous les paroles de Suzanne dans sa deuxième réplique de cette scène ?

ACTE II, SCÈNES 2 ET 3

Compréhension

1. Quelle est la tactique de Figaro ?

2. Quels sont les deux obstacles qui s'opposent au mariage de Figaro et de Suzanne ?

3. Dans la dernière réplique de la troisième scène, la Comtesse vouvoie soudainement Suzanne. Pourquoi ?

Personnages

4. Montrez comment tout le pouvoir du Comte apparaît dans cette scène.

5. Quel élément de cette scène doit plaire à la Comtesse ?

6. À qui compare-t-on Figaro ? Pourquoi ?

7. Quel changement remarque-t-on chez la Comtesse à la SCÈNE 3 par rapport à la SCÈNE 1 ?

Écriture

8. Quelle critique sociale Beaumarchais fait-il en montrant le pouvoir du Comte ?

9. Quelle réplique de Figaro est particulièrement percutante à l'endroit de la noblesse ?

10. Qui prend les initiatives dans cette scène ? En quoi cela est-il étonnant ?

11. Que peut-on dire en général du ton de Figaro dans cette scène ?

ACTE II, SCÈNES 4 À 9

Compréhension

1. Que veut dire Suzanne par cette réplique de la SCÈNE 4 : «Je dirai tout, vaurien !» (l. 851) ?

2. Pourquoi les personnages précipitent-ils les actions à la SCÈNE 5 ?

3. Dans la SCÈNE 5, quel détail est important pour le déroulement de la pièce ?

4. À la SCÈNE 9, quel geste et quelle réplique trahissent les sentiments de la Comtesse ?

5. Dans les SCÈNES 4 à 9, quelle intrigue* est la plus importante ? Peut-on parler d'une comédie dans la comédie ?

Personnages

6. Dans les SCÈNES 4 à 9, les sentiments de la Comtesse sont-ils contradictoires ?

7. Qu'apprend-on de Chérubin dans les SCÈNES 4 à 9 ?

Écriture

8. Quel est le ton de la Comtesse lorsqu'elle fait des reproches à Chérubin à la SCÈNE 9 ?

9. Chérubin et la Comtesse ne peuvent parler de leurs sentiments. Comment Beaumarchais s'y prend-il pour les insinuer ?

ACTE II, SCÈNES 10 À 12

Compréhension

1. Quel événement rapporté précédemment la SCÈNE 10 rappelle-t-elle ?

2. Montrez que la Comtesse se contredit à quelques reprises au cours de la SCÈNE 12.

3. Comment la Comtesse s'y prend-elle finalement pour tenter de détourner la curiosité du Comte (SCÈNE 12) ?

Personnages

4. Comment le Comte réagit-il aux accusations de la Comtesse ? Qu'est-ce que cela nous révèle de sa psychologie ?

Écriture

5. Comment interpréter la présence d'un grand nombre de points d'exclamation et d'interrogation dans les répliques du Comte ?

ACTE II, SCÈNES 13 À 19

Compréhension

1. Pourquoi le Comte revient-il plus vite que prévu à la SCÈNE 13 ?
2. Relevez les allusions de la Comtesse à l'égard des infidélités de son mari.
3. Relevez les changements de situation à partir de la SCÈNE 10 jusqu'à la SCÈNE 19.
4. Dans la SCÈNE 16, le Comte dit à la Comtesse : «Tu es bien audacieuse d'oser me parler pour un autre !» (l. 1205-1206). Pourquoi ce tutoiement soudain ?
5. Dans la SCÈNE 19, quelle description le Comte fait-il des femmes ? Que retient-il surtout d'elles ?

Personnages

6. Distinguez les répliques de la Comtesse où elle ment de celles où elle exprime ses véritables sentiments.
7. Lorsque la Comtesse supplie le Comte (l. 1208-1209), elle dit : «[…] au nom de votre amour», alors que le Comte suppliant la Comtesse (l. 1270) lui dit : «Par pitié !» Que révèlent ces deux expressions des sentiments des deux personnages ?
8. Lequel des personnages joue le mieux la comédie ?
9. Analysez le changement d'attitude de la Comtesse à la SCÈNE 19.
10. Analysez le rôle de Suzanne dans la SCÈNE 19.
11. Pourquoi peut-on affirmer que Chérubin évoque les personnages du Moyen Âge dans le deuxième acte ?

Écriture

12. Comment Beaumarchais s'y prend-il pour représenter la condition des femmes de son époque ?
13. À la SCÈNE 19, pourquoi Beaumarchais parle-t-il du couvent des Ursulines bien que sa pièce se déroule en Espagne ?

ACTE II, SCÈNES 20 ET 21

Compréhension

1. Pourquoi Antonio accuse-t-il d'emblée Chérubin même s'il n'a pas bien identifié celui qui est passé par la fenêtre ?
2. Qui mène(nt) l'intrigue* dans ces deux scènes ?
3. En quoi Figaro sort-il perdant de cette scène ?

Personnages

4. Pourquoi Figaro hésite-t-il à répondre même lorsqu'il sait ses réponses convaincantes ?
5. Peut-on affirmer que l'arrivée d'Antonio est plus surprenante que celles du Comte, de Figaro et de Marceline (à venir dans la SCÈNE 22) ? Pourquoi ?
6. Quelle est la différence entre l'habileté de Suzanne, telle qu'on l'a vue à la SCÈNE 17, et celle de Figaro à la SCÈNE 21 ?
7. Les stratégies de Figaro ont-elles réussi ?
8. Qu'est-ce qui fait d'Antonio un personnage comique ?

Écriture

9. Expliquez le jeu de mots à la SCÈNE 20 (l. 1405), lorsque Antonio dit que sa réputation est «effleurée».
10. Quel est l'apport du personnage d'Antonio en ce qui a trait au ton de la pièce ? à la représentation du peuple ? aux emprunts de Beaumarchais à la tradition théâtrale ?

ACTE II, SCÈNES 22 À 26

Compréhension

1. Pourquoi Bazile est-il mal accueilli par le Comte ?
2. La tactique de Figaro a-t-elle une chance de produire l'effet désiré ? Nuancez.
3. Dans la dernière réplique de l'acte, que semble oublier Suzanne ?

Personnages

4. Quelle importance prend la Comtesse à la fin de l'acte ?
5. Peut-on affirmer que le Comte demeure le personnage le plus puissant de la pièce ?
6. En quoi Bazile, Antonio et Gripe-Soleil diffèrent-ils des autres personnages ? Quel type de comique permettent-ils de mettre en place ?

Écriture

7. À la scène 22, comme à la fin de l'acte i, plusieurs personnages issus du peuple font leur apparition. Pourquoi ? Cela est-il vraisemblable ?

ACTE III, scènes 1 à 4

Compréhension

1. Pourquoi le Comte envoie-t-il Pédrille en mission ?
2. Quelle est l'utilité du monologue de la scène 4 ? Pourquoi est-il placé à cet endroit dans le texte ?
3. Relevez les événements rappelés par Almaviva.
4. Distinguez ce que sait le Comte de ce que sait le spectateur ou le lecteur.
5. Où peut-on voir le mépris du Comte pour ses gens ?

Personnages

6. Distinguez les principes moraux du Comte selon qu'il s'agisse de lui, de la Comtesse ou de ses gens.
7. Comment peut-on définir les sentiments du Comte pour Suzanne ?

Écriture

8. Comment peut-on interpréter le passage du tutoiement au vouvoiement dans la scène 3 ?
9. Quel est l'effet produit par la brièveté des répliques dans la scène 3 ?

ACTE III, scène 5

Compréhension

1. Quelle réplique de Figaro marque la différence des situations entre le Comte et ses gens ?
2. Relevez les répliques où Figaro feint de ne pas comprendre ce que le Comte lui dit.
3. Que dit Figaro de la politique ? Quel argument lui oppose le Comte ?
4. Quelle réplique de Figaro montre qu'il ne croit pas à l'impartialité de la justice ?

5. Montrez que, dans le dialogue du Comte et de Figaro, les mots cachent le véritable enjeu de la conversation.

Personnages

6. Qui semble gagner le duel entre Figaro et le Comte avant que celui-ci parle de Londres ? Et après la tirade* où il est question de Londres ? Et à la fin de la scène ?
7. Quelles sont les pensées de chaque personnage à la fin de la scène ?

Écriture

8. Qu'est-ce qui contribue à l'effet comique de la tirade* de Figaro ?
9. Où se situe le pivot de la SCÈNE 5 ?
10. Relevez les apartés* et montrez leur fonction.

ACTE III, SCÈNES 6 À 11

Compréhension

1. Qui Suzanne sert-elle d'abord dans la SCÈNE 9 ?
2. Relevez l'ironie que constitue la SCÈNE 9 située dans une salle d'audience.
3. Dans quelle réplique Suzanne s'en prend-elle aux femmes nobles ?
4. À quel moment le Comte tutoie-t-il Suzanne ? Pourquoi ?

Personnages

5. Que nous révèle la SCÈNE 9 de la personnalité de Suzanne ?
6. Quels moyens et stratégies Suzanne emploie-t-elle pour tromper le Comte dans la SCÈNE 9 ?
7. Distinguez Suzanne telle qu'on la voit à la SCÈNE 9 de Figaro tel qu'on le voit à la SCÈNE 5. Qui obtient véritablement ce qu'il veut ?
8. Qui du Comte ou de Figaro prend le plus de précautions ?
9. Montrez que la précaution du Comte modifie le déroulement de la pièce.

Écriture

10. Quel est le ton emprunté par Figaro dans la SCÈNE 7 ?
11. Comment se structure sa description de la salle d'audience ?
12. Comment en vient-il à suggérer les inégalités de condition entre ceux qui assisteront à l'audience ?

ACTE III, SCÈNES 12 À 15

Compréhension

1. Relevez les traits satiriques dans les SCÈNES 12 à 14.
2. Dans la SCÈNE 15, que dénonce Beaumarchais à travers la première sentence du Comte ?
3. Quel est le principal reproche de Figaro à l'endroit des avocats ?
4. La querelle au sujet de la conjonction de coordination présente dans la promesse permet de dénoncer un défaut des procès. Lequel ?
5. Expliquez l'allusion grivoise de Bartholo aux lignes 2052 à 2054.
6. Comment Beaumarchais s'y prend-il pour ridiculiser les médecins ?
7. Que viennent souligner les interventions d'Antonio ?
8. «Si le ciel l'eût voulu, je serais le fils d'un prince» (l. 2000). Que dénonce Figaro en prononçant ces mots ? Que veut-il insinuer ?
9. Qu'insinue Figaro au début de la treizième scène lorsqu'il s'adresse à Brid'oison qui a l'impression de le connaître ?
10. Quel est le principal reproche de Figaro à l'endroit des tribunaux dans la SCÈNE 13 ?
11. Outre la réponse de Figaro, qu'est-ce qui contribue au comique de la situation ?

Personnages

12. À la SCÈNE 14, que dit essentiellement Brid'oison qui puisse se rapporter à lui-même ?
13. Quel personnage incarne à lui seul le ridicule de la justice dans la SCÈNE 15 ?
14. Comment est représenté le Comte dans ces scènes ?
15. Pourquoi Beaumarchais a-t-il voulu que Figaro se défende lui-même ?
16. La SCÈNE 15 souligne l'injustice du système judiciaire. Pour l'illustrer, Beaumarchais a placé certains personnages importants ayant des intérêts personnels à défendre dans la scène et d'autres clairement incompétents. Identifiez-les.
17. Expliquez le nom de Double-Main.

Écriture

18. Montrez que la SCÈNE 15 est caricaturale et bouffonne.

19. Les SCÈNES 12 à 15 sont-elles essentielles à l'action de la pièce ? Que permettent-elles de représenter ?

ACTE III, SCÈNES 16 ET 17, voir «Extrait 2» (p. 263-264)

ACTE III, SCÈNES 18 À 20

Compréhension

1. Expliquez la deuxième réplique de Suzanne dans la SCÈNE 18 (l. 2260).

2. Qu'y a-t-il de comique dans la réaction d'Antonio qui refuse de donner la main de Suzanne à Figaro ?

Personnages

3. Comment la Comtesse assure-t-elle sa présence même si elle ne se trouve pas à la salle d'audience ?

4. Comment Marceline se représente-t-elle maintenant son attachement pour Figaro ?

5. Quelles grandes transformations marquent l'évolution du personnage de Marceline jusqu'ici dans la pièce ?

6. Peut-on affirmer que Marceline est triomphante, qu'elle a obtenu ce qu'elle désirait ?

Écriture

7. Comment Beaumarchais s'y prend-il pour maintenir le suspense dans la SCÈNE 19 ?

8. Comment expliquer que Beaumarchais termine l'acte avec une réplique comique alors que la scène qui précède est en apparence émotive ?

9. Peut-on affirmer que Beaumarchais respecte l'unité de genre* dans les dernières scènes de l'acte ?

ACTE IV

ACTE IV, SCÈNES 1 ET 2

Compréhension

1. Que nous indique le décor ?

2. Que veut signifier Suzanne dans sa deuxième réplique du quatrième acte ?

3. Quels plans de Figaro ne se sont pas réalisés ?
4. Comparez la première scène du quatrième acte à la première scène du premier acte.

Personnages

5. Comment est représentée Suzanne dans cette scène ? Comparez-la à ce qu'elle montre dans la SCÈNE 9 de l'ACTE III.
6. Quel regard porte Suzanne sur Figaro ? Qu'aime-t-elle en lui ?
7. Peut-on dire que Suzanne et Figaro sont complémentaires ?

Écriture

8. Quelle est l'utilité de la première réplique de Figaro dans le quatrième acte ? Fait-elle avancer l'action ?

ACTE IV, SCÈNES 3 À 5

Compréhension

1. Pourquoi la Comtesse insiste-t-elle pour qu'ait lieu le rendez-vous ?
2. Dans la SCÈNE 3, quelles sont l'importance et la valeur symbolique de l'épingle et du ruban ?
3. Montrez que les personnages suivants se sont trouvés dans l'embarras dans la SCÈNE 5 : la Comtesse, Chérubin et le Comte.
4. Comparez la confrontation de la SCÈNE 3 entre la Comtesse et Suzanne à celle qui met face à face le Comte et Figaro dans la SCÈNE 5 du troisième acte. Quelle est la différence essentielle entre ces deux scènes ?

Personnages

5. Que nous révèle la SCÈNE 3 des sentiments de la Comtesse à l'égard de Chérubin ?
6. Lorsque la Comtesse voit Fanchette, lui remet-elle le ruban ?
7. Dans la SCÈNE 5, comment apparaît la différence fondamentale entre le Comte et la Comtesse ? Quelle réplique de la Comtesse la résume ?
8. Qu'est-ce qui distingue Fanchette de l'ensemble des personnages de la pièce ?

Écriture

9. Dans ses deux premières répliques de la SCÈNE 3, pourquoi la Comtesse change-t-elle de pronom en s'adressant à Suzanne ?

10. Relevez les traits comiques de la dernière réplique d'Antonio dans la cinquième scène.

Acte IV, scènes 6 à 8

Compréhension

1. Montrez que la stratégie de Figaro consiste à ne pas répondre.
2. Dans la scène 7, pourquoi le Comte n'est-il pas plus dur à l'endroit de Chérubin ?
3. Montrez que les personnages suivants se sont trouvés dans l'embarras dans les scènes 4 à 6 : la Comtesse, le Comte et Figaro.

Personnages

4. Quelle est l'utilité des jeunes filles dans la scène 6 ?
5. «Jouons-nous une comédie ?» (l. 2579) Montrez que cette réplique peut être entendue de deux façons. Que révèle-t-elle du personnage du Comte ?

Écriture

6. Pourquoi le Comte parle-t-il de «La noce» (l. 2602) au singulier alors que la Comtesse vient d'indiquer la venue des «deux noces» (l. 2600) ?

Acte IV, scène 9

Compréhension

1. Opposez les femmes aux hommes dans cette scène. Que nous dit-elle de leurs différences ?
2. Pourquoi la Comtesse demande-t-elle de se retirer ? Que croit le Comte ?
3. Qu'a en commun cette scène avec les scènes 22 et 23 du deuxième acte ?

Personnages

4. Dans cette scène, qui du Comte, de la Comtesse, de Figaro et de Suzanne en sait le plus ?
5. Que dire de Figaro dans cette scène ? Comment le perçoit le spectateur ou le lecteur ainsi que Suzanne et la Comtesse ?
6. Comment est représenté le Comte dans cette scène ?

Écriture

7. Pourquoi Suzanne remet-elle le billet à ce moment précis ? Quel effet en tire Beaumarchais ?

8. Expliquez le trait d'esprit de Figaro dans sa dernière réplique de la scène.

ACTE IV, SCÈNE 10

Compréhension

1. Que peut-on penser du vaudeville chanté par Bazile au début de la scène ?

2. Quelle invraisemblance apparaît dans cette scène ?

3. Quelles explications peuvent être données pour expliquer cette invraisemblance ?

Personnages

4. Comparez la représentation de Figaro dans la scène précédente à celle de la scène présente.

Écriture

5. Cette scène n'est pas nécessaire au dénouement de l'intrigue*. Pourquoi Beaumarchais l'a-t-elle incluse ?

6. Distinguez les répliques de Figaro qui lui sont inspirées par les propos de Bazile de celles qui lui sont inspirées par les sons ou le rythme des mots de ce dernier.

ACTE IV, SCÈNES 11 À 14

Compréhension

1. Pourquoi peut-on affirmer que la réplique de Brid'oison dans la SCÈNE 11 est particulièrement juste ?

2. Pour quelle raison le Comte s'oppose-t-il au feu d'artifice dans la SCÈNE 12 ?

3. Pourquoi l'apparition de Fanchette est-elle particulièrement percutante à ce moment dans la pièce ?

Personnages

4. Dans la SCÈNE 13, Figaro affirme que la jalousie «n'est qu'un sot enfant de l'orgueil, ou c'est la maladie d'un fou» (l. 2779-2780). À quel personnage de la pièce cette maxime semble-t-elle s'adresser ?

5. En quoi la réaction de Figaro est-elle comique et contradictoire ?
   Que révèle-t-elle du personnage ?

Écriture

6. Expliquez le comique de la dernière réplique de Fanchette
   dans la SCÈNE 14.

ACTE IV, SCÈNES 15 ET 16

Compréhension

1. Comment se termine le quatrième acte ? Quel thème de la
   pièce est présenté et comment est-il présenté ?
2. Quel est le rôle de l'épingle dans la pièce ?
3. Quelle attente crée la fin du quatrième acte chez le spectateur
   ou le lecteur ?
4. Quelle est l'utilité de l'écritoire dans l'ACTE IV ?

Personnages

5. Qui de Figaro ou de Marceline apparaît le plus sage ? Pourquoi ?

Écriture

6. Quelle comparaison utilise Marceline pour parler de la soi-
   disant assurance de Figaro ?

ACTE V

ACTE V, SCÈNES 1 ET 2

Compréhension

1. Relevez les indications dans le texte et les didascalies* qui
   insistent sur l'obscurité du lieu.
2. Pour qui Fanchette se trouve-t-elle à cet endroit ?
3. Peut-on dire que Figaro a écouté les conseils de sa mère ?

Personnages

4. Pourquoi est-ce Antonio qui fait remarquer que la lune
   devrait être levée et non un autre personnage ?
5. Comparez l'attitude de Figaro à celle des autres personnages
   de la SCÈNE 2 à l'égard de la noblesse.

Écriture

6. Sur quel ton Figaro parle-t-il ? En quoi contraste-t-il avec ce que l'on a vu de lui jusqu'ici ?

ACTE V, SCÈNE 3, voir «Extrait 3» (p. 265-267)

ACTE V, SCÈNES 4 À 6

Compréhension

1. La quatrième scène nous indique la position des personnages et, du coup, nous indique qui en connaît le plus sur ce qui se tramera dans les scènes à venir. Quels personnages comprennent le mieux la situation ? Lesquels en connaissent le moins ?

2. Comment faut-il entendre la conversation de la SCÈNE 5 entre Suzanne et la Comtesse ?

3. Pour quelle raison la révélation de Chérubin (l. 3081-3082) importe-t-elle Suzanne ?

4. Dès la sixième scène, les personnages des scènes à venir se trouvent sur les lieux. Pouvaient-ils se présenter dans un ordre différent ?

Personnages

5. Pour quelle raison peut-on affirmer que l'attitude du personnage de Chérubin est étonnante ? Dans quelle scène l'a-t-on vu agir ainsi ?

Écriture

6. Quelle est l'utilité de la méprise de Chérubin dans la sixième scène ?

7. Que nous indique l'imparfait de la réplique suivante prononcée par Figaro : «J'épousais une jolie mignonne !» (l. 3101-3102) ?

8. Quel élément de la situation permet au premier chef les effets comiques ?

ACTE V, SCÈNES 7 À 10, voir «Extrait 4» (p. 268-269)

ACTE V, SCÈNES 11 À 19

Compréhension

1. Expliquez le double sens des paroles de Figaro dans la SCÈNE 12.

2. Quelle institution sociale est attaquée dans la SCÈNE 12 ?

3. Montrez que ce que dit le Comte dans sa réplique de la SCÈNE 12 annonce sa déconfiture.

4. Pourquoi y a-t-il tant de personnages présents dans les dernières scènes ?

5. À la fin de la pièce, peut-on parler d'une situation équilibrée ?

Personnages

6. Quelle réplique de Figaro dans la SCÈNE 12 résume l'injustice du Comte ?

7. Quelle est l'utilité de la présence de Bazile dans les SCÈNES 12 à 17 ?

8. Comparez le pardon de Suzanne à celui de la Comtesse.

Écriture

9. Sur quoi repose le comique de la SCÈNE 11 ?

10. Dans la SCÈNE 14, pourquoi le Comte utilise-t-il une périphrase* — «l'infâme qui m'a déshonoré» (l. 3405) — pour nommer la Comtesse ?

11. Sur quel ton Figaro parle-t-il maintenant au Comte ? Pourquoi ?

12. Que se passe-t-il lorsque les personnages vont en chercher d'autres dans le pavillon ? Quel est le procédé comique utilisé par Beaumarchais ?

VAUDEVILLE

Compréhension

1. Quel thème de la pièce chaque couplet aborde-t-il ?

2. Quels couplets renferment les questions les plus essentielles de la pièce ?

3. Selon Figaro (septième couplet), qu'est-ce qui fait un grand homme ?

Extrait 1

Compréhension

1. Pourquoi Beaumarchais prend-il la peine de rappeler que la pièce se déroule en Espagne (l. 544) ?
2. Pourquoi le Comte demande-t-il de voir Marceline ?
3. Pourquoi le Comte renvoie-t-il Chérubin ?
4. Qu'insinue Chérubin aux lignes 589 à 591 ?
5. Quelle est la stratégie de Figaro dans la SCÈNE 10 ?
6. Sur quoi le Comte fonde-t-il un espoir pour empêcher le mariage ?
7. Quel effet crée la présence des gens du peuple dans la SCÈNE 10 ?
8. Relevez les allusions au théâtre dans la SCÈNE 11.

Personnages

9. Quels sont les intérêts des personnages dans la SCÈNE 10 ? Montrez que plusieurs ont avantage à se liguer contre le Comte.
10. Comment se manifeste l'ironie de Suzanne dans la SCÈNE 10 ?
11. Dans la SCÈNE 10, quelle image le Comte veut-il donner de lui ? Réussit-il ?

Écriture

12. Relevez les répliques dites sur un ton ironique.
13. Pourquoi le Comte emprunte-t-il un ton solennel ? Quel effet naît de l'emploi de ce ton ?
14. Expliquez l'emploi de l'imparfait par la Comtesse à la ligne 566.
15. Qu'est-ce qui caractérise stylistiquement la réplique de Figaro lorsqu'il s'adresse à Chérubin (l. 619-628) ?
16. Expliquez la signification du proverbe déformé par Bazile dans la SCÈNE 11 (l. 686-688).

SUJET D'ANALYSE LITTÉRAIRE

Montrez que cet extrait illustre le fait que *Le Mariage de Figaro* est en grande partie une comédie de tactiques où les apparences cachent la vérité.

Extrait 2

Compréhension

1. Expliquez la réplique de Marceline aux lignes 2192 à 2193, lorsqu'elle dit : «Oui, déplorable, et plus qu'on ne croit!»

2. Que dénonce Marceline, dans sa tirade*, de la situation économique des femmes? et de leur situation juridique?

3. Pourquoi est-il important que Suzanne n'arrive pas plus tôt, à la scène 17, pour le déroulement de l'action?

4. Quel grand principe de la Révolution française rappelle davantage la tirade* de Marceline?

5. Que doit-on penser du rapport entre la tirade* de Marceline et le lieu où se déroule l'action?

6. Quel passage de la tirade* de Marceline est le plus percutant? Pourquoi?

7. Expliquez comment la tirade* de Marceline est complétement opposée à celle de Figaro à la scène 5.

8. Lorsque Marceline dit : «Dans les rangs même plus élevés, les femmes n'obtiennent de vous qu'une considération dérisoire; leurrées de respects apparents, dans une servitude réelle» (l. 2214-2217), à quelle situation fait-elle précisément référence?

Personnages

9. En quoi le mépris de Bartholo au sujet des enfants trouvés est-il étonnant et même choquant?

10. Qu'apprend-on des mœurs de Bartholo?

11. Pourquoi Marceline se justifie-t-elle si dramatiquement?

12. Marceline n'était qu'une «enfant» lorsqu'elle a connu Bartholo. Quelles ont été les conséquences, selon elle, de son état?

13. Pourquoi Figaro ne veut-il pas admettre d'emblée l'identité de ses parents?

14. Quels personnages masculins sont mis en cause par Marceline?

Écriture

15. Comment se structure la tirade* de Marceline?

16. Commentez l'emploi des pronoms personnels dans le discours de Marceline.

17. Dans la tirade* de Marceline, relevez les mots qui appartiennent au champ lexical de l'innocence et ceux qui appartiennent à celui de la culpabilité.

18. D'où provient l'effet comique lorsque Figaro dit : « Tu parles d'or, maman » (l. 2231) ?

19. Quelle réplique de Figaro fait rire au moment où la situation devient sérieuse ?

SUJET D'ANALYSE LITTÉRAIRE

Montrez que la tirade* de Marceline dénonce la situation des femmes en soulignant spécifiquement l'incohérence évidente entre l'injustice dont elles sont victimes et le mérite dont fait preuve la mère de Figaro.

Extrait 3

Compréhension

1. Quel sentiment habite Figaro au début de cette scène ?
2. Dégagez la structure du monologue de Figaro.
3. Quelles sont les revendications présentes dans le monologue ?
4. Comment Figaro représente-t-il la femme dans ce monologue ?
5. Identifiez des passages du monologue devenus des proverbes.
6. Relevez les questionnements philosophiques ayant une portée universelle.
7. Quel extrait du monologue vous semble le plus provocateur pour son époque ?
8. Peut-on affirmer que le thème du hasard est important dans ce monologue ? Pourquoi ?
9. Qu'est-ce qui permet d'affirmer que ce monologue de Figaro s'oppose à celui du Comte (Acte iii, scène 4) ?
10. Comparez la jalousie de Figaro à celle de la Comtesse à la scène 18 du troisième acte.
11. Lorsque Figaro dit : « Il riait en lisant le perfide ! et moi comme un benêt !… » (l. 2928-2929), à quelle scène de l'acte précédent fait-il allusion ?
12. Quel faux reproche Figaro formule-t-il à l'égard du Comte au début de son monologue ?
13. « […] il m'a fallu déployer plus de science et de calculs, pour subsister seulement, qu'on n'en a mis depuis cent ans à gouverner toutes les Espagnes » (l. 2936-2938). Expliquez pourquoi cette citation semble particulièrement percutante considérant le contexte social dans lequel la pièce a été écrite.
14. Quelle est la fonction des mouvements de Figaro dans le monologue au moment où il se lève et se rassied, aux lignes 2941-2942, 2967, 2975, 3012 et 3014 ?
15. Quel est ce « château fort, à l'entrée duquel [Figaro] laiss[e] l'espérance et la liberté » (l. 2967-2968) ?

16. Figaro parle d'un rare moment de sa vie où il est «sans souci» (l. 3007-3008). Qu'est-ce qui fera cesser cet état ? Comment nomme-t-il précisément celui qui est responsable de la fin de cet état ? Pourquoi ?

17. Quel est au juste cet «abîme» (l. 3011) dont parle Figaro ? A-t-il raison de dire qu'il était prêt à y tomber ?

Personnages

18. Figaro semble différent dans cette scène de ce qu'on a vu depuis le début de la pièce. Montrez-le :
    a) du point de vue de sa personnalité ;
    b) du point de vue philosophique.

19. Comment Figaro se représente-t-il lui-même ? Sur quelle caractéristique de sa personne insiste-t-il surtout ? Quels passages permettent de l'affirmer ?

20. Peut-on affirmer que le monologue de Figaro contient des éléments propres à la tragédie ?

21. Peut-on affirmer que Figaro préfigure en partie ce que sera le personnage romantique ? Pourquoi ?

22. Selon Figaro, qu'est-ce qui l'oppose davantage au Comte ? Est-ce leur situation sociale ? Est-ce leur caractère ? Est-ce les différents événements de leur vie ? Est-ce leur entourage ?

Écriture

23. Pourquoi le monologue arrive-t-il à ce moment dans la pièce ? Comment Beaumarchais a-t-il préparé sa venue ?

24. Relevez les indications dans les didascalies* et dans les répliques de Figaro concernant la noirceur ambiante. Quelle est l'importance de cette noirceur ?

25. Montrez que le monologue de Figaro est en forme de boucle, c'est-à-dire que la fin rejoint le début.

26. Quelle est l'utilité de cette structure en boucle dans le déroulement de la pièce ?

27. Relevez les nombreux points d'exclamation et de suspension dans le monologue. Que permet d'exprimer chacun de ces signes de ponctuation ?

28. Quelle phrase du monologue est fautive grammaticalement ? Pourquoi Beaumarchais l'a-t-il voulue ainsi ? Que permet-elle d'exprimer ?

29. Quel sens peut-on donner à la fausse impression qu'a Figaro que quelqu'un s'approche (l. 2939) ? Pourquoi Beaumarchais inclut-il cet élément dans le monologue de Figaro ?

30. À quel endroit du monologue Figaro formule-t-il le mieux l'ingratitude du Comte ?

31. Montrez qu'il y a une gradation* dans le passage qui va de «un assemblage informe[…]» jusqu'à «avec délices !» (l. 3021-3027)

SUJET D'ANALYSE LITTÉRAIRE

Dans le monologue de Figaro, Beaumarchais semble faire une synthèse des thèmes importants de la pièce. Montrez que le monologue expose plus particulièrement les différentes facettes de la condition de Figaro.

EXTRAIT 4

ACTE V, SCÈNES 7 À 10, lignes 3106 à 3333

Compréhension

1. Dans la SCÈNE 7, lorsque Figaro dit : «Tout n'est pas gain non plus, en écoutant» (l. 3111-3112), à quoi répond-il ?

2. Après que Figaro eut reçu le soufflet, dans la SCÈNE 7, on entend Suzanne rire. Pourquoi rit-elle ? Est-ce seulement le comique de la situation présente qui la fait s'esclaffer ?

3. De quoi parle le Comte lorsqu'il dit : «Ce n'est pas pour te priver du baiser que je l'ai pris» (SCÈNE 7, l. 3125-3126) ?

4. Dans la SCÈNE 7, le rachat du droit de seigneur du Comte est perçu différemment par le Comte, la Comtesse, Figaro et Suzanne. Expliquez ce que signifie ce geste pour chacun de ces personnages.

5. Dans la SCÈNE 8, pourquoi Suzanne veut-elle tromper Figaro ? Que veut-elle lui montrer ?

6. À partir du moment où Figaro se rend compte du déguisement de Suzanne, dans la SCÈNE 8, la connaissance qu'a chacun de la situation change. Qui en sait dorénavant le plus ?

7. Lorsque Suzanne dit : «La main me brûle !» (SCÈNE 8, l. 3246), qu'insinue-t-elle ?

8. La huitième scène peut-elle être vue comme la consécration de la superiorité des femmes ?

9. Faites un résumé des quiproquos* de chacune des scènes.

10. Quelles sont les similitudes et les différences entre les SCÈNES 7, 8 et 9 ?

Personnages

11. Dans la septième scène, que comprend-on des sentiments qui animent le Comte à l'égard des femmes ?

12. Les paroles du Comte, dans la SCÈNE 7, permettent de connaître les différences que celui-ci établit entre Suzanne et la Comtesse. Quelles sont-elles ?

13. Quel trait de sa personnalité est pleinement révélé à Figaro dans la SCÈNE 8 ?

14. À la fin de ces quatre scènes, qui apparaît comme la première victime de la mise en scène de Suzanne et de la Comtesse ?

Écriture

15. Lorsque la Comtesse dit : «Suzanne accepte tout.» (SCÈNE 7, l. 3179), pourquoi parle-t-elle à la troisième personne ?
16. Dans la SCÈNE 8, quels mots précèdent chaque soufflet ? Quel effet cela crée-t-il ?
17. Expliquez l'utilisation que fait Beaumarchais des mots «innocente» (l. 3278) dans la bouche de Figaro et «innocent» (l. 3279) dans celle de Suzanne.

SUJET D'ANALYSE LITTÉRAIRE

Montrez que cet extrait met en scène ce qui cause le malheur des couples dans la pièce entière.

Beaumarchais.

PEINTURE DE PAUL-CONSTANT SOYER D'APRÈS GREUZE.
Château de Versailles.

ANNEXES

Caractères et habillements
de la pièce

Le Comte Almaviva doit être joué très noblement, mais avec grâce et liberté. La corruption du cœur ne doit rien ôter au bon ton de ses manières. Dans les mœurs *de ce temps-là,* les Grands traitaient en badinant toute entreprise sur les femmes. Ce rôle est d'autant plus pénible à bien rendre que le personnage est toujours sacrifié[1]. Mais joué par un comédien excellent (M. Molé[2]), il a fait ressortir tous les rôles, et assuré le succès de la pièce.

Son vêtement du premier et second actes est un habit de chasse avec des bottines à mi-jambe de l'ancien costume espagnol. Du troisième acte jusqu'à la fin, un habit superbe de ce costume.

La Comtesse, agitée de deux sentiments contraires, ne doit montrer qu'une sensibilité réprimée, ou une colère très modérée ; rien surtout qui dégrade, aux yeux du spectateur, son caractère aimable et vertueux. Ce rôle, un des plus difficiles de la pièce, a fait infiniment d'honneur au grand talent de mademoiselle Saint-Val[3] cadette.

Son vêtement du premier, second et quatrième actes, est une lévite[§] commode et nul ornement sur la tête : elle est chez elle, et censée incommodée. Au cinquième acte, elle a l'habillement et la haute coiffure de Suzanne.

Figaro. L'on ne peut trop recommander à l'acteur qui jouera ce rôle de bien se pénétrer de son esprit, comme l'a fait M. Dazincourt[4]. S'il y voyait autre chose que de la raison assaisonnée de gaieté et de saillies, surtout s'il y mettait la moindre charge, il avilirait un rôle que le premier comique du théâtre, M. Préville[5], a jugé devoir honorer le talent de tout comédien qui saurait en saisir les nuances multipliées et pourrait s'élever à son entière conception.

---

1 *sacrifié* : qui a un rôle secondaire.
2 M. Molé. Acteur reconnu pour ses interprétations de père noble.
3 Mademoiselle Saint-Val. Actrice reconnue pour ses interprétations de grande dame.
4 M. Dazincourt. Acteur reconnu pour ses interprétations de valet.
5 M. Préville. Comédien qui avait joué le rôle de Figaro dans *Le Barbier de Séville* en 1775.

Son vêtement comme dans *Le Barbier de Séville*[1].

Suzanne. Jeune personne adroite, spirituelle et rieuse, mais non de cette gaieté presque effrontée de nos soubrettes corruptrices ; son joli caractère est dessiné dans la préface, et c'est là que l'actrice qui n'a point vu mademoiselle Contat[2] doit l'étudier pour le bien rendre.

Son vêtement des quatre premiers actes est un juste blanc à basquines, très élégant, la jupe de même, avec une toque, appelée depuis par nos marchandes *à la Suzanne*. Dans la tête du quatrième acte[3], le Comte lui pose sur la tête une toque à long voile, à hautes plumes et à rubans blancs. Elle porte au cinquième acte la lévite de sa maîtresse, et nul ornement sur la tête.

Marceline est une femme d'esprit, née un peu vive, mais dont les fautes et l'expérience ont réformé le caractère. Si l'actrice qui le joue s'élève avec une fierté bien placée à la hauteur très morale qui suit la reconnaissance du troisième acte[4], elle ajoutera beaucoup à l'intérêt de l'ouvrage.

Son vêtement est celui des duègnes[5] espagnoles, d'une couleur modeste, un bonnet noir sur la tête.

Antonio ne doit montrer qu'une demi-ivresse, qui se dissipe par degrés ; de sorte qu'au cinquième acte on ne s'en aperçoive presque plus. Son vêtement est celui d'un paysan espagnol, où les manches pendent par derrière ; un chapeau et des souliers blancs.

Fanchette est une enfant de douze ans, très naïve. Son petit habit est un juste brun avec des ganses et des boutons d'argent, la jupe de couleur tranchante, et une toque noire à plumes sur la tête. Il sera celui des autres paysannes de la noce.

Chérubin. Ce rôle ne peut être joué, comme il l'a été, que par une jeune et très jolie femme ; nous n'avons point à nos théâtres de

---

1 *Le Barbier de Séville* : «La tête couverte d'un résille ou filet ; chapeau blanc, ruban de couleur autour de la forme, un fichu de soie attaché fort lâche à son cou, gilet et hauts-de-chausse de satin, avec des boutons et boutonnières frangés d'argent ; une grande ceinture de soie, les jarretières nouées avec des glands qui pendent sur chaque jambe ; veste de couleur tranchante, à grand revers de la couleur du gilet ; bas blancs et souliers gris.»

2 Mademoiselle Contat. Actrice reconnue pour ses interprétations d'ingénue.

3 *quatrième acte* : à la scène 9.

4 *troisième acte* : à la scène 16.

Mlle Contat, rôle de *Suzanne*.

GRAVURE DE JANINET.

très jeune homme assez formé pour en bien sentir les finesses. Timide à l'excès devant la Comtesse, ailleurs un charmant polisson ; un désir inquiet et vague est le fond de son caractère. Il s'élance à la puberté, mais sans projet, sans connaissances, et tout entier à chaque événement ; enfin il est ce que toute mère, au fond du cœur, voudrait peut-être que fût son fils, quoiqu'elle dût beaucoup en souffrir.

Son riche vêtement, au premier et second actes, est celui d'un page de Cour espagnol, blanc et brodé d'argent ; le léger manteau bleu sur l'épaule, et un chapeau chargé de plumes. Au quatrième acte, il a le corset, la jupe et la toque des jeunes paysannes qui l'amènent. Au cinquième acte, un habit uniforme d'officier, une cocarde et une épée.

BARTHOLO. Le caractère et l'habit comme dans *Le Barbier de Séville*[1], il n'est ici qu'un rôle secondaire.

BAZILE. Caractère et vêtement comme dans *Le Barbier de Séville*[2], il n'est aussi qu'un rôle secondaire.

BRID'OISON doit avoir cette bonne et franche assurance des bêtes qui n'ont plus leur timidité. Son bégaiement n'est qu'une grâce de plus, qui doit être à peine sentie ; et l'acteur se tromperait lourdement et jouerait à contre-sens, s'il y cherchait le plaisant de son rôle. Il est tout entier dans l'opposition de la gravité de son état au ridicule du caractère ; et moins l'acteur le chargera, plus il montrera de vrai talent.

Son habit est une robe de juge espagnol moins ample que celle de nos procureurs, presque une soutane ; une grosse perruque, une gonille ou rabat[3] espagnol au cou, et une longue baguette blanche[4] à la main.

DOUBLE-MAIN. Vêtu comme le juge ; mais la baguette blanche plus courte.

---

1 *Le Barbier de Séville* : «Habit noir, court, boutonné ; à grande perruque ; fraises et manchettes relevées ; une ceinture noire ; et, quand il veut sortir de chez lui, un long manteau écarlate.»

2 *Le Barbier de Séville* : «Chapeau noir rabattu, soutanelle et long manteau, sans fraise ni manchettes.»

3 *gonille ou rabat* : grand col rabattu faisant office de cravate.

4 *baguette blanche* : cet objet indique la fonction du comte.

L'Huissier ou **Alguazil**[§]. Habit, manteau, épée de Crispin[1], mais portée à son côté sans ceinture de cuir.

Point de bottines, une chaussure noire, une perruque blanche naissante et longue, à mille boucles, une courte baguette blanche.

Gripe-Soleil. Habit de paysan, les manches pendantes, veste de couleur tranchée, chapeau blanc.

Une jeune bergère. Son vêtement comme celui de Fanchette.

Pédrille. En veste, gilet, ceinture, fouet, et bottes de poste, une résille sur la tête, chapeau de courrier.

Personnages muets. Les uns en habits de juges, d'autres en habits de paysans, les autres en habits de livrée.

Caron de Beaumarchais

---

1 _Crispin_ : type de valet de comédie.

TABLEAU CHRONOLOGIQUE

	ÉVÉNEMENTS HISTORIQUES EN FRANCE	VIE ET ŒUVRE DE BEAUMARCHAIS
1732		Naissance de Pierre-Augustin Caron, à Paris, le 24 janvier.
1745		Apprentissage de son métier d'horloger.
1751		Invente un nouvel échappement pour les montres.
1753		Début de l'affaire Lepaute. Offre une bague contenant une montre dans son chaton à Mme de Pompadour.
1754	Naissance de Louis XVI.	
1755	Conflit franco-anglais.	Devient horloger du roi.
1756	Guerre de Sept Ans.	Épouse la veuve Franquet. Prend le nom de Caron de Beaumarchais.
1757		Mort de sa femme.
1760		S'associe à l'homme d'affaires Pâris-Duverney.
1761		Devient «Secrétaire du roi»; est anobli.
1764		Entreprend un voyage en Espagne.
1765		Retour en France.
1767		Création d'*Eugénie* (drame).
1768		Épouse Mme Lévêque.

TABLEAU CHRONOLOGIQUE

ÉVÉNEMENTS CULTURELS ET LITTÉRAIRES EN FRANCE	ÉVÉNEMENTS HISTORIQUES ET CULTURELS HORS DE FRANCE	
Voltaire, *Zaïre* (tragédie).		1732
		1745
Début de la publication de l'*Encyclopédie*.		1751
		1753
		1754
Rousseau, *Discours sur l'origine de l'inégalité parmi les hommes* (essai). Mort de Montesquieu.	Tremblement de terre à Lisbonne.	1755
	Naissance de Mozart.	1756
Diderot, création du *Fils naturel* (drame). Diderot, *Entretiens sur le Fils naturel* (théorie sur le drame).		1757
		1760
Rousseau, *Julie ou la Nouvelle Héloïse* (roman).		1761
Voltaire, *Le Dictionnaire philosophique* (essai).		1764
	Mort de Van Loo.	1765
Voltaire, *L'Ingénu* (roman).		1767
Naissance de Chateaubriand.		1768

TABLEAU CHRONOLOGIQUE

	ÉVÉNEMENTS HISTORIQUES EN FRANCE	VIE ET ŒUVRE DE BEAUMARCHAIS
1770		Création des *Deux Amis* (drame). Mort de Pâris-Duverney.
1771	Mariage du futur Louis XVI avec Marie-Antoinette.	Début de l'affaire La Blache.
1772		Gagne le premier procès contre La Blache. Création du *Barbier de Séville* (opéra-comique).
1773		Perd le deuxième procès contre La Blache. Affaire de Chaulnes. Beaumarchais est incarcéré plus d'un mois à For-l'Évêque. Début de l'affaire Goëzman.
1774	Mort de Louis XV, avènement de Louis XVI.	Condamné au blâme. Rencontre Marie-Thérèse de Willermaulaz. Affaire Théveneau de Morande.
1775		Négociations avec le chevalier d'Éon. Création du *Barbier de Séville* (comédie). Premiers contacts avec des insurgés américains.
1776		Cassation du blâme.
1777		Fondation de la Société des auteurs dramatiques.
1778	Appui des insurgés américains par la France.	Gagne le troisième procès contre La Blache.
1779		Achète les manuscrits de Voltaire.
1780		Début de la publication des *Œuvres complètes* de Voltaire.

TABLEAU CHRONOLOGIQUE		
ÉVÉNEMENTS CULTURELS ET LITTÉRAIRES EN FRANCE	ÉVÉNEMENTS HISTORIQUES ET CULTURELS HORS DE FRANCE	
	Naissance de Beethoven.	1770
Mercier, *L'An 2440, rêve s'il en fut jamais* (roman).		1771
		1772
		1773
Gluck, création d'*Iphigénie en Aulide* (opéra). Diderot, *Supplément au voyage de Bougainville* (roman, version remaniée).	Goethe, *Les Souffrances du jeune Werther* (roman).	1774
		1775
Première traduction du *Werther* de Goethe.	Déclaration d'indépendance des États-Unis d'Amérique.	1776
		1777
Mort de Voltaire. Mort de Rousseau.		1778
		1779
		1780

TABLEAU CHRONOLOGIQUE

	ÉVÉNEMENTS HISTORIQUES EN FRANCE	VIE ET ŒUVRE DE BEAUMARCHAIS
1781		Début de la bataille du *Mariage de Figaro*.
1784		Création du *Mariage de Figaro* (comédie).
1785		Incarcéré à Saint-Lazare. Publication du *Mariage de Figaro*, avec la Préface.
1786		Épouse Marie-Thérèse de Willermaulaz.
1787		Création de *Tarare* (opéra). Achète le terrain en face de la Bastille, où il construira sa demeure.
1788	Convocation des états généraux.	
1789	Début de la Révolution.	Fin de la publication des *Œuvres complètes* de Voltaire.
1791		S'installe dans sa nouvelle demeure.
1792	Première République.	Création de *La Mère coupable* (drame). Début de l'affaire des fusils de Hollande.
1793	Exécution de Louis XVI. Début de la Terreur.	
1794	Exécutions de Danton et de Robespierre.	Inscrit sur la liste des émigrés. Début de l'exil à Hambourg.
1796		Retour à Paris.
1799	Coup d'État de Napoléon (18 brumaire).	Mort, à Paris, le 17 mai.

TABLEAU CHRONOLOGIQUE

ÉVÉNEMENTS CULTURELS ET LITTÉRAIRES EN FRANCE	ÉVÉNEMENTS HISTORIQUES ET CULTURELS HORS DE FRANCE	
Mercier, *Tableau de Paris* (récits).	Mozart, création de *L'Enlèvement au sérail* (opéra).	1781
Mort de Diderot. David, *Le Serment des Horaces* (peinture).		1784
Chénier, *Premières Idylles* (poésie).		1785
	Mozart, création des *Noces de Figaro* (opéra).	1786
Bernardin de Saint-Pierre, *Paul et Virginie* (roman). Restif de la Bretonne, *Le Paysan et la Paysanne pervertis* (récit).	Constitution des États-Unis d'Amérique. Mozart, création de *Dom Juan* (opéra).	1787
		1788
		1789
	Mozart, création de *La Flûte enchantée* (opéra).	1791
Rouget de Lisle, *La Marseillaise* (chanson).	Mort de Mozart.	1792
David, *Marat assassiné* (peinture).	Grimm, dernière parution de la *Correspondance littéraire*.	1793
Exécution de Chénier.		1794
		1796
Naissance de Balzac.		1799

Lexique du théâtre

Aparté : réplique qu'un personnage dit «à part» et qui est censée être entendue par le public et non par les autres personnages sur scène.

Didascalie : indication de l'auteur pour la mise en scène et le jeu des comédiens (en italique dans le texte).

Genre : catégorie ou type d'œuvres (tragédie, comédie, drame…).

Gradation : figure de rhétorique qui consiste en une suite d'éléments marquant une évolution croissante ou décroissante.

Intrigue : ensemble des éléments qui constituent l'action ou les actions d'une pièce de théâtre.

Périphrase : figure de rhétorique qui consiste à s'exprimer en utilisant plusieurs mots quand un seul pourrait suffire.

Quiproquo : malentendu ou confusion qui a pour effet qu'on prend une personne ou une situation pour une autre.

Tirade : passage d'une certaine longueur où un personnage monopolise la parole lors d'un dialogue.

Glossaire

alguazil : agent de paix espagnol.

camariste : se dit plus souvent «camériste». Femme de chambre.

croisée : châssis vitré d'une fenêtre.

dessein : but poursuivi.

dès que : dès lors que, étant donné que.

dot : ce qui est offert à l'un ou l'autre des futurs époux.

duègne : femme âgée chargée de veiller sur la vertu des filles.

fortune : hasard.

hardes : vêtements destinés à un usage ordinaire.

hymen : mariage.

imposant : qui impose le respect.

libertin : esprit libre. Cependant, le terme désigne ici, comme c'est souvent le cas au XVIIIe siècle, un homme débauché.

sein : partie du vêtement qui recouvre la poitrine.

sur la brune : au coucher du soleil (à la brunante).

vassaux : ceux qui dépendent du seigneur.

BIBLIOGRAPHIE

ŒUVRE DE BEAUMARCHAIS

LARTHOMAS, Pierre et Jacqueline LARTHOMAS. *Œuvres de Beaumarchais*, Paris, Gallimard, «Bibliothèque de la Pléiade», 1988.

SCHERER, Jacques. *Le Mariage de Figaro*, édition avec analyse dramaturgique, Paris, Sedes, 1966.

UBERSFELD, Annie. *Le Mariage de Figaro*, Paris, Éditions Sociales, «Les Classiques du peuple», 1968.

ÉTUDES

BEAUMARCHAIS, Jean-Pierre de. *Beaumarchais. Le Voltigeur des Lumières*, Paris, Gallimard, «Découvertes», 1996.

CONESA, Gilles. *La Trilogie de Beaumarchais. Écriture et dramaturgie*, Paris, PUF, 1985.

LARTHOMAS, Pierre. *Le langage dramatique*, Paris, Armand Colin, 1972.

POMEAU, René. *Beaumarchais ou la bizarre destinée*, Paris, PUF, 1987.

SCHERER, Jacques. *La Dramaturgie de Beaumarchais*, Paris, Nizet, 1989.

VIEGNES, Michel. *Le Mariage de Figaro. Beaumarchais*, Paris, Hatier, 1999.

DISCOGRAPHIE

LES NOCES DE FIGARO DE MOZART

Orchestre philharmonique de Londres, dirigé par Georg Solti, Decca.

Orchestre Philarmonia, dirigé par Carlo Maria Giulini, EMI.

Monteverdi Choir et English Baroque Soloists, dirigés par John Eliot Gardiner, Deutsche Grammophon.

IL BARBIERE DI SIVIGLIA DE ROSSINI

Academy of Saint-Martin-in-the-Fields, dirigé par Sir Neville Marriner, Philips.

Orchestre de chambre d'Europe, dirigé par Claudio Abbado, Deutsche Grammophon.